———— 阅读之前 没有真相

午夜文库

# 凛冬之棺

孙沁文 著

新 星 出 版 社　NEW STAR PRESS

## 《凛冬之棺》——古典密室推理的捍卫者

时晨

> "既然密室题材所受诟病最多,被读者公推为可信度最低,我们就以此为例,来一场全面剖析。"
>
> ——约翰·迪克森·卡尔《三口棺材》

新达尔文主义的科学家斯蒂芬·杰·古尔德(Stephen Jay Gould)曾经就进化论提出过一套"醉汉回家理论"。这套理论指出,物种只会越进化越复杂,而不会越进化越简单。打个比方,一个醉汉行走在一条小路上,一边是墙,一边是水沟,假设这条路很曲折,那么醉汉终将在某个时间点掉入水沟中。因为即使撞到墙,也会被反弹,绝对不会穿墙而过,所以从概率上讲,醉汉最终必会掉进水沟里。所以物种在进化的过程中,只能朝水沟方向跟跟跄跄地前行,生命形式便会进化到无限复杂,水沟指的就是复杂生物,而那堵墙指的就是最简单的生命形式——单细胞生物。

那么,我们应该可以下这样一个结论——当物种进化到极简状态,便无法继续进化,原因则是撞上"演化的右墙"。

台湾著名的文学评论家唐诺曾下断言，密室推理小说已然撞上了右墙，到达了不可逾越的极限，而徘徊在这演化右墙跟前的，便是大名鼎鼎的美国推理作家约翰·迪克森·卡尔。这种论调似乎并非唐诺先生首创。资深推理迷应该会有切身体会，即便是卡尔这般的高手，晚近的几部密室杀人为主题的推理小说，其核心诡计也开始重复自我。这样看来，密室诡计到了右墙似乎就能够说得通了，是吗？

当然不是。

诚然，黄金时代之后的欧洲文坛，几乎已无传统英式推理的继承者（法国的保罗·霍尔特是个例外），但放眼世界，日本自一九八七年新本格运动以来，出现了一批如二阶堂黎人、森博嗣、加贺美雅之、贵志佑介等对古典密室题材推理创作充满热忱的推理作家，继而贡献出了不同于先辈的，更具时代性和独创性的密室杀人诡计！

是的，新时代会带来新的技术，而新的技术则能给"杀人诡计"带来更多可能。君不见森博嗣的《全部成为F》的核心诡计，若无摄像技术，则难以告竣。而这一门技术，在维多利亚时代的英国，几乎是天方夜谭！古人不见今时月，就算卡尔脑洞再大，也无法想象用现今的网络技术遥控操作，来完成一起完全谋杀。所以，新的技术带来新的"密室革命"，而推理作家孙沁文这本《凛冬之棺》正是新时代"密室革命"中，试图用新概念、新手法创作出的一部佳作。

**专攻密室的推理作家**

在浩瀚如烟的不可能犯罪题材的书目中，密室杀人永远占据着最重要的位置。可以说，在推理小说里，密室杀人是最纯粹的智力挑战，也是最华丽的谋杀方式。试想在一间门窗反锁的屋子内，被害人横尸屋中，凶手人间蒸发，这是何等的想象力？如此有魅力的谜题，怎能不吸引古往今来的挑战者们前赴后继？更何况世界上第一部推理小说《莫格街凶杀案》(*The Murders in the Rue Morgue*)就是传统意义上的密室杀人案，足以证明这类题材的魅力。

　　提到密室杀人，那我们就不能不提到另一位伟大的推理作家约翰·迪克森·卡尔。与其他推理作家不同，卡尔似乎只对密室杀人这一类题材的推理小说感兴趣，并终其一生，主要都在创作以密室杀人为主题的小说，数量惊人。如此专情于密室，且不断创作出令人眼前一亮的密室诡计，让卡尔博得了黄金时代"密室之王"的美誉，也令他与阿加莎·克里斯蒂、埃勒里·奎因并称为欧美侦探小说"三巨头"。

　　如同食蚁兽和犰狳等单食性动物一般，像卡尔那样只挑战密室杀人这类创作题材的作家，日本推理界也有不少。比如被读者戏称为"日本卡尔"的二阶堂黎人，以及"最接近卡尔的作家"加贺美雅之等。他们的作品背景通常发生在中世纪色彩浓重的城堡或修道院，辅以哥特式的恐怖传说、诅咒。这些元素和卡尔的创作风格极其相近。

　　而在中国，本书的作者孙沁文似乎也是这么一类"单食性"推理作家。自二〇〇八年出道以来，孙沁文以"鸡丁"和"冯亮"为笔名，分别在《岁月推理》《推理世界》和《最推理》等国内知名推理杂志上发表了数十篇推理小说，被誉为中国推理的"密室之王"。因为几乎所有作品都是"密室杀人"题材，所以很多读者认为这样的创作未免重复自我，不够具有创新性。这种对于密室题材的偏见俯首皆是，不值一哂。举个例子，同样是一块羊肉，作为一种食材，烹饪的方式便有上百种，密室推理亦然。无论是奇特的谜面，还是天马行空的解答，孙沁文在密室推理的尝试可谓是上穷碧落下黄泉。在他笔下，大到雪地沙滩，小到橱柜棺材，都可以是密室杀人的案发现场！这种穷极密室杀人的一切形式和方式的努力，不啻让我们见识到了密室题材在表现形式上的广度，还在最后解答中探寻了密室题材的深度。

中国推理在民国时期已蔚然成风，从程小青到孙了红，鲜有以密室杀人为主题的小说。所以，从某些意义上来看，将孙沁文称之为中国密室推理的捍卫者，并无不妥。

回到这部作品，孙沁文用一种近乎将自己逼入绝境的方式，正面攻打三种不同形态的密室谜面，这份勇气实在可嘉，也不禁让读者为他捏一把汗。要知道，独创性的密室，用某些评论家的话来说，一部作品中能有一种便该额手称庆，而孙沁文竟然同时将三种原创（这里的原创是指前人不曾在推理小说中使用过）的密室诡计，塞入一部作品中，增加作品厚重感的同时，也流露出一种跃马顾盼的雄姿——谁说密室推理已经穷尽？远远没有！孙沁文用一种焕然一新的方式，宣示着密室推理，未来可期。

**传说与现实交织的恐怖美学**

恐怖文学的兴起，源于英国诗人雪莱的妻子玛丽·雪莱，她于一八一八年创作的《弗兰肯斯坦》（*Frankenstein*）可以算作恐怖文学的鼻祖。之后，"侦探小说之父"埃德加·爱伦·坡则将其发扬光大。爱伦·坡的创作风格具有一种病态般的美感，文字中的诡异与黑暗令人难忘。那种神秘且冰冷的触感，可在其作品中一窥其貌。如《厄舍府之倒塌》阴暗恐怖的公馆、《黑猫》墙壁中的恐怖惨叫，甚至世界第一部密室推理小说《莫格街凶杀案》血腥暴力的杀人现场，无不展现其独特的恐怖美学。

如此看来，密室推理与超自然力量宛若一对孪生兄弟。自打有了密室杀人，总会被披上一层怪力乱神的面纱。案件的发生，伴随着传说中的鬼神、诡异的巫术和妖异的诅咒。尽管读者都知道，在推理小说的世界，这一切不可思议的灵异现象最终都能得到解答，但缺少了这些元素，密室杀人的魔力就会减弱许多。好比生鱼片配芥末，小笼包配米醋，两者搭配起来才能将故事的魅力发挥到极致。

所以，卡尔才会如他的前辈爱伦·坡一样，钟情于创作具有浓郁哥特风格的推理故事。在这些故事里，惊悚、诡异、神秘、血腥等元素，基本上奠定了卡尔的创作基调。譬如他笔下第一名探基甸·菲尔博士首次登场的作品《女巫角》，就是以女巫的诅咒为题，讲述查特罕监狱的绞刑场，历代狱长被杀的故事。在此书出版的次年，《瘟疫庄谋杀案》更是将恐怖传说与密室杀人结合得近乎完美。这类恐怖的鬼怪传说，起到的恐怕不仅仅是"提味"的作用。

当推理小说漂洋过海传到东洋，"日本推理小说之父"江户川乱步则将推理元素与日式的猎奇异色结合到了一起，产生了不同凡响的效果。乱步的文字，总是透着一股妖异的气味，他将畸形的心理与错乱的伦理诉诸笔端，揭示出一种人间地狱的面貌。如《人间椅子》的隐身愿望、《孤岛之鬼》的畸形怪谈、《帕诺拉马岛奇谈》的梦境世界。于是，猎奇几乎成了乱步的标签，也是他最擅长的题材。

受到卡尔和乱步影响颇深的孙沁文，自然也沿袭前辈的特质，在《凛冬之棺》中采用了"婴咒"这一独特诅咒形式来渲染小说的氛围。所谓"婴咒",亦即"夭胎的诅咒"。相传某个村庄存在一种名为"婴塔"的建筑。村中凡生女孩,就要将刚出生的女婴丢入"婴塔",任其自生自灭。怨灵聚集,在一位黑巫师的施咒下,死婴复生,最终将整个村庄化为地狱。通过"婴咒"这类咒术的设定,我们可以看出,孙沁文在吸收欧美哥特小说和日式猎奇小说的同时,将其动机与内核成功本土化,创造出了一种更符合中国古典审美的鬼怪故事。相比欧美式的幽灵、惊悚、黑暗风格的恐怖,这种因果宿命的感觉,颇具《聊斋志异》《子不语》等传统笔记小说的神韵。

**论密室诡计的审美**

早在一八七四年,巴黎卡皮西纳大道的一所公寓里,一群年轻的画家举办了第一次印象派画展。他们认为古典主义千篇一律,缺乏个人风格,他们对于绘画有着不同的看法。而"印象派"这个词,也是一些杂志借以讽刺他们的称号,画家们不以为意,欣然接受。在十九世纪中叶到二十世纪初,印象派画家太前卫,从当时人看来,完全是在瞎画。现在,我们当然能体会到梵·高画中那些光与色的美感,这是一种高度的艺术审美。同样的,中国的文人画,不在于工整,也不在于形美,而是那股妙不可言的境地。画中书卷气直透出来的哲学和抒情,不是工匠画所具备的。

正如绘画中有写意和写实两种风格,推理小说也是。我们完全可以将含有密室杀人题材的本格推理小说,看成一种艺术品。自推理小说诞生的百年来,在密室推理的实用性手法已被前人开采殆尽的前提下,本格推理作家陷入了前所未有的困境。但在日本"新本格运动"的带动下,推理作家们开始不囿于一隅,敢于采用一种近乎离奇的手法来实现杀人诡计。例如有"新本格教父"之称的岛田庄司，其代表作《斜屋犯罪》论及可行性为零，但毫不折损小说给读者带来的冲击力！为了杀死一个人，而建立一座房子，这种虚妄的犯罪手法堪称犯罪中的艺术！与之相比，现实性似乎没有那么重要了，取而代之的是诡计的巧思。在诡计的巧思性这点上，可以说是孙沁文创作密室诡计的初衷。

在孙沁文所创设的密室世界中，几乎所有诡计原理都可以用一句话来概括。不同于繁复的操作，诡计原理是否能清晰的表达，与其"巧"分不开。当然，这里的"巧"并不是说排斥宏大震撼的诡计，即便如《斜屋犯罪》这样的庞然诡计，也可用一句话说清楚，其原理十分巧妙，一点就明。而笨拙的则如用一堆钓鱼线从各种角度拉扯，用一张复杂到令人跌破眼镜的示意图来忽悠读者的诡计。这种毫无美感且低劣的手法，都会被稍有追求的推理作家所不齿，在创作过程中，弃之如敝屣。

那么这种诡计的审美，有没有一个明确的标准，或者一把尺子呢？标准，有，尺子，没有。这种对于诡计敏锐的审美，需要大量的阅读以及对本格推理的高度理解。正如绘画、雕塑、书法等艺术一样，其标准体系很难说清。但我们都知道《三口棺材》是好诡计，《占星术杀人魔法》也是好诡计。至于《凛冬之棺》中的三个密室诡计，究竟到了什么境界，又能否登上世界级密室诡计之堂奥，我想，请读者给出一个公允的答案，最终，时间也会给出一个公允的答案。

## 目录

| | |
|---|---|
| 1 | 序　章 |
| 6 | 第一章　水密室 |
| 27 | 第二章　陆家宅 |
| 43 | 第三章　婴咒 |
| 57 | 第四章　死亡预告 |
| 73 | 第五章　割喉之夜 |
| 95 | 第六章　天才漫画家 |
| 112 | 第七章　多米诺空间 |
| 135 | 第八章　死亡速写师 |
| 163 | 第九章　斩首之屋 |
| 183 | 第十章　沉寂的尸骸 |
| 192 | 第十一章　静止的水流 |
| 211 | 第十二章　面具下的罪孽 |
| 227 | 尾　声 |

陆家成员关系图:

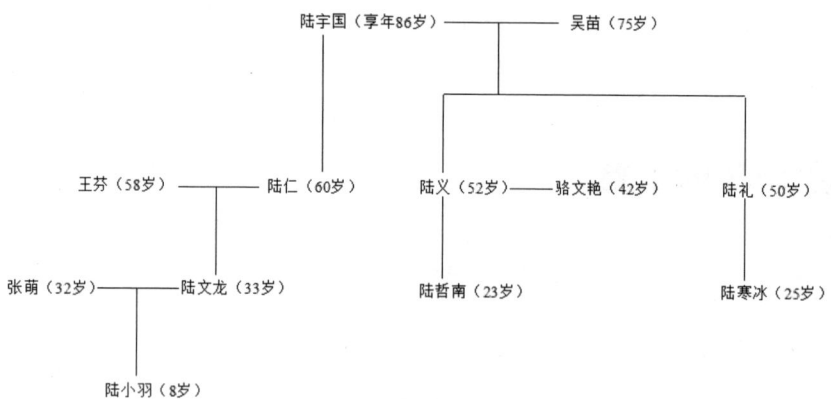

**其他出场人物：**

季忠李（55 岁）：陆家管家
刘彦虹（26 岁）：陆家女佣
范小晴（28 岁）：陆家女佣

叶　舞（26 岁）：陆家租客，心理学硕士
钟　可（21 岁）：陆家租客，声优

梁　良（31 岁）：刑警
冷　璇（25 岁）：刑警

杨　森（30 岁）：漫画编辑
方慕影（21 岁）：漫画编辑

安　缜（33 岁）：青年漫画家

# 陆家宅平面图

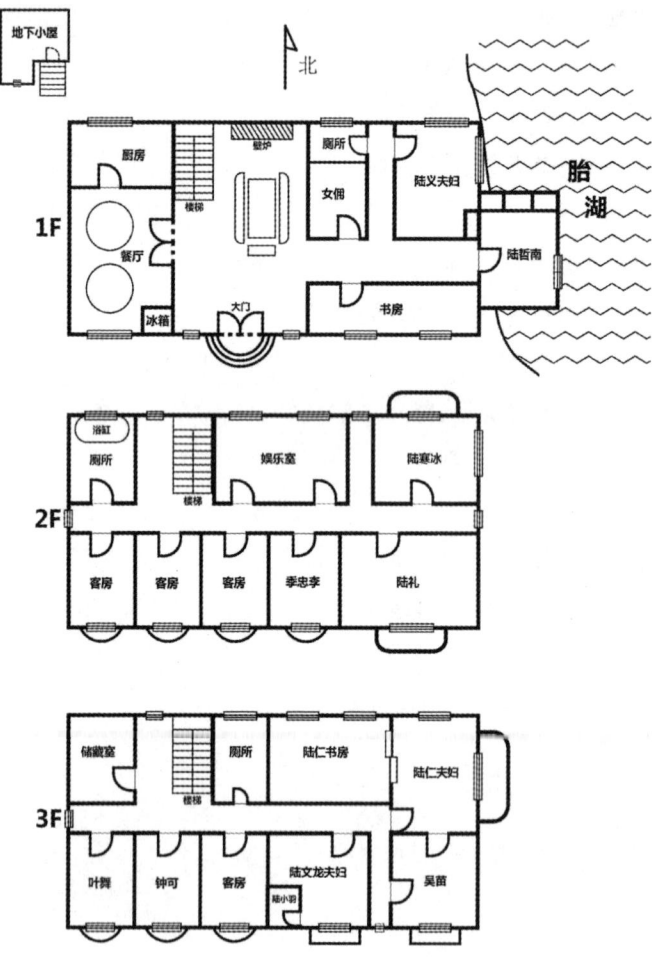

# 序　章

## 1

　　圆月向夜空洒下白寂的光，月光倒映在镜面般的湖水上，却将四周的黑暗衬托得愈加浓重。

　　夜幕下，一个影子拨开薄雾，匆匆前行着。那是一个鬼魅般的人影，苍白的脸上没有任何表情，散乱的头发覆盖住双颊。这番异样的光景就像一个披头散发的女鬼在夜色中穿行。

　　人影的手上似乎抱着某样东西，那东西在她怀里不停地蠕动，画面十分诡异。

　　踩着泥泞不堪的地面，人影脚上的黑色布鞋已经沾满泥水，但这丝毫没有减慢她行进的步伐。不久之后，人影驻足在湖岸边，不停地喘着气。她低下头，以冰冷的目光直勾勾地望向同样冰冷的湖水。旋即，她抬脚将岸边的几块碎石踢入湖中，似乎在试探那泛着涟漪的湖面究竟有多深。

　　人影瞥了一眼怀里的东西，那东西还在仿若挣扎般地蠕动⋯⋯

　　忽然间，一声啼哭打破黑夜的沉寂，在这空旷之地更是格外响亮。

　　那哀怨的哭声正是来自人影怀里。

人影抱着的，是一个女婴。

人影瞪视了一眼被褪褓包裹着的婴儿。她仍然在哭，仿佛早已知道自己出生后的命运一般。然而，哭声在这冷漠的黑夜中并未唤来任何东西，没有人为此动容。

人影将手臂伸开，让婴儿平躺在双臂前端。旋即，两根枯木般的手臂倏地放开，婴儿瞬间落入湖中。整个动作没有一丝迟疑。

紧随而来的"扑通"声过后，婴儿的身躯迅速沉入水底。人影看着这一切，目光中没有丝毫怜悯。啼哭声在这一刻戛然而止，却又仿佛隐隐约约从湖底深处传来。

人影没有多留一刻，在水面重新归于平静后，她转身离开湖边，就像什么都没发生过一样，缓缓走入身后的某幢宅子。

## 2

夏天的夜晚总是闷热难耐，加上房间里的空调年久失修，汗水已经浸湿了少年的背心。少年"啧"了一声，在凉席上翻了个身，仍然没有找到最佳的睡眠姿势。几只蚊子在少年的耳边嗡嗡作响，更让他烦躁不已。

少年用手背抹了抹额头的汗珠，决定起身。他叹了口气，从床上坐了起来，双脚在黑暗中胡乱摸索着地上的拖鞋。打开桌上的台灯，墙上的挂钟显示此刻是凌晨两点。少年蹑手蹑脚地走出自己的房间。父母已经熟睡，他悄悄在门口换上鞋子，从屋里溜了出来。

像这样因为睡不着而大半夜偷跑出来玩，对少年来说已经不是第一次了。

性格孤僻的少年十分享受这样的夜深人静。微微拂过的轻风让身体变得舒爽，聆听着四周此起彼伏的虫鸣声，独自徘徊于夜色下的弄堂，漫无目的，无所事事。

少年喜欢夜晚的陌生和刺激，他时常幻想有一只怪物躲藏在幽暗的角落里窥视着自己。在这样的紧张氛围中，少年沉浸在妄想的奇趣世界里。漫漫长夜里的弄堂，就是少年最佳的游乐场。

拐过一条巷子，少年的眼角忽地瞥到一抹白光。少年转过头，搜寻着光线的来源。发出幽幽白光的，是身旁一扇破旧的窗户。

这么晚了，除了自己以外，还有人没睡？

在好奇心的驱使下，少年悄悄踱步到窗前。他依稀记得这里是邻居贾太太的房子。

贾太太是一位大嗓门的中年大妈，小气、计较、爱管闲事，总是和周围邻居闹别扭。凡是发生在街坊里的吵闹纠纷，几乎都有这位爱穿花衣服的太太的身影。贾太太独居在此处，家人不知去了哪里，因此也有人说她是因为过于寂寞，才总爱和人吵架。

这位贾太太大半夜在干什么呢？

少年一边猜想着屋里的情景，一边踮起脚。当他的目光越过窗玻璃时，看见的并不是他脑中预想的刺激画面。

屋内亮着一盏台灯。微弱的灯光下，一个人影靠坐在沙发上，身体侧对着窗户，头上似乎还戴着一顶夸张的帽子。少年无法看清人影的脸，也无法判断他的发型，只能从对方微侧的身子看出此人身形偏瘦。除此之外，连是男是女都无法辨别。但少年可以肯定，这人绝对不是贾太太。

此刻，那个人影正握着一支笔，在一本白描本上画着什么。少年仿佛听见了笔尖摩擦纸张的"沙沙"声。

三更半夜，这个人为什么要在贾太太家里画画？他跟贾太太又是什么关系？一连串的疑问涌上心头，少年打算继续定睛观察。他的目光聚焦到人影手中的画纸上。他到底在画什么？凭借良好的视力，少年端详着神秘人影的画作。

展现在画纸上的，似乎是一个人，一个仰面躺着的人。此时，人影手中的素描笔正勾勒着画中人的面部神态，一笔一画，动作行云流水。远远望去，全身心投入到画作中的人影，宛如一位废寝忘食的艺术家。

渐渐地，画作接近完成，少年目睹了整个过程。深夜，一个少年趴在窗前，入迷地凝望着屋子里的陌生人作画，这是何等奇妙的光景？这幅画似有一种魔力，深深勾住少年的视线，使其久久无法移开。然而，当人影为画作添上最后一笔后，少年才意识到，这画里的人不是别人——正是贾太太。

只是在画中，贾太太的表情跟平时不太一样，她的五官极其扭曲。但从身形和那件标志性的花衣服来判断，画中人就是贾太太无误。

正当少年疑惑重重之时，人影站了起来，他稍稍调整了台灯的位置，将光线集中在墙边的梳妆镜前。

少年倒抽了一口冷气。

赫然出现在灯光下的物体，让少年僵直在原地。那正是仰面躺在地上的贾太太——她的姿势和表情都跟画里一模一样，扭曲的五官就像被怪物的利爪揉捏过。微微的白光下，贾太太的脸色分外苍白，显然已经失去了生气。

人影刚才一直在临摹贾太太的尸体。

人影驻足在尸体前，泰然自若地将那幅得意之作从白描本上撕下，轻轻平放在尸体上。少年强忍住尖叫，逃也似的飞奔到家中，一骨碌躲进被子里，即使捂得大汗淋漓也不敢出来。

翌日，弄堂口堵满了警车。贾太太的尸体被抬了出来，死因是勒毙。在尸体身上，警方发现了一幅素描画，上面竟画着贾太太的尸体。并且，画中的尸体与现场的陈尸状态完全一致。然而，更令警方匪夷所思的是，贾太太的陈尸现场是一间门窗反锁的密室，凶手行凶后又是如何凭空消失的呢？

之后，案子被媒体大肆报道，好事者还给凶手起了个名号——死亡速写师。

# 第一章 水密室

## 1

陆家长男陆仁已经失踪三天了。

在这幢远离都市喧嚣的大宅子里,每个人都因找不到陆仁显得焦躁不已。手机打不通,房间里也未留下要外出的迹象。没有任何征兆的失踪,让陆家弥漫着一股不寻常的气氛。而几天之后,陆家的一家之长吴苗就将迎来七十五岁大寿。所有寿宴的事宜都由陆仁一手操办,现在找不到他,恐怕寿宴也无法顺利进行。

连日来的暴雨不断冲刷着孤零零的陆家大宅,宅子边上的景观湖水面也由于这场大雨渐渐上涨,眼看就要向外漫出。在这种天气下,陆仁能跑到哪里去?

对于陆仁的失踪,最心急如焚的是他的妻子王芬。结婚以来,丈夫从来不会像这样一声不吭就消失数日。坐立不安的王芬感觉到事态不妙。而一旁,王芬与陆仁的儿子陆文龙却显得过于冷静。三十三岁的陆文龙是一名年轻的外科医生,也许冷静已经成为他的一种职业习惯。陆文龙不断安抚着坐在沙发上、心烦意乱的母亲。

中午过后,雨终于停了,一缕阳光渐渐从云间照向地面。雨后的空气格外清新,一直憋在家中的陆小羽迫不及待地飞奔向室外。

陆小羽是目前陆家唯一的孩童,年仅八岁,是陆文龙的儿子,也就是陆仁的孙子。对于爷爷的失踪,这名浑身充满稚气的孩子并未感到任何异常,表现出完全漠不关心的态度。毕竟对这个年龄的孩子来说,玩耍才是第一位的。

陆小羽无视王芬和陆文龙的警告,一路欢叫着在宅子外面奔来奔去。不一会儿,陆小羽就开始扩大自己的玩闹范围。他在地上捡了一根树枝,一边抽打空气一边奔向宅子后面。

在宅子后面靠近后院的地方,有一间独立的半地下储藏室。之所以称之为"半地下",是因为这间屋子的三分之二在地下,三分之一在地上。也就是说,储藏室的上方有一部分是凸出在地表外的,凸起部分挨近地面的位置有一扇二十厘米见方的通风窗。

陆小羽来到这间储藏室旁边,此刻,窗户关着,玻璃上脏脏的,全是泥水。就在这时,陆小羽发现窗框的铁钩上挂着一根深褐色的东西,看上去像一条干瘪的腊肠。这根东西的另一端盘在地上,不仔细看的话还以为是条小蛇。

小羽的注意力完全被这根奇怪的东西吸引了过去。他走上前,先是小心翼翼地用树枝戳了戳那东西,感觉不出是什么。在确认不是活物之后,小羽用树枝将它从铁钩上挑下来,往地上一扔。发现了新玩具的小羽丢掉手中的树枝,取而代之抓起地上的不明条状物,疯狂地挥舞起来。

对于一名工作繁忙的外科医生而言,照顾儿子是一件极为头痛的事情。调皮捣蛋永远是孩子的天性,而小羽似乎更是将这种天性发挥到淋漓尽致。无论棍棒相加还是细心说教,都不是教育孩子的最佳良策。有时候,陆文龙甚至想回到小羽出生前,过着那安安静静念书的日子。而一想到此时妻子腹中又怀上了第二胎,陆文龙更是没有信心面对未来。

这不一会儿工夫，小羽又不知跑到哪里去了。眼下父亲失踪未归，儿子又在这个节骨眼儿给自己徒增烦恼，陆文龙的心情差到极点。他换上运动鞋走出宅门，想先把儿子抓回来好好教训一番。然而就在踏出门口的那一刻，小羽却自己回来了。陆文龙叹了口气，喊着小羽的名字。

这时，陆文龙注意到儿子的手里握着什么东西，黑乎乎的，一定很脏。陆文龙摇了摇头，心想着等会儿一定要好好给小羽洗个手。

"小羽，你拿着什么呀？脏不脏啊！"陆文龙呵斥道，旋即一把夺过他手里的不明条状物。

就在摸到条状物的刹那，陆文龙一怔。他定睛端详着手里的东西，察觉到一丝不对劲儿。

"小羽，你在哪里捡到这个的？！"陆文龙的语气异常严肃。

小羽被父亲凶狠的样子吓到了，放声大哭起来。

作为一名医生，陆文龙很清楚，眼前这根红褐色的条状物，是一根婴儿的脐带。

## 2

在小羽的带领下，陆文龙来到储藏室前。在储藏室的南侧，有一段向下的台阶通往储藏室的入口。那里有一扇房门，位于储藏室的地下三分之二处。

由于连日来的暴雨，现如今，整段台阶都被淹没在了水下。脏兮兮的水面与周围的地面持平，形成一个大水坑。也就是说，此时此刻，储藏室的入口完全被雨水淹了，整扇房门都在水下。想要进入储藏室，非得潜入水坑不可。

陆文龙观察着水坑，心算着这里边的水量大概有多少。目测之下，储藏室的地上部分有一米高，地下部分差不多有两米。因此，水坑的深度也差不多有两米。加上台阶的宽度，水坑的容积可不小。想要在短时间内把水全部弄走，不是一件容易的事。

然而，从发现脐带的那一刻开始，直觉就告诉陆文龙，储藏室里一定有异样。这种异样是否和父亲的失踪有关，陆文龙不敢往深处想。如今，他只想马上进入这间地下室一探究竟。

下午，陆文龙在家人的帮助下弄来一台大功率抽水机。伴随着马达的巨响，水坑中的水面逐渐下降，石头台阶慢慢现出原形。一番折腾后，湿漉漉的房门终于暴露在眼前。

陆文龙迅速走下台阶，入口的房门并未锁上，他推开门。顷刻间，陆文龙意识到自己的预感应验了。

就在离门口不远的储藏室地板上，穿着睡衣的陆仁仰躺在地，苍白的脸庞在阴暗的房间里格外突兀，瞪大的双目无神地望着天花板，眼中布满了血丝。张开的嘴巴似乎在向这个世界控诉着什么，但此刻已发不出声音。

陆仁已经死了。但是，地板却几乎是干的。

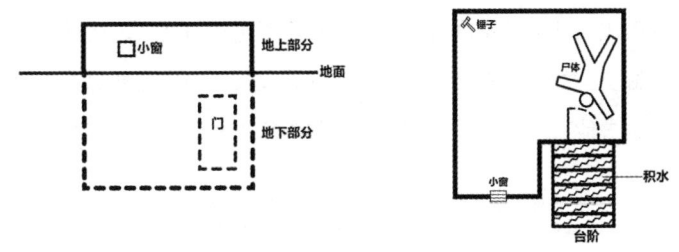

图一　地下小屋现场略图

## 3

这是一幢位于青浦区的老式居民楼，在顶楼的某间出租屋内，一名男子的尸体悬吊在天花板的吊灯上。警察进入屋子时，男子已经死亡超过一天。虽然是大冬天，但因为潮湿的环境，尸体仍然散发出浓重的异味。

负责侦办这起案件的是青浦区第二刑侦支队副队长梁良，此时和他一起来勘查现场的，还有他的一位下属，刚从警校毕业的见习女警官冷璇。

一进入现场，冷璇就捂住鼻子。这并非她第一次见到案发现场的尸体，但此刻仍然无法适应。

"你还年轻啊，小冷，"梁良将手搭在冷璇的肩膀上，"不过干这一行，这种场面有的是，你会习惯的。"

梁良是一位年仅三十一岁的年轻警官，就年纪而言不比冷璇大多少，身上却透着一股不属于他这个年龄的老练与沉稳。梁良是个富有正义感的行动派，脑子也好使，因此短短几年间就在警队立功无数，破获多起重大刑事案件，很快就晋升为副队长。

在警队里，梁良算得上仪表堂堂。不长不短的头发总是梳理得很整齐，浓密的眉毛下是一双有神的眼睛，鼻子高挺，棱角分明，皮肤黝黑。从某个角度看还有点像日本影星织田裕二。他是个很看重人际交往的人，在局里，每当案件涉及某些刑侦之外的专业知识时，他总能第一时间请到相关领域的专家来协助破案。这都靠他平时积累的人脉。

梁良环顾了一圈这间二十平方米左右的单居室出租屋。屋子里相当凌乱，衣服、袜子、饮料瓶乱丢一气，地板上还撒着许多张稿纸。梁良又抬头观察悬吊着的尸体,男子体型偏胖,脖子上套着一根麻绳,绳子绑在吊灯的支架上。但男子的脚下并没有摔倒的椅子之类用来垫脚的东西。

"小王,什么情况?"梁良向一个小警员询问。

"是这样的梁队,"小王咽了咽口水,有些紧张地向梁警官报告,"死者是一名全职作家,名叫冯亮,平时靠给杂志社撰写推理小说糊口。前几天房东联系不到他,今天过来一看,发现了尸体。"

"推理作家啊……"梁警官摸了摸下巴。

尸体被放下来后,法医对其进行详细的检验。当法医掀开死者的衣袖时,梁良注意到死者的手臂上布满了针孔,他蹲下身子,仔细查看起这些细小而密集的针孔。

"梁队,死者可能有吸毒史。"法医做出判断。与此同时,几名鉴定人员也在死者家中找到几根针管。

梁良点了点头,随即走到门边,看见地上有一根扭曲的插销。

"这个是怎么回事?"他指着插销问道。

"哦梁队,当时这间屋子的房门是从里面插上的,发现情况不对劲后,房东找了几个邻居一起把门撞开,这才发现了尸体。"小王翻阅着笔记本如实报告。

梁良捡起变形的插销仔细端详了一番,的确是因外力撞击损坏的。接着,他走到窗前,窗户向两边敞开着,一阵寒风吹入房间,不禁让他哆嗦了一下。梁良注意到,窗户外面安设着牢固的防盗铁栏,栏杆并无损坏。

"密室。"梁良扫视了一遍整个房间,在确认过除了门和窗以外,现场并没有其他出入口后,他得出了这个结论。

## 4

梁良转过身，向默不作声的冷璇问道："小冷，你怎么看？"

"嗯……"冷璇思忖了半晌。即便穿着警服，冷璇的面庞依然显得稚气未脱。白皙的皮肤，透亮的双眸，精致的五官，美女的每一个特征，冷璇身上都能找得到。因为其出众的外貌，来到警队之后，冷璇受到不少男同事的青睐。但冷璇对此总是不以为意，脾气倔强的她，更想通过工作中的出色表现来得到众人的认可。

"我觉得这是一起谋杀案。"冷璇大胆地说出自己的观点。

"哦？何以见得？"

冷璇走到屋子中央，指着刚才尸体下方的地板，道："因为现场没有垫脚的东西啊。我想，凶手杀死被害者后，一定想伪装成上吊自杀，于是，他用绳子将尸体悬吊在房间的天花板上。但大概是一时匆忙，凶手忘了给死者准备垫脚物，就这样离开了现场。"

"伪装自杀却不准备垫脚物？这个凶手也太弱智了吧？"梁良揶揄道，"况且，房门是从里面反锁的，窗户也装了防盗栏，凶手要怎么离开呢？"

"那……那我就不知道了。"冷璇有些不高兴，她反问道，"那梁队您觉得呢？"

"我初步推断这是一起自杀案。"梁良直截了当地说出结论。

"自杀？那死者是拿什么垫脚的呢？难道是悬空把自己挂在绳子上的？"冷璇提出最大的疑惑。

梁良微微一笑，指着地板道："死者垫脚的东西，其实就在我们眼皮底下。"

"啊，我懂了！"

"嗯，就是这撒了一地的稿纸。"梁良一语道破天机，"死者将一厚沓稿纸垫在脚下，就成了一个临时的脚凳。当时，死者就踩在这堆稿纸上，将脖子套进吊灯上的绳圈里，实施了自缢。

"而现场的窗户一直打开着，昨天夜里风很大，死者完成自杀后，风从外面刮进来，吹散了原本叠起来的稿纸，脚凳就这样消失了，只在现场留下这一地散乱的纸。"

说完自己的推理，梁良随意从地上捡起几张稿纸瞄了几眼，这上面估计都是死者创作的小说原稿。

"可是，明明有椅子，死者为什么要用稿纸垫脚呢？"冷璇继续提出疑问。

梁良思索了片刻，道："这或许有某种寓意吧……死者从一个作家堕落成瘾君子，也许是毒瘾突然发作，又没钱购买更多的毒品，在痛苦之下，他选择结束自己的生命。而将自己的小说原稿垫在脚下，可能认为这些作品也是自己人生的一部分，想借由它们去往那个世界，在那里重新找回一个作家的尊严与信念吧。"

第一次从梁良嘴里听到这样的话，冷璇感到有些不可思议。但对瞬间就解开密室之谜的梁良，冷璇还是由衷地佩服。周围的警员也纷纷投来敬重的目光。冷璇还没从警校毕业的时候，就听过梁良的传闻，这个人对付匪夷所思的怪案奇案专门有一套，现在看来果然不是盖的。

最后看了一遍现场后，梁良补充道："当然，现在就得出自杀的结论还是太武断，必须找到支撑这个结论的证据。"他转而对警员小王吩咐道："再仔细搜查一遍现场和死者的电脑，看看是否有遗书留下。还有，将地上所有的稿纸重新叠起来，看看高度是否能让死者够到绳圈，同时让鉴定科在纸上找找死者的脚掌纹。另外，死者是否真的是瘾君子，还要回去解剖尸体后才能盖棺论定。"

很快，鉴定人员就在现场找到死者手写的遗书，这起作家死亡案也顺利告破。

回到局里之后，法医确认死者的确有长期吸食毒品的习惯。调查人员还在现场找到的针管里检测出一种高纯度毒品，这是近几年才出现在市面上的新型种类。梁良立马将这个消息传达给缉毒组的同事，他们最近一直在调查这批毒品的来源，这对他们来说或许是一个有力的新线索。

案子告破后，梁良和冷璇在办公室吃起了泡面。

"现在怎么作家都开始吸毒啦？想不通……"冷璇吸了一口面条，感慨着这起自杀案。

"这很正常，一些明星不都吸毒吗？现在的人，现在的社会，我们都看不懂，做好自己就行了。"梁良不以为意地说道，"不过一个推理作家死在密室里，这倒挺有戏剧性的。"

"哎……我原本以为，密室杀人这种东西，只有小说里才有。"

"那是你没见过世面，现实中这种奇怪的案子多着呢……像好几年前发生在昆虫研究所的一起杀人案，现场的门窗都被胶带贴死了……"

"梁队，你是不是很擅长破这种案子啊？"因为不想听梁良滔滔不绝，冷璇打断了他的话。

"我只是认识不少这方面的专家，学了几招。"梁良自鸣得意地说道，接着一口喝完碗里的面汤，露出满足的表情。

"还有这方面的专家？"冷璇刚想追问，办公室的电话铃声突然响起。冷璇放下泡面，接起桌上的电话。

放下听筒后，冷璇脸色大变："梁队，青浦湖心公园陆家宅发生命案！"

## 5

数辆顶灯闪烁的警车停在陆家大宅的门口，讽刺的是，这是多年来这片荒凉之地第一次这般热闹。

冷璇刚下车，就对前方泥泞的地面望而却步，生怕弄脏自己因为工作新买的皮鞋。而边上的梁良却无暇顾及那么多，他三步并作两步地奔往案发现场。梁良知道，那里有一个死去的人正等待着他为其昭雪，刻不容缓。

绕到宅子后方，一间稍稍高出地面的地下小屋映入眼帘。此时，陆家人全都围拢在小屋的入口外。一位年迈的老太太坐在轮椅上，表情呆滞地望着小屋。在如此寒冷的室外，身后的女佣生怕老太太着凉，不时地帮她盖好身上的小毯子。

"这地方居然还有这么大的宅子，还住了这么多人……"冷璇轻声感叹道。

"这你就不懂了，比起市中心啊，这里空气好多了，反倒更适合居住哩。"梁良转过头回应道。

两人在一名警员的带领下走下台阶，跨过一个低矮的门槛，进入地下小屋。这间屋子是陆家的地下储藏室，平时用来存放酒和粮食，最近因为要修缮一直空置着。储藏室大约十多平方米，阴暗的屋子里只有一只天花板上垂下来的灯泡照明。漆黑的砖石墙壁给这空间带来无限的压抑感。

冷璇刚踏入储藏室，脚下突然踩到一个酒瓶，险些摔倒，幸好边上的梁良将她扶稳。冷璇定睛一看，地板上居然丢满了空酒瓶，一些酒洒了出来，在地上形成几摊印记。要不是地上那具尸体表情狰狞，还真会让人产生"躺着的只是一名醉汉"的错觉。

阴冷的地板上，尸体呈大字形仰躺着。死者是陆家的长子陆仁，现年六十岁。尸体的两鬓可见几道白发。梁良蹲下身子，和法医共同查看死状。

老练的法医开始对尸体进行最初的检验工作，他仔细查看了尸体的面部和体表，包括口鼻、指甲等，随即给出初步的结论："死者眼结膜有点状出血，嘴唇和指甲有紫绀，下身有大小便失禁现象。口鼻呈扁平状，周围有皮下出血。除此之外，尸体没有其他明显外伤。初步推断，死因是压迫口鼻造成的机械性窒息，也就是我们通称的'捂死'。"法医在死者的面部上方做了个按压的动作，"应该是有人拿着什么东西用力捂住死者的口鼻，导致他窒息而亡。"

"捂死？能知道是被什么东西捂住口鼻的吗？"梁良看了看尸体周围，"现场好像没有类似的凶器。"

"目前还无法确认，得回去从死者的口鼻中找出提取物才能做判断。"法医将尸体翻转过来，开始测量尸体的肛温，"另外，死者的嘴里有浓重的酒精味道，死前应该喝了许多酒。"

梁良又看了眼满地的酒瓶，继续问："死亡时间呢？"

"根据肛温、尸斑和僵直程度，初步看来，死亡超过十二小时，被害时间大约在昨天半夜一点到三点之间。"

这时，身后的冷璇小声对梁良说："这个陆仁我认识，是个很有名的慈善家，经营着一所慈善机构，专门收留流浪汉和孤儿，新闻一直有报道的。"

"好人不长命……"梁良对着尸体做了一个双手合十的动作。

"不过梁队，这陆家到底啥来头，为什么会住在这种地方？"冷璇好奇地打听起来。

"回去再告诉你。"丢下这句话,梁良开始在屋子里徘徊,想要找寻线索。梁良发现在南侧墙壁的高处有一扇小窗,阳光从窗户斜射入屋内,在靠近北侧的地板上形成一个白色的光斑。他走过去,想将窗户打开,却因够不到而放弃。梁良又在屋子里走了一圈,发现墙角摆了一个木盒,里面堆放着铁锤等工具。除此之外,这间储藏室里什么都没有。

梁良走回尸体躺倒的位置,死者的手机掉落在尸体边上,屏幕上有几道明显的裂痕。一名鉴定人员正在提取上面的指纹,另有一名警员正用镊子收集地上的手机壳碎片,并将它们放入透明的证物袋中。

"这手机还能开机吗?"梁良询问。

"梁队,手机被人用力砸过,损坏比较严重,已经无法开机了。至于能否修复,我们要拿回去再试试。"鉴定人员告诉梁良。

"是用锤子砸的吗?"

"不,应该是直接对着地板砸的,还砸了好几下,那里有几道磕痕。"鉴定人员指着地板上的痕迹说。

梁良转眼看了看墙角的木盒,将这个信息记录到笔记本里。

# 6

梁良和冷璇走出储藏室。踏上地面后,梁良第一时间来到刚才够不着的小窗外面。他从外面推开玻璃窗,趴下身子,试着将脑袋塞进去。据陆家人介绍,这仅仅是一扇通风用的小窗,面积只有不到二十厘米见方。梁良努力了一番,只能勉强伸进去半个头,到耳朵这里就进不去了。他怕卡住出不来,索性中止了这个动作。

"你在干吗啊梁队?"身后的冷璇目睹了这一幕,觉得梁良有些可笑。

"没什么，随便看看。"通过刚才的测试，梁良确认，由于储藏室的构造，即使将脑袋全部伸进通风窗，也无法看见门口处的尸体。

陆家的客厅装修得金碧辉煌，摆放在客厅中央的沙发是从巴黎运回来的国际知名品牌，高档的提花布料与真皮搭配在一起，看上去雍容华贵。而这还仅仅是陆家大宅的一角。坐在沙发上的是死者陆仁的儿子陆文龙，以及陆仁的妻子王芬。此刻，王芬正因丈夫的死而低头痛哭，不断用手绢擦拭眼泪。

"陆先生，是你先发现尸体的吗？"梁良开门见山地问。

"嗯，"陆文龙推了推鼻梁上的眼镜，"是我。"旋即，他将从小羽捡到窗外的脐带到自己抽干入口积水的过程简要复述了一遍。

"陆先生，你怎么辨别出那是脐带的？"

"我当了这么久的医生，这点常识还是有的。"

"你父亲是什么时候失踪的？"

"应该是前天早上，他说有事要出门一趟，之后就再也没消息了……我没想到他竟然死在自家的地下室里。"陆文龙脸上的表情有些懊恼，大概觉得原本可以阻止这一切。

"他最近有什么奇怪的举动吗？接触过哪些人？或者和谁有结怨？"

"似乎没有。"陆文龙想了一下后回答，"他是慈善机构的老板，平时接触的也都是福利院、孤儿院里的人，偶尔跟几个棋友下下围棋，没什么别的社交。"

"会不会你父亲得罪了什么人你们不知道？"

"我想不太可能,父亲这个人为人低调,脾气和善,我印象中几乎从来没和人有过矛盾,应该没什么仇家。"

梁良记录下陆文龙的话,转而向王芬问道:"王女士,您觉得呢?"

王芬抽泣了几声,情绪依然没有平复。她在儿子的安抚下用力擦了擦红肿的眼睛,抬起头对梁警官说道:"我不清楚……我们家老陆就是老好人一个,花了大半辈子积蓄创办福利院,收留那些无家可归的孩子。为什么好人就是没好报啊?"说到这里,王芬又开始泣不成声,"到底是什么人要这样对老陆啊?造孽哦!"

梁良认为王芬目前的状态不适合继续录口供,便命一位警员将她搀扶到楼上休息。随后他继续询问陆文龙:"你父亲平时会去那间储藏室吗?"

"我不太清楚,父亲心情不好的时候偶尔会突然失踪个一两天。现在看来,他或许每次都是把自己关在储藏室里喝闷酒。他曾经说过,喜欢漆黑又静悄悄的地方。我也是有些无法理解。"

"这样啊,那么,一般什么事会让他心情不好呢?"

"比如福利院里的老人去世,遇到被父母丢弃而孤立无援的孩子,或者有无良媒体骂父亲搞慈善是作秀,这些乱七八糟的烦恼总会有吧。有时候想想父亲也真的挺可怜的,做了这么多好事还不被世人理解。"说到这里,陆文龙的眼眶有些湿润。

"天堂里一定没有这些烦恼。"身为一名刑警,梁良不知道在这个场合讲这种话合不合适。为了缓解过于沉重的气氛,他换了个话题:"对了,你说当时用抽水机抽光了储藏室入口处的积水,那时水是满的吗?"

"是的,水面的高度已经到达地表了,都是这几天下暴雨积蓄在里面的。"

"但是雨水好像并没有漏到储藏室里,那间地下室的防水性这么好?"

"确实很好。"陆文龙言之凿凿,"因为那里原本是用来存放粮食的,所以需要干燥的环境。那间屋子建造时用了沥青防水材料,里面涂了防水油漆,入口的房门是双层复合木板的,门缘还贴了一圈隔水橡胶,通风窗也一样贴了隔水橡胶。所以就算外面有积水,水也是无法渗漏进屋子的。"

"原来如此……这简直密不透风啊。"梁良点了点头,"那么你还记得,雨水是什么时候淹没入口台阶的吗?"

陆文龙回忆着说道:"我想是前天夜里吧,因为我昨天早上路过储藏室附近,已经看到有积水了。"

"前……前天晚上?"刹那间,某个闪念从梁良的脑际掠过。他突然意识到一个棘手的问题。

"没错。"陆文龙的语气很坚定。

"呃……那么,这几天,你们有没有听到周围传来抽水机的声音?"

"抽水机?应该没有吧……怎么啦?"陆文龙摇了摇头。

"你确定?毕竟外面雨声这么大……"梁良圆睁着双目,情绪有些激动。一旁的冷璇则是一脸茫然。

"这几天我都请假在家。不管是白天还是晚上睡觉,我都需要安静的环境,一点点动静就能把我吵醒。如果有抽水机这么巨大的噪声,我不可能没听见。但我这人怪就怪在喜欢下雨的声音,雨声越大反倒越能助我入睡。"陆文龙的语气斩钉截铁,"当然,你也可以问问其他人。不过……这跟父亲的死有什么关系?"

梁良忽然冲出屋子,一个箭步飞奔向储藏室。完全不知所以然的冷璇倍感莫名,只能也跟着往外跑。储藏室门外,法医老张正在收拾东西,准备撤离现场。梁良一把抓住法医的肩膀,还没喘上口气就问道:"老张,你刚才说死亡时间是什么时候来着?"

法医被梁良这突如其来的一出吓了一跳,但还是马上回答了他的问题:"是昨天半夜一点到三点之间……有问题吗?"

"昨天半夜?"梁良再三确认道。

"嗯,"法医颔首,"确切地说是今天凌晨。"

确定自己的耳朵没毛病后,梁良露出愕然的神情。

"太奇怪了……"他的视线盯着空中的某个方向,嘴里喃喃自语道,"这是密室杀人。"

# 7

"密室杀人?"这个词在同一天内出现了两次,冷璇感到有些不可思议,"为什么是密室杀人?现场的门又没有上锁……"她露出困惑的表情。

"小冷,看来你的脑子转得不够快啊。"梁良吐槽了一句,"你仔细想想,储藏室只有一个入口,但在两天前,入口就被雨水淹没了。可是,死者的死亡时间却不超过一天。"随后他带着冷璇走进案发现场,并指着相对干燥的地板说道,"然而,除了几小摊酒渍,储藏室的地面几乎是干的。这就表示在入口形成积水之后,储藏室的房门始终没有打开过,不然雨水势必会流进屋里。在终日见不到光的地下室,又是在这种天气下,这么多雨水不可能在短时间内蒸发到这种程度。"

"啊……"冷璇突然也领会到问题的严重性。

"你终于明白了吧。"梁良投来欣慰的目光,"这样一来,就出现了一个物理上绝对解释不通的矛盾点——一具死了不到一天的尸体,是怎么进入到两天前就被积水封锁的屋子里的呢?"

对梁良提出的这个逻辑悖论,冷璇感到诧异的同时,内心也有些发怵。她低头思索了片刻,随即向跟在身后的法医询问道:"张法医,您说一个人有没有可能自己把自己捂死?"

即使是这样一个有些不切实际的设想,法医还是以他的专业知识耐心地告诉眼前这位警界新人:"理论上,一个人是不可能把自己捂死的,因为在窒息前身体肌肉会失去力量,同时受害者很大程度上会失去意识。除非是直接用重物压住自己的口鼻直至窒息,但是现场你们也看到了,根本没有能够导致受害者窒息的凶器或疑似物。所以我基本认为,死者自杀身亡的可能性极低。"

冷璇有些失望地点点头,却又在几秒钟后显露出兴奋的神色:"梁队,那有没有可能中途把积水抽干,然后打开门,把尸体运进去之后,再重新把水放回去呢?"

梁良却不留情面地摇摇头,他跨步到门口,指着那排从地面延伸到眼前的石头台阶,边比画边说:"你算算看,入口前的台阶井至少有两米深,长和宽也各有两米左右,除去台阶占去的体积,整个台阶井积满水的话,里面的水少说也有四千升,也就是四吨。"

冷璇努力回忆着数学课上学到的单位换算公式,将梁良的计算结果默默检验了一遍。

"直到尸体被发现前,一直下着倾盆大雨,一刻都没有停过。如果仅靠人力一点点往外舀水的话,在将水舀出来的同时,外面的雨水也在不断流进去。在这种恶劣天气下几乎不可能把那么多水全部曝光。就像那道经典的数学题：水池里，甲排水管正在放水，同时乙进水管又在灌水。"为了确保自己表达清晰，梁良举了这么一个例子。

"那如果撑着伞呢？这样就能阻止雨水又流进去了。"冷璇再次想到一个突破口。

"没用的。"梁良仍然一口否决，"储藏室外的地面有一定的倾斜度，即使在台阶井上方打着伞，周围地上的雨水也会漫进去。所以，如果非要将积水快速排出台阶井，只能用大功率的抽水机。但陆文龙刚才也说了，他并没有听到抽水机的声响。当然关于这一点，一会儿还要向陆家其他成员再证实一下。"

冷璇突然明白过来："所以你才问陆文龙抽水机的事啊？"

"没错。"

"其实刚才跟张法医求证自杀说的时候我就在想……在下暴雨之前，陆仁会不会就已经待在储藏室里了呢？"冷璇依然不愿放弃先前的思路，"他不是前天就失踪了吗？兴许那会儿就跑来这里了。但是……"

"但是陆仁的死亡时间是在今天凌晨。排除自杀的情况，这个案子里无疑还存在一个杀人凶手。假如陆仁一开始就待在这间储藏室，那么，凶手又是怎么进来行凶的呢？行凶之后又要怎么离开？房门还是得至少打开一次，密室难题依然存在，逻辑矛盾照样无法消除。"

冷璇感到头晕目眩，她终于放弃了挣扎。面对这样一个违背物理学法则的现场，她的思维被逼进了死胡同，一股无力感涌遍全身。一阵沉默后，冷璇还是向一旁的梁良投去求助的目光。

而对梁良来说，从警这么多年，虽然也遇到过不少密室杀人事件，但最终都没有费太多工夫就解开了谜团。这让他产生一种自己很擅长应对此类案件的错觉。然而，眼前这桩案子第一次让梁良产生束手无策的感觉。一间入口被雨水挡住的地下室，这样奇特的密室难题梁良先前从未遇到过。即使他能对现场做出冷静客观的分析，也依然对密室难题毫无头绪。相比起侦办刚才那起作家自杀案时瞬间看破真相的成就感，"陆仁被杀事件"就仿佛一个无底深渊，吞没了所有的理性之光。

沉思了好一会儿后，梁良再次搜查了一遍案发现场，比刚才更全面细致。可是，搜查还是以"屋内没有其他出入口"告终。而后，梁良把最后的希望寄托在了那扇通风小窗上。他再度检查了窗户，小窗虽然无法上锁，但梁良刚才也试验过，狭窄的窗口根本无法让人通过。那里的位置又离门口较远，中间还隔着一个两堵墙壁形成的拐角，似乎也很难在窗户外面布置机关杀死陆仁。

梁良不甘心地摸了摸窗框四周坚实的墙壁，心想这扇小窗恐怕也只有婴儿才爬得进来吧……

等等……婴儿？

梁良顿时觉得脊背一阵发凉。他回想起发现尸体前陆家小孩在窗前捡到的那根脐带。带着暗褐色血丝的脐带此刻仿佛就在他眼前晃荡。

梁良的脑中忽现这样一幅诡谲的画面：狂风骤雨的深夜，一个全身血淋淋的婴儿缓缓向地下小屋爬行。婴儿手脚沾满了泥浆，肚子上的脐带拖在身后，在泥地上形成一条浅浅的拖痕。婴儿爬至窗口，从那里翻入地下室，来到酒醉不醒的陆仁身前，空洞的双目阴森森地望着陆仁的脸。忽然间，婴儿伸出两只小手，分别按压住陆仁的鼻子和嘴。陆仁被捂死后，婴儿咧开嘴，发出如同弄坏玩具后恶作剧般"咯咯咯"的笑声。随后，他爬出窗户，身上的脐带被窗框上的细钩扯了下来，就这么挂在了那里。而婴儿则消失在了黑夜的深处……

难不成……凶手是婴儿？

不可能……

想到这里，梁良用力拍了拍脑袋，试图让自己即将崩塌的理智尽快恢复。

婴儿怎么可能杀人？

梁良不喜欢鬼神的东西，但此刻他的大脑似乎被某种魔力控制，让他不由得产生这种疯狂的想象。

"梁队，这案子有点诡异啊。"回过神来时，冷璇正一脸苦恼地在他耳边低语，"你不是认识很多擅长破解密室杀人案的专家吗？都有谁？要不要找找他们？"

梁良拿出手机，翻看着上面的通讯录，道："有一位叫赫子飞的物理副教授，之前解决过很多密室案件，不过最近他正忙于学术研究，估计脱不开身。还有F县一名姓王的警官，也是密室专业户。那时候闹得沸沸扬扬的'天蛾人事件'就是他解决的。不过传言解开谜团的都是他背后的一个女大学生。我调查了一下，那个女大学生貌似已经去法国留学了。"

"你人脉真广啊……"冷璇惊叹道，"还有吗？"

"还有一个青年数学家，解决过震惊全国的'黑曜馆事件'，但他现在好像在美国……"

"所以都派不上用场咯？"冷璇挖苦道。

梁良继续下拉着通讯录名单，道："倒是还有一个人……"

"谁啊？"

"先去陆家录口供吧,今天还有一大堆人要盘问,十分钟后让陆家所有人集合。"梁良下达了命令。他决定暂且将密室难题丢在一边,先完成基本的调查流程。

然而,此时的梁良完全没有预料到,这起"水密室事件",仅仅是陆家一连串死亡惨剧的序幕。

## 第二章 陆家宅

1

钟可睁开蒙眬的双眼,发现窗外连日来的阴云已经散去,久违的太阳光从外面照射进来,给房间带来些许暖意。即便如此,在这样的冬日,她依然不愿放弃棉被的怀抱,继续一头扎进被窝,呼呼大睡起来。住进陆家的这一年来,钟可已然养成了但凡休息日必定睡懒觉的习惯。这主要由于她平日里工作繁忙,睡眠时间严重不足,只得在假日里多补觉。

二十一岁的钟可是一名职业配音演员,也就是所谓的"声优"。童年时,钟可就对配音这件事狂热不止。她总是将电视调到静音,幻想自己是电视剧或动画片里的主角,看着画面念出自己任意编造的台词。大学期间,钟可加入了一个叫"月吟"的网络配音社团,成了一名"网配"。所谓网配,也就是混迹于网络的配音者。其间,钟可经常录一些广播剧和有声小说,偶尔也会为游戏角色配音。凭借出色的表演天赋与独特的声线,钟可也在网络上赢得了一些人气。钟可认为,配音是一份为角色塑造灵魂的工作,她乐此不疲。

毕业之后,怀揣着配音梦想的钟可来到上海,这里有一家名叫"悦音"的国内一线配音公司,那是钟可梦寐以求的向往之地。为了加入悦音,一年多以前钟可就报名参加了公司的培训班。功夫不负有心人,培训课程结束后,她终于以优秀学员的名义成了悦音的一名实习员工。从那时起,钟可就正式踏上了职业声优的道路。

然而,职业声优之路不比她想象中轻松。由于激烈的行业竞争,加上整个配音行业在国内得不到太高的重视,实际上,声优每接一单所得的收入并不高。这个行业的特殊性还体现在没有固定的工作时间,在庞大的工作量面前,有时候一录就是一个通宵。悦音目前主攻动画领域,对录惯了广播剧的钟可而言,动画配音是相对比较生疏的。她时常把控不好人物的情绪,经常一句话反复录好几遍,这更增加了她的工作时间。

高强度的配音工作给了钟可不小的压力,这种压力其实不仅仅来自工作,更来自生计。独自一人跑出来闯荡,要在上海这样一座快节奏的大都市安稳地生活,最需要的是经济基础。首先令钟可烦恼的就是租房问题。现如今的上海寸土寸金,想要在市区租到一间厨卫独立的单居室,至少要耗去钟可一大半工资。为了尽量租到性价比较高的房子,钟可几乎跑断了腿。一年前,就在她心灰意冷之际,一则报纸上的租房广告映入眼帘。

广告登在报纸版面的一角,不是很起眼。上面只有几行字,内容言简意赅。大致意思是一栋位于青浦区的大宅有空房出租。钟可定睛看了一眼租金的数额,非常便宜。在一阵欣喜之余,钟可也产生了一丝怀疑。即便青浦区离市区非常遥远,但就算是如此偏远的地段,租金也不会便宜到这种程度。

疑虑之下,钟可在网上搜索了关于那幢宅子的信息。她了解到,宅子里似乎住了一户姓陆的人家,因此那里也被称为"陆家宅"。陆家宅位于青浦区的一座湖心公园内,但眼下公园已经不对外开放。关于这个几乎与世隔绝的神秘家族,网上还有许多传言。有人说这户人家从祖上开始就只有男性出生,从来没诞生过一个女婴;也有人说公园的湖里有吃人的怪物;还有人说晚上溜进湖心公园能听到婴儿的哭声,那声音时断时续,感觉就像在耳边……看到这些略带恐怖色彩的流言,钟可有些脊背发凉。然而眼下,悦音的入职通知书已经递送到钟可手里,她必须立即找到合适的房子住下来。当务之急是至少有个每天能睡觉的地方,钟可实在无暇顾及那么多,决定先去那里看看房子。而其实,钟可是一个好奇心很重的女孩,在她的内心深处,对这种蒙上神秘色彩的大宅子,兴许还有一丝期待也说不定。

钟可拨通了广告上的电话。

# 2

那一天,钟可身着一件浅咖色的毛绒斗篷,里面是一条反季节的连衣裙,下身穿着带可爱印花图案的黑色大腿袜,脚上蹬着一双黑色短靴。为了抵御寒冷,她还在头上戴了一副雪白的绒毛耳罩,下巴微微埋在围脖里。整个人看上去毛茸茸的,异常可爱。

钟可的脸蛋有一点点婴儿肥,光洁白皙的皮肤看上去吹弹可破。因为近视的关系,她的鼻梁上总是架着一副造型略微夸张的圆框眼镜。略带自然卷的头发在微风中轻轻飘荡,散发出优雅的浅棕色,整齐的平刘海显得格外俏皮。

作为一个"声音工作者",比起外形上的穿衣打扮,钟可更注重对嗓子的保养呵护。尤其是在这种容易感冒的季节里,绝对不能让自己的嗓子发炎变声,这就如同一位钢琴演奏家必须极力保护自己的手指一样。钟可曾经有一位声优圈的好友,就是因为嗓子出问题而无法参加某个影视项目的试音,最终错失发展良机。

计划好路线后,钟可首先搭乘地铁二号线,从中山公园一路坐到终点站。在地铁上,钟可遭到一个宅男的搭讪,对方问她要微信号,钟可婉言拒绝。

"小姐姐,你好可爱啊,能加一下你微信吗?"宅男挺着圆鼓鼓的肚子,递出自己的手机。

"不用了吧。"钟可摇摇手。

"你声音好好听啊。"

"呃……"

"你要去哪里呀?"

面对宅男的不依不饶,钟可感到忍无可忍,随即举起拎在手上的一碗麻辣烫,道:"知道这是什么吗?"

对方凑近看了一眼回答:"麻辣烫吧。"

"知道我为什么不吃吗?"

"因为地铁上不能吃东西……吧。"

"一会儿它就会扣在你头上!"

对方一听吓了一跳,这时地铁正好到站,那人逃也似的跑了出去。

摆脱了陌生人的骚扰,钟可长舒一口气,并庆幸地看了一眼塑料袋里的麻辣烫,心想幸好刚才没有真的砸过去,毕竟这是她最爱的食物之一。钟可虽然也知道保护嗓子的重要性,但唯有麻辣烫的美味她实在无法抗拒,只得在吃的时候只放极少量的辣油,以防嗓子受到刺激。

下地铁之后,钟可又乘上一辆开往青浦的公交车,汽车沿着一条荒凉的公路行驶着,两边都是广阔的农田。三十分钟后,公交车终于到站，钟可带着疲惫的身躯下了车。这段路途要比她想象中遥远得多。抬眼望去，公交站牌孤寂地伫立在空荡荡的马路上，四周除了几间矮平房外没有任何建筑物。和市区的喧闹比起来，这里简直荒凉得可怕。

再度看了一眼手中快凉掉的麻辣烫，钟可决定先坐在车站把它解决掉。她很后悔没有买好直接在店里吃完，现在又不想扔掉浪费。解开袋子，钟可夹起一块鱼豆腐就往嘴里送，五分钟后，她彻底填饱了肚子。

钟可打开手机查看了谷歌地图，现在的位置离目的地湖心公园还有一段距离，她只得步行赶往那里。一想到如果定下这里的房子，以后每天上下班都要这样舟车劳顿，钟可就有些打退堂鼓。但既然来都来了，索性就先去看一看吧。这样想着，钟可加快了脚下的步伐。

十分钟后，一排黑色的围栏挡在钟可面前，围栏的正中间有一扇大铁门。钟可走上前，查看了铁门上的一块铜牌，上面刻着"青浦湖心公园"六个字。而那扇铁门被电子锁锁着，钟可用力拉了拉门，无法打开。

钟可注意到，铁门上有一个类似门铃的按键，边上还有一个摄像头和方形出声筒。她犹豫了片刻，伸出手指在按键上揿了一下，果然传出响亮的门铃声。

"您好，请问是哪位？"传声筒里发出一个年轻女子的声音，声音很有礼貌。

"呃……"钟可嗫嚅着，"你……你好，我是看到报纸上的租房广告……"

还没等钟可说完，"哐当"一下，铁门就自动开启了。

"请进。"说完，对方就挂断了对讲筒。

对于这种爽快的迎客方式，钟可有些始料未及。她小心翼翼地走了进去，心里略感紧张。

沿着一条蜿蜒的路，钟可走入湖心公园深处。这座占地一百多亩的湖心公园原本是九十年代的高档游乐场所，听说公园最早的经营者正是陆家的一家之主——陆宇国。

陆宇国出生于一九二六年，战乱时期，他曾是民国某图书馆的职员。新中国成立后，陆宇国和第一任妻子结婚，生下了陆家长子陆仁。六十年代，妻子不幸病逝，陆宇国又娶了当时的沪剧演员吴苗，作为他的第二任妻子。在当时的沪剧圈里，拥有美丽容颜和曼妙身姿的吴苗是很多男人青睐的对象，陆宇国当然也是其中之一。因此，吴苗深受陆宇国的宠溺，就在婚后不久，吴苗接连为陆宇国生下陆义和陆礼这两个儿子。

后来，陆宇国白手起家，以前瞻性的理念打理起皮毛和服装生意，干得颇有起色。一九七八年国家提出改革开放政策，陆宇国的事业更是一帆风顺。在两年时间内，陆宇国就创立了自己的服装品牌，足以与当时国际上的二三线品牌相抗衡。

八十年代，事业蒸蒸日上的陆宇国购入民国时期作为图书馆的宅邸，也就是他曾经工作过的地方。宅邸紧邻某个湖而建，那个湖有个奇怪的名字——胎湖。一家人搬入位于胎湖湖畔的宅子，从此定居下来。那时，陆仁的儿子陆文龙已经出生。九十年代，陆义与陆礼也有了各自的儿子——陆哲南与陆寒冰。三代人共同居住在大宅子里，也就是现在的陆家宅。

然而，就在这之后不久，年近七旬的陆宇国突然卖掉了自己一手创办的服装公司，包括苦心经营多年的品牌和所有股权，并用卖得的钱买下宅子周围的地皮，花了数年时间将其打造成一个只对富人开放的高档湖心公园。就这样，陆宇国宣布从服装业隐退，要在这座公园里安享晚年。

公园里设立了高尔夫球场、星级餐厅、豪华旅馆、特色度假吊屋、水上摩天轮等休闲娱乐设施。在当时来看，与其说这里是一座公园，倒不如说是一间针对高端人士的贵宾级会所。然而好景不长，毕竟那个年代富人不多，湖心公园最终因经营不善倒闭，不得不沦落成一处废园。如今，只有孤零零的陆家宅还独守在这里。

二〇一二年，陆宇国病逝，享年八十六岁。那时，刚步入古稀之年的吴苗接过陆家一家之主的衣钵，掌管起陆家的一切。

## 3

在来这里之前，钟可也专门了解过陆家的家族背景，能搜索到的信息基本也就是以上这些。她总感觉陆家上下蒙着一层神秘面纱，有许多无法理解的谜团，比如陆宇国为何突然从服装业隐退？又为何要买下宅子周围的地皮？

当然，钟可现在无暇顾及这些事，她只想快些确定这里的房子靠不靠谱。钟可继续沿着道路往里走，道路两旁是荒凉的草坪。干枯的野草给地面覆盖上一层苍黄色，偶有几棵树木点缀在草坪上，从远处望去像一个个没有生命的稻草人。

经过一个空旷的广场，钟可看到一些破旧的建筑。其中一座是高尔夫球场曾经的会馆楼，现已弃置，前方那排空荡荡的发球台如今长满了野草，建筑物的外壁也破败不堪，就算用"废墟"这个词来形容也不为过。钟可开始怀疑自己是不是来错了地方，她怎么也无法想象这里以前是高档公园,更无法想象现在里面还住着人。

穿过广场,越过一个小矮坡,钟可来到公园的中心,眼前赫然出现一个广阔的湖。湖水在阳光下泛着波光,湖面上似乎有一层薄薄的雾,让这里看起来不是那么真切。远处有一条栈道直直地通向湖中央,那里有一个伫立在水面上的巨大圆形铁架,想必就是已经被拆除的水上摩天轮支架。

放眼望去,整个湖的形状宛如一个蜷缩在子宫中的胚胎,难道这就是"胎湖"名字的由来?冬日里的胎湖就像一个侧躺在大地中央的巨型婴儿,它的周围长满了失去生机的草木,它们仿佛都被贪婪的婴儿吸光了养分,垂死在岸边。就在"胚胎"肚子的位置,一幢独栋老洋房横立在那里。从高空俯瞰的话,洋房就宛如延伸在胎儿肚皮外的半截脐带。

钟可朝洋房的方向走去,脚下的地面有一点湿滑,她的短靴沾满了泥土,略有些洁癖的钟可有点无法忍受。走过这段路后,她终于来到了此行的最终目的地——陆家宅。

竟然真的有人居住在这种地方?望着眼前这幢三层住宅,钟可在内心感叹了一番。老洋房的外墙涂刷成了酒红色。从外面看,洋房每一层都有好几扇窗户。一些窗户的外面还有用大理石罗马柱围成的小阳台,外观十分华丽。

民国时期常见的欧式折中主义建筑风格让宅子看上去颇有几分大户人家的气派,几根白色的装饰柱和一排排浮雕墙勾勒出宅子的基本框架。钟可从上到下扫视了一遍整座房子,她实在无法相信这是一间私人住宅,这规模已经堪比一家高级旅社了。不过,因为多年没有修缮,洋房的外观显得有些老旧,仔细看的话,许多地方出现了龟裂和斑驳。再加上宅子四周过于荒凉,即使是白天,整栋建筑也给人一种荒芜感。

一排半圆形台阶通向宅子的大门,钟可蹑手蹑脚地踏上台阶,看到双开大门前有一个门铃。正当钟可准备按下门铃时,门突然开了,就像里面的人知道她已经到了一样。从内侧拉开大门的人穿着一身黑白相间的用人装,是一个年轻的姑娘。

"您好,请问您是要租房子的客人吗?"对方用与刚才话筒里一样轻柔的语气问道。

"啊……你好,是的……"钟可打量了一番眼前的人,姑娘面目清秀,身材高挑,脑后梳着一根长马尾,看上去三十岁不到。从服饰判断,应该是这里的女佣。

"请稍微抬一下脚。"女佣手里拿着一块布,蹲下身子。

"哦……"钟可望了一眼自己靴子上的泥,有些不好意思地抬起脚。对方用一只手托住钟可的脚踝,用布拭去她鞋子上的泥土。在对另一只鞋子重复了刚才的动作后,女佣将布折好站起身来。

"请进。"她做了一个请的手势。

"谢谢。"钟可向女佣点点头,旋即看了一眼脚上的靴子,简直一尘不染。

女佣将钟可领进客厅,相比宅子的外观,客厅的布置倒是多了几分现代味。浓重的色调不失豪华感,精致的家具呈现自然舒适的格局。脚下的实木地板似乎刚刚打过蜡,缺少摩擦力的鞋底踩上去滑滑的。客厅中央的紫檀木茶几边围着一套欧式沙发,地上铺着厚厚的地毯。对面的墙壁上挂着一个六十寸的液晶电视,下方是一个用砖石砌成的西式壁炉。一盏水晶吊灯悬在天花板上,散发出刺眼的亮光。在客厅北面,楼梯通向宅子的二楼。

女佣去厨房为钟可倒了一杯果汁,她让钟可在沙发上坐一会儿，便转身从楼梯走了上去。

客厅的暖气很强，钟可摘下耳套和围脖，喝了一口果汁。在等待的过程中，钟可环顾周围，不断地东瞧西望。这里比她想象中要奢华得多，没想到上海大郊区还隐藏着这样一户土豪人家。但转念一想，钟可又对廉价的房租感到无法释怀。在寂静而空旷的客厅里，她无法阻止自己任意游走的思绪。忽然间，"凶宅"这个词猛地从脑海中冒出来……钟可不禁打了个寒战。

大约五分钟后，一个男人从楼梯上下来。钟可听到一阵闷闷的脚步声。而就在见到来者的那一刻，钟可差点叫出声来："咦！？你不是……"

# 4

"啊！"看到钟可，对方脸上也露出惊讶的表情，"是你。"

"你不是刚才地铁上那个……"钟可打量着对方，此人身材肥硕，即使不低头也能看见明显的双下巴，不禁让人联想起鲁迅先生笔下那位"满脸横肉的人"。身上的卡通外套被鼓起的肚子撑得紧紧的，走形的双腿令他的步伐限制在一定范围内，还略有些外八字。钟可马上认出，这人就是刚才在地铁上搭讪自己的宅男。

"真的好巧啊……"对方露出有些不正经的笑容，"居然是你啊小姐姐……难怪我在地铁上就觉得像。"

钟可感到无比尴尬："你怎么会在这里？"同时她也纳闷对方说的"我在地铁上就觉得像"是什么意思，难不成他以前见过自己？

"我怎么会在这里？哈哈哈哈。"对方迈着笨重的步伐，走到沙发前坐下，"忘了自我介绍了，我叫陆哲南，我住在这里，小姐姐可以叫我南瓜，是我的绰号。"

"那个……能别叫我小姐姐吗？我叫钟可……刚才不好意思。"钟可怎么也没想到，刚才偶遇的陌生人居然是陆家的一员。这个陆哲南，应该是陆义的儿子。

"没事没事，"陆哲南挥挥手，"我没想到跟小姐姐……对不起对不起，是跟钟可姐姐你这么有缘分。"

"可是你刚才为什么在我前面下车呢，而且还比我早到这里？"

"哦哦，我刚才是从漫展回来，本来想让司机开车过来接我的，但展馆附近太堵了，我就索性坐一站地铁，让司机到后一站接我。这不就碰到你了嘛，多好。"

钟可实在不习惯对方这种油里油气的说话方式，一想到以后可能要跟这种人住在同一屋檐下，她就有点无法接受。

"你是要租房子吗？"陆哲南终于进入正题，"要不我带你上去看看？"

"好。"钟可站起身，感觉对方的目光在自己的大腿袜上游移，连忙向下拉了拉裙摆。

陆哲南带钟可走上楼梯。在上楼的过程中，钟可总是担心走在她前面的陆哲南突然滚下来压到自己。

"钟可姐姐，听说你是声优，难怪声音这么好听。"

钟可被对方突如其来的这句话吓了一跳："你怎么知道我是声优？"

"当然，对有租房意向的客人，我们都会事先了解一下基本情况。"陆哲南的口吻显得很自然。

钟可想起第一次拨打广告信息上的电话时，对方询问过自己的姓名和手机号，她没想太多就告知了对方。然而令钟可没有预料到的是，陆家竟对自己做了调查。这样也就不难解释刚才陆哲南为什么会说"在地铁上就觉得像"这种奇怪的话了。陆哲南一定早先就看过自己的资料和照片。这种对准租客的谨慎态度钟可倒也能够理解，毕竟在来这里之前，她也尽可能地调查了陆家。但无论如何，她仍然有一种隐私被侵犯的厌恶感。

"那你是做什么工作的？"钟可反问陆哲南。

"我啊？我的工作嘛，就是把家里空置的房间租出去，然后收房租咯。"他轻描淡写地回答道。看来这个陆哲南并没有正当工作，是个不折不扣的富二代宅男。

"那请问你们家住了多少人？"钟可想进一步了解陆家的情况。

"我算算啊。"陆哲南抬起头，掰着手指头，"我奶奶，我伯伯一家，我叔叔一家，我们家，其他租客，还有女佣管家等，加起来十多个人吧，改天介绍给你认识。"

根据这幢宅子的大小，钟可大略估算了一下，十几个人肯定住不满所有房间，这里应该还有好几间空房。

两人直接来到三楼，拐上楼梯后，眼前出现一条宽敞的走廊。走廊顶部装饰着别致的方形吊灯，西侧尽头的窗户并没有迎来充足的阳光，即便是白天，走廊的照明也几乎都靠吊灯的光线。正对楼梯的墙壁上并列着三四道酒红色的房门。门与门之间的墙面上挂着一幅幅后现代主义艺术画，但与整幢宅子的气息毫不相称。

陆哲南将钟可带到靠近西侧的一个房间前，道："这就是你的房间。"旋即将木门打开。

这是一间二十平方米左右的单居室，装修得如同五星级酒店的客房。一张实木大床摆在房间中央，其他生活必要设施也是一应俱全。房间的正对面有一扇通往外侧阳台的玻璃门，除了阳台之外，这里还有独立卫生间和淋浴房。

钟可在房间里转悠了一圈,又走到阳台向外眺望,视野良好,阳光充足,左侧还能看到胎湖的一部分。一切似乎都令人满意。随后,陆哲南又带钟可看了其他几间空房,基本上也是相同的配置。

"怎么样,还满意吗?"回到走廊,陆哲南用试探的语气问道。

"我想先考虑考虑……"

"可以,你先下楼坐一会儿吧,慢慢考虑。"

两人回到客厅,这时刚才的女佣递给陆哲南一份包裹。陆哲南欣喜地将包裹拆开,里面是四大袋巧克力豆。这个品牌的巧克力豆有不同颜色的糖衣,是陆哲南最爱的少女偶像团体代言的,本身就热衷甜食的他经常买这个吃。

陆哲南拿出四个玻璃碟子,整齐地摆在茶几上,随后将一袋巧克力豆倒出来。接着,他竟然将四种不同颜色的巧克力豆按照颜色一颗颗分拨开来,分别放在四个碟子里,也就是每个碟子只盛装一种颜色的巧克力豆。

望着陆哲南专注的动作,钟可觉得对方可能有强迫症。她曾经见过有人吃薯条前先特意将薯条一根根排整齐的。

"来,请用,这个很好吃的。"陆哲南将分好类的巧克力豆推到钟可面前。

"我不吃甜食,谢谢。"钟可撒了一个谎,实际上,她是难以接受被陆哲南油腻腻的手指碰过的巧克力豆……

"决定租下这里了吗?"陆哲南将一颗绿色的巧克力豆送入嘴里,边嚼边说,"你刚才也看到了吧,房间很宽敞,东西也齐全,租金又良心,而且我感觉你和我也挺聊得来的,以后一定能好好相处。"

"呃……房间是不错,但是我还是有点不太理解,为什么房租会那么便宜？"钟可说出自己的真实顾虑。

"汗！便宜还有罪了？你也知道，其实我家并不缺钱，这么多房间空置着也浪费，不如租出去，多点人更热闹嘛。毕竟这附近荒无人烟的，我们一家住在这里，也寂寞得慌。"陆哲南眉开眼笑地说道，脸上的赘肉都挤在了一起。

"这样啊……"钟可抿了抿嘴，又说，"其实条件和租金我都挺满意的，就是路太远了点……我今天过来花了近两小时，又是地铁又是公交，交通实在不方便。而且我平时很晚下班……"

"交通更不是问题了，其实这里与市区的直线距离并不远，直接走G公路，只要四十五分钟的车程。"陆哲南不以为意地说，"我们每天都有送货的司机往返于这里和市区，你可以搭顺风车，如果实在太晚的话，你可以叫个优步到虹桥火车站附近，我派司机去接你。"

对于这样的意外福利，钟可有些受宠若惊，她觉得陆哲南对自己是不是太过热情了点。思前想后了一番，钟可依然没有马上答应租下房子，表示还是想回去考虑一下再做定夺。在离开陆家宅之前，陆哲南还邀请钟可参观自己的房间，钟可婉言谢绝。

几天后，做出决定的钟可再次来到陆家宅，签订了为期两年的租赁合同。

## 5

钟可再度睁开眼睛，然而并不是自然清醒，而是被外头的警笛声和嘈杂的人声吵醒的，她以为自己还身陷在某个惊心动魄的梦里。

从床上起来，钟可披上一件外套，戴上眼镜，走到阳台上。从三楼的位置能清楚地看见,陆家宅的门口的确停着好几辆警车。

出了什么事?

正当钟可感到一头雾水时,一阵敲门声传来。钟可快步走到门前,打开门,站在门外的是女佣小虹,她的神情有些不对劲。自从钟可搬进陆家宅以来,这位当时为自己擦鞋的女佣就一直很照顾她。然而,小虹此时阴沉着脸的样子,钟可还是头一回见到。

"钟小姐,那个……家里发生了凶杀案,警察要问话,您能下去一下吗?"小虹语气急促地说道。

"什么?凶杀案?"钟可诧异万分,"谁被杀了?"

"是大老爷。"

陆仁居然被杀了?到底什么情况?钟可震惊不已。

在这一年里,钟可与陆仁接触得并不多,平时在陆家见到也就点头打声招呼。但钟可对陆仁的印象不错,因为对方总是很有礼貌,对待身为租客的钟可也是极为和善,脸上总是挂着笑容,给人一副慈眉善目的印象。

陆仁是一位很著名的慈善家,经营着一家慈善机构,收留无家可归的孤老儿童。这样的人,到底会因为什么理由被杀呢?

钟可换上衣服来到楼下客厅,沙发上坐着一男一女两个警察,他们的表情都很严肃,这不禁让钟可紧张了起来。

"你好,我姓梁,这位是我的搭档冷警官。昨晚陆家发生了凶杀案,我们想问你一些问题。"男警官翻开记事本对钟可说道。

"哦……好。"钟可一脸茫然地坐在他们对面。

"钟小姐,你是这边的租客?"

"是的。"

"是什么时候搬来陆家的?"

"一年前吧,差不多也是这个时候。"

"你的职业是?"

"配音演员。"

"你工作的地方在市区吧,为什么要租这里的房子?"

钟可一愣,看来对方早已做过功课,把自己的底细摸得一清二楚。

"嗯……"她踌躇了一会儿,"主要是这里的租金便宜,而且早晨和晚上都能搭便车,感觉也挺方便的……"

"昨天夜里十二点之后,你在干什么?"察觉到钟可略有不安,细心的梁警官又连忙补充了一句,"哦,你别紧张,我们只是例行公事。"

"昨天我很早就睡了,十二点之后……肯定已经睡着了。"

"夜里听到过什么奇怪的动静吗?"

"没有,我睡得挺熟的……"

之后,梁警官又问了钟可许多问题,包括对死者陆仁的印象以及对陆家每个人的印象等,钟可都一五一十做了回答。这是钟可生平第一次被警察盘问,整个过程中她的神经都高度紧张。

"那最后一个问题,虽然你刚才说了夜里没听到什么动静,但我还是想问一下……"梁警官挠了挠脸,"你可曾听到类似抽水机的声音吗?"

"抽水机?没有。"钟可言之凿凿。

"好的,谢谢你。"梁警官从记事本上撕下一张纸,在上面写了一个电话号码,递给钟可,"这是我的联系方式,如果想起什么重要的事情,麻烦打我电话。"

"好的。"钟可接过纸张。这一刻,她甚至仍然怀疑自己并未从睡梦中醒来。

# 第三章 婴咒

## 1

最近，位于青浦区湖心公园的陆家宅发生了两件大事。第一件事是陆文龙的妻子张萌怀上了第二胎。可就在全家人准备喜迎新生儿时，紧接着发生的另一件事则彻底化喜为悲，给整个陆家蒙上了一层阴影——陆家长男陆仁在地下小屋里离奇被杀。

这件事被媒体大肆渲染，在网络上传得沸沸扬扬。"老宅惊现恐怖杀人案""著名慈善家死于非命""神秘传说笼罩下的家族"……各种标题党层出不穷，一时间将陆家推向舆论的风口浪尖。甚至每天都有好事者溜进湖心公园窥探陆家的一举一动，给本就未从阴影中走出的陆家带来更恶劣的影响。

在这样一个信息发达的时代，任何一起新闻事件都能被炒成热点。随着事件的发酵，网络上开始有人扒出陆宇国的背景和陆家的历史，某位悬疑作家甚至公布了新作预告，声称将把陆家杀人案改编成小说。但很快，这位作家突然被人曝出吸毒的丑闻。于是舆论热点又立刻转向这位悲哀的作家。不久之后，关注陆家事件的人就变少了。这或许就是网络时代最为有趣的地方，你永远不知道明天和下一个热点哪个先来。

而作为陆家的租客，钟可自然也没能逃过这股网络热潮。那几天里，她不断收到微博私信，大都是来询问陆家凶案的闲杂人士，更有充满恶意之人直指她就是凶手，甚至做出了有模有样自以为是的"推理"。钟可不堪骚扰，最终关闭了评论和私信，也不太敢在微博上现身。

凶案发生之后，钟可总是处于精神恍惚的状态。这种不健康的状态直接影响了她的工作，让她在配音时无法集中精力。她没想到，平日在电影和小说中才会出现的杀人事件竟然真的在身边发生。

持续工作了一周之后，钟可感到精疲力竭。这天走出录音棚时已经凌晨两点，夜里气温骤降，钟可不禁打了个哆嗦。打开手机，却怎么也叫不到车，她涌起一阵绝望。此时，手机屏幕上突然出现一条陆哲南发来的微信，询问钟可是否已经下班。钟可回复说自己正在录音棚门口叫车。而令她没想到的是，十分钟后，一辆黑色奔驰停在录音棚门口。后座车门打开，出现的正是陆哲南巨大的身影。

"咦？你怎么在这里？"钟可很是讶异。

"先上车吧，一起回家。"说完陆哲南将身子缩进后座，让出边上的座位。

钟可终于从"今晚可能回不去了"的担忧中解脱，松了一口气。她坐上轿车，轻声对陆哲南说了声："谢谢你哦，南瓜。"

说实话，一年前刚认识陆哲南的时候，钟可感觉这个人又宅又油腔滑调，对他没什么好感。但通过这一年的相处，她渐渐察觉这个宅男身上还是有一些优点的，比如慷慨大度、做事有条理等。虽然在这一年里，陆哲南向她示好过无数次，但大多是逞口舌之快，并没有对钟可造成实际影响。在拒绝了陆哲南无数次后，两人之间逐渐达成某种微妙的默契。

"我正好在附近看'绝对领域'演唱会,索性接你一起走。"陆哲南望了一眼满满一袋的演唱会纪念品,满足感油然而生。

"绝对领域?"

"啊,是一个少女偶像团体,全是可爱的小姐姐,我最喜欢吃的巧克力豆就是她们代言的。"他的语气充满了自豪。

"哦,好吧,那要感谢她们,不然你不来接我,我今天估计要露宿街头了。"钟可歪着头,将疲倦的身子斜靠在椅背上,一副生无可恋的样子。

同时,钟可内心也有些不解。自己的伯伯被杀,如今凶手还逍遥法外,这个时候居然还有心思看演唱会?但转念一想,平时在陆家宅,陆仁一家和陆义一家几乎不怎么来往,也很少看到他们坐在一起吃饭。陆哲南曾告诉钟可,因为陆仁并不是陆义与陆礼的亲兄弟,吴苗只是陆仁的继母。所以,其实他们和陆仁一家关系很淡薄。

"你以后有需要就一个电话,我可以让季师傅来接你。"说着,陆哲南看了看前排正默默开着车的司机,他的鬓角有些微微发白。此人叫季忠李,是陆家的私人司机,同时也担任管家一职。

"那太麻烦你们啦。"

"小事情。"陆哲南揉了揉鼻子,"我知道你最近压力也很大,毕竟谁也没想到伯伯会被杀。"

车里的气氛顿时变得有些凝重。

"希望早日抓住杀害陆伯伯的凶手。"钟可叹息道。

"钟可小姐姐,你怕不怕?"

"有点怕,毕竟就发生在自己住的地方。"

"你觉得……"陆哲南突然停顿了一下,"凶手还会犯案吗?"

"啊?还会犯案?什么意思?"钟可一惊。

"这次伯伯就死在陆家宅里……你觉得有没有可能，凶手的目标就是陆家所有的人？他现在会不会正伺机对下一个陆家成员下手？"陆哲南的语气不像是在开玩笑。

"不会吧……你别危言耸听，自己吓自己。"钟可皱了皱眉头，在黑漆漆的公路上讨论这种事，让她有些害怕。

"明天我们去看看伯伯被杀的现场吧，我总觉得事情有些不对劲。"陆哲南疑神疑鬼的样子和他平日追星时的状态完全判若两人。

"我现在只想睡觉。"已经困得不行的钟可合上眼睛，直接在车上睡着了。当时的钟可并没有太在意陆哲南的这番话，直到某一天，她亲眼看见陆哲南血淋淋地死在自己的眼皮底下。

## 2

第二天，钟可醒来时已经临近中午。彻彻底底睡了一觉后，她感觉精神好多了。依稀记得昨晚陆哲南说过，要一起去查看案发现场。钟可洗了个脸，套上一件白色毛衣，来到楼下客厅。

客厅旁的餐厅里，一对年轻男女正在吃午餐。钟可走过去打了声招呼，坐在了他们边上。

"哟，钟可，起来啦？老季做了鸡汤面，一起吃点呗。"这位说话有点娘娘腔的男子是陆哲南的堂哥陆寒冰，他是一名职业化妆师，个子高高的，梳了一个特别潮的偏分头，即使在家里也打扮得很时髦。

"好呀，谢谢。"钟可从锅子里盛出一碗热腾腾的面吃了起来。

坐在陆寒冰对面的女生瞥了钟可一眼，自顾自地玩起了手机。女生名叫叶舞，斜刘海搭配浓密的长发，身上穿着一件黑色的小皮衣，全身上下透出一股令人难以接近的高冷气息。叶舞也是陆家的租客，就住在钟可隔壁的房间。二十六岁的她，现在是一位心理学专业的硕士生，因为就读的学校就在附近，便租下了陆家宅的房间。

平日里，陆寒冰和这位叶舞走得比较近，两人经常像这样坐在一起吃饭，有时还一起在二楼的娱乐室打台球。或许，这两人有什么别人所不知的共同语言。

而无论是陆寒冰还是叶舞，钟可平时接触得都不多，对他们都不甚了解。在陆家，跟钟可走得最近的，恐怕还是陆哲南。

钟可喝完碗里的鸡汤，此时陆哲南的身影也出现在客厅，他手里正摆弄着一个高达模型，这是陆哲南最近发掘的新爱好。

"你起来啦钟可。"看见钟可，陆哲南一脸欣喜，"你看，高达'红色异端'限量版模型，我花了一上午时间拼的，酷不酷？"他将自己的杰作展示给钟可看，昨晚那副疑神疑鬼的样子荡然无存。

"厉害的。"对模型没什么兴趣的钟可随口敷衍了一句。

坐在一旁的陆寒冰白了陆哲南一眼，道："喂，我说你啊，还是去外面好好找份像样的工作吧，天天搞这些没用的，有意思吗？"

"关你什么事？我搞这些碍着你了？踩到你尾巴了？"陆哲南不甘示弱。兄弟俩就这样莫名其妙吵了起来。

"喊，败家子。"

"谁败家子？你再说一遍，娘娘腔！"陆哲南气得脸颊通红。

"就说你怎么了？败家子！家里刚出事，都死人了，你还有闲心看演唱会玩模型，你还是人吗？"陆寒冰也激动起来。

"死人了日子就不用过了？有本事，你去把杀害陆伯伯的凶手抓来啊！"

眼看争吵愈演愈烈，叶舞倏地站起身，也许是不想被这场战争波及，独自默默地上了楼。

其实在陆家，陆哲南和陆寒冰的针锋相对已经是家常便饭了，两人时常有事没事就突然掐起来，根本毫无征兆。这种紧张的关系主要源自上一代，陆哲南的父亲陆义与陆寒冰的父亲陆礼就关系不和，长久累积的"不和"亦导致两人的儿子互相看不顺眼，令两家矛盾升级。

每次钟可见到两人争吵都十分尴尬，但又不能像叶舞那样一走了之躲得远远的。她试图劝架："淡定淡定……你们别一见面就吵起来啊，大家都是一家人……"

"谁跟他一家人。"陆寒冰嫌弃地甩了下手，也离开了餐桌。

"什么人啊真是！"陆哲南朝陆寒冰的背影呛了一句，但又觉得自己在钟可面前过于失态，便努力克制住愤怒的情绪，对钟可说道，"不好意思钟可小姐姐……总是让你看笑话。"

"没关系。"钟可并不想管这等闲事，便立马转移话题，"对了，你说要去查看陆伯伯的被害现场？"

"嗯，一起吗？"陆哲南又忽然换上昨晚在车上的神情，"一会儿跟你讲个事。"

## 3

距陆仁被害已经过去两周多，陆家宅西北侧的地下小屋周围拦着几根黄色的警戒线，但那里并没有警卫看守。警方已经在第一时间尽可能采集了所有的现场相关证据，也对陆家全部成员进行了详细的盘问。但现如今，警方的侦破工作似乎一直没有新的进展，连嫌疑人都没有着落。

陆哲南和钟可站在地下室的台阶前，钟可探着脑袋好奇地向下观望着，台阶下方是地下室紧闭的门扉。

"陆伯伯就是在这里遇害的吗?"钟可感觉自己的心跳有些快,这是她第一次面对真实的案发现场。

"嗯。"陆哲南揣着一把手电筒,小心翼翼地走下台阶,推开房门。钟可也跟着走了下去。

黑漆漆的地下室里仿佛还留有腐败的空气,原本地上的空酒瓶都已经被警方带回去进行检验,地板上只有用粉笔画出的尸体轮廓。钟可小心地迈着步子,不想踩到尸体曾经躺过的地方。陆哲南打开手电筒在地下室内照了一圈,并没有什么发现。

"对了,警察有没有问过你关于抽水机的事?"陆哲南突然问道。

钟可回忆了一遍警方的问话过程,随即答道:"啊,好像是问过,那个警察问我有没有听到抽水机的声音,我说没有。我当时还觉得奇怪呢,也问你了吗?"

陆哲南点点头:"也问我了,好像陆家所有人都被问了这个问题,但貌似没有人听到过抽水机的声音。"

"警察为什么要问这个呢?"钟可歪着脑袋,百思不解。

"嗯,据说那几天这间地下室的入口一直被雨水淹没,陆伯伯是死于入口被淹之后,而且案发后这里的地板是干的,这样一来就表示门没有打开过……"

"啊?那陆伯伯的尸体是怎么进来的?"

"这就是一直困扰着警方的问题,所以警察才会怀疑雨水是不是曾经被抽水机抽走过。但问下来,陆家没有一个人听见抽水机的声音,就又解释不通了。"陆哲南简要说明了一番当时的状况,"这么一来,陆伯伯的死就成了密室杀人。"

"密室杀人?"钟可对这个名词并不陌生,她平时也看一些推理小说。"对哦,你这么一说,好像的确是哎……太不可思议了。"

钟可感觉这个案子又被笼罩上一层厚重的迷雾。

随即，陆哲南走到南侧的小窗前，抬起头查看着窗户的位置。

钟可也仰起头，问道："不会是从这里把陆伯伯的尸体塞进来的吧？"

"不可能啊，窗口这么小。"陆哲南摇摇头。

在地下室这种地方待久了，就会有一种与现实脱离的感觉。陆哲南的脑海里浮现出温子仁的恐怖电影《招魂》中的某个场景，不禁打了个冷战。原本想模仿侦探的样子来调查案发现场，可现在不但什么线索都没找到，身体还被某种莫名的恐惧感所支配。两人决定马上离开这里。

走上台阶后，陆哲南径直向右侧走去，他来到通风窗的外面，指着窗框上的一个钩子道："钟可小姐姐，你有听说脐带的事吗？"

"脐带？"钟可一头雾水，"胎儿身上的脐带？什么情况？"

"嗯，当时，小羽在这里玩耍，看见这里挂着一根东西，就捡起来玩，后来才知道是根脐带。"陆哲南的神情有些异样，"你觉得这里为什么会有一根脐带？"

"什么？！真的假的？挂着一根脐带？哪里弄来的脐带啊？好可怕，是凶手干的吗？"钟可第一次听说案发现场有脐带，感到十分震惊。

陆哲南再次脸色一变。"你跟我来，我给你看样东西。"

# 4

即将走回宅邸时，钟可突然看见陆寒冰和叶舞往宅子的后方走去，二人的身影渐行渐远。钟可顺着他们行走的方向径直望去。看到就在胎湖湖畔的位置,有三间奇怪的小屋,悬在离地两米多高的地方,仿佛摆脱了重力的束缚。

"鬼鬼祟祟的,准没好事。"陆哲南也看见了那两个人,嘟囔了一句。

"对了南瓜,我一直想问,那边那三间屋子是什么呀?特意吊起来的吗?"钟可指着远处的屋子问道。

"哦,那是吊屋呀。"

"吊屋?什么鬼?"

"是湖心公园刚建成时造的度假小屋。"陆哲南一本正经地解释道,"你看,木屋都吊在岸边竖起的钢架上,用三条钢缆将屋顶与钢架顶部相连,让屋子腾空,是不是很酷?每间屋子都位于湖面之上,而且所有屋子的地板都是透明的钢化玻璃,所以站在里面向下看的话,就能看到胎湖的湖面,仿佛悬空于湖水之上。这在当时是很新潮的一种湖景观光屋,况且在湖边空气又好。当时围着湖岸造了一排这样的吊屋呢,后来公园停业后拆除了很多,现在就剩那么三个了,留给我们私用。这不,那个娘娘腔就把其中一间弄成了自己的游乐室。"说到这里,陆哲南又火冒三丈,"还说我有闲心,自己不还带着妹子快活?不要脸!"

"我们走吧,你要给我看什么?"钟可感到室外有些寒冷,便催促陆哲南。

两人回到宅邸,穿过客厅东侧的一条走廊,陆哲南径自将钟可领到自己的房间。他的房间位于宅邸一楼的最东面,与胎湖的西侧直接相连。若从上方俯视,陆家宅的一楼最东侧有一块嵌进胎湖的部分,那里就是陆哲南的房间。因此,陆哲南的房间相当于一个三面被湖水围绕的"湖景房",一打开窗户就能看到底下的胎湖,夏天能闻到浓浓的水藻味。

陆哲南拿出随身携带的钥匙,打开深黄色的房门。他平时离开房间时,都会习惯性地将房间反锁。因为对他而言,屋里的所有东西都是稀世珍宝。就连平时打扫房间也是陆哲南亲自来做,基本不会让女佣进屋。

这也是一年来,钟可第一次踏入这个房间。最先引起她注意的是铺在地上的淡黄色地毯。地毯覆盖住整个地面,正中央有一个穿着暴露的等身二次元美少女图案,分外夺目。房间不大,但摆设让人眼花缭乱,仿佛置身于一间动漫小展厅。右侧的玻璃展柜里是琳琅满目的模型和手办,包括拼好的乐高玩具、美漫超级英雄和假面骑士的手办、高达模型等,应有尽有,占满了柜子的每一层。展柜边上挨着一个放满漫画书、小说和DVD光碟的六层书架。

房门正对面并列摆放着一张床和书桌。床是整个房间里色彩最鲜明的物件,被子和床单上都印着鲜艳的卡通图案。床的里侧横躺着一个等身抱枕,枕套上的二次元美少女正做着撩人的姿势。夸张的是,有一张卡通床帘围在床边,宽大的床帘可以顺着天花板上的轨道自由拉开和收起。

紧挨床尾的书桌直接置于窗前,光线充足。宽敞的桌面上有两个液晶显示器,小的连接着电脑主机,另一个大的想必是用来观影和玩游戏的。为了节省空间,旁边的PS4游戏机被竖放在桌面上,窗户边的墙上还固定着一个塑料架,上面插着一盒盒正版游戏光碟。

回过头,钟可还看到房门背面挂了一幅"绝对领域"少女偶像主题的挂历。挂历非常大,遮盖住房门近一半的面积,上面一群漂亮的小姐姐正展现着自己青春洋溢的舞姿。

钟可无疑被这里的架势震慑住了。她也在网上看到过宅男房间的景象，但第一次在现实中目睹这样的房间，还是小小惊叹了一把。望了一眼安在房间西侧和北侧墙壁上的四扇柜子门，钟可知道现在她看见的东西只是冰山一角，那边的嵌墙式柜子中一定还有更多"藏品"。

"不好意思啊钟可小姐姐，房间有点乱。"陆哲南把书桌前的靠椅搬到房间中央，示意钟可坐下，"你坐吧。"然后他自己从角落里找出一个懒人沙发，坐了上去。肥大的身体陷进沙发里，沙发就像面团一样被压成了一张饼。

"不是要给我看东西吗？"钟可完全不知道陆哲南葫芦里卖的什么药。

"钟可小姐姐，你听说过婴咒吗？"陆哲南的脸色突然阴沉下来。

"啊？什么咒？"

"婴咒。"陆哲南重复了一遍。

## 5

某个旧时代的村落，不知从何时起，有一项"禁止女婴出生"的制度。村里的每个人都把这个制度视作天规，即使村里的女人越来越少，男人们也总会挖空心思将村外女子娶进门，继续恪守规矩。

每当村里的女人临盆，产婆总要瞪大双眼守候于床边。若出生的是男婴，则用红色褟裸包起，交给门外孩子的父亲；若出生的是女婴，则用白色褟裸裹住，直接将孩子带走，就当女人从未有过身孕。

村子旁边的乱草堆中，有一座五六米高的灰色石塔。塔成锥形，上窄下宽，顶部开了个方形小洞，乱石搭起的台阶从洞外倾斜而下。从远处看，石塔就像一座巨大的坟包。夜半时分，塔里传出婴儿时断时续的哭泣，形成诡异的夜间奏鸣曲。

石塔被称为"婴塔"。带走女婴的产婆步履蹒跚地爬上婴塔，直接将刚出生的女婴丢入洞口，任其自生自灭。久而久之，塔里便堆满了婴儿的尸骨，靠近时总能闻到阵阵恶臭。已经没人数得清，到底有多少个婴儿被扔在了里面。

某日，村中一产妇醒来后找不到本该睡在身旁的孩子，询问丈夫时，对方一语不发，任凭妇人疯狂哭喊。刹那间，妇人像是着了魔一般奔出屋子，一路奔向婴塔。这对于一个刚生产完精力大伤的女人来说，是几乎不可能做到的事情。

妇人艰难地爬上塔顶，朝狭窄的洞内窥视，赫然发现自己的孩子竟躺在一大摊腐烂的尸骸上号啕大哭。这极为凄惨的哭声来自诞生才不到一天的生命，听上去却像人世间最后的哀号，抑或只是对母亲的本能呼唤。妇人拖着精疲力竭的身体，用尽最后一丝气力朝洞内伸下消瘦的手臂。她试图把孩子从下面捞上来，但根本够不着，即使竭尽全力，颤抖的指尖也只能微微触碰到孩子温润的脸颊，这真切的触感反倒唤起妇人的绝望。她撕心裂肺地哭着，无力地喊着，直到眼眶里再也流不出泪水，才终于昏厥过去。

妇人醒来时，发现自己躺在一间茅草屋里。救起她的，是当地一个有名的黑巫师。这个精通杀人咒术的巫师，如今却救了妇人的命。虚弱的妇人紧紧抓住巫师的手，乞求他为自己的孩子报仇，为此她愿意献出自己的生命。说完这个遗愿，妇人就离开了人世，但大张的双目仍然死死盯着巫师脸上苍白的面具，直到巫师点了点头，她才瞑目。

傍晚，巫师潜入村子，在每家每户的枕头下都偷偷放入一根棺材钉。这些棺材钉都是从婴棺上拔下来的，被巫师施了咒语。夜幕降临，可怕的一幕发生了。婴塔内，一个个婴儿从黑漆漆的洞口爬了出来，十个、三十个、一百个……源源不断。她们的身上沾着腐肉，骨头都裸露在外，有的缺了眼睛，有的掉了耳朵。这些婴儿像鼠灾时的老鼠一样，成群结队地出现在田野里、草堆里、河流中……她们发出震耳欲聋的啼哭声，朝着村子的方向疯狂爬行着。很快，婴儿们侵入村子，占领了每一户村民的房子。凄厉的呐喊声和悲鸣声响彻夜空……这一晚，村子化作人间炼狱。

第二天，村子里已找不到一个活人，且所有的尸体都被啃食得面目全非，惨不忍睹。而每幢房子里，都留下了一根婴儿脐带。

# 6

听完这个恐怖的传说，钟可感到毛骨悚然。尤其是想到一大群婴儿从塔里爬出来的那一幕，这幅诡异的画面在她的脑海中挥之不去。

"那个黑巫师对村民们所施的，就是婴咒，一种杀人毒咒。虽然这个故事只是民间传说，但巫术这种东西，不容小觑。"陆哲南煞有介事地说道，"婴咒是源自苗疆一代的黑巫术，也是古时'接触巫术'的一种。"

"你怎么对巫术这么有研究？"钟可感到不可思议。

"那当然，钟可小姐姐，你别看我这样啊，我可是神秘学爱好者。"陆哲南有些骄傲地说道，"风水啊、巫术啊、西方魔法啊、吸血鬼啊，这类东西我都懂一点。"

"没想到你爱好这么广泛。"

"因为我以前想当漫画家嘛，想画个独一无二的故事，所以看过很多杂七杂八的书。不过后来发现自己并不是这块料，就果断放弃了。"陆哲南的语气有些不甘,"毕竟不是谁都有画漫画的才华。国内就有个特别厉害的漫画家,专门画猎奇故事,脑洞相当大。这种人天生就有漫画家的气场,我非常喜欢他哦。这位漫画家跟我们家也有来往,前不久还来陆家宅取材呢。"

"好吧,言归正传,你告诉我婴咒的事,难道是觉得这和陆伯伯的死有关?"钟可将对话拉回主题,"案发现场的通风窗上挂着一根脐带……难道陆伯伯是被下了婴咒?"

"我有这个怀疑。"陆哲南的嘴唇颤动了一下,站起身走到书桌边,打开抽屉,拿出一个被手绢包裹住的东西。他打开手绢,将里面的东西展现在钟可面前,道:"这就是我要给你看的东西。"

钟可盯着那样东西看。那是一根表面已经锈迹斑斑的方头铁钉,钉子尺寸很小,不仔细看的话还以为是根钢针。

"钉子?"

"这不是普通的钉子……"陆哲南脸上的血色突然消失了,"这是一根钉在棺盖上的棺材钉。"

"棺材钉?"钟可瞠目结舌,"棺材钉怎么会这么小一根?"

"因为这不是钉在成人棺材上的……这是专门用来钉婴儿棺材的婴棺钉。"陆哲南解释道,"一些出生后夭折的孩子,也要入土下葬。这时候就需要适合放婴儿的棺材。婴儿棺材有时会做成元宝的形状,棺盖上要钉三根钉子。"

"那么你是在哪里发现这根钉子的?"

陆哲南用手背抹了抹鼻头上的汗,道:"前几天,在陆伯伯的房间里。"

## 第四章 死亡预告

### 1

这一天，陆家上下忙里忙外，只为迎接一件事——吴苗的七十五岁大寿。吴苗作为陆宇国在六十年代娶进门的第二任妻子，自五年前陆宇国去世后，一直是陆家最德高望重的长辈。在陆家，无论是陆礼和陆义这两个吴苗的亲生子嗣，还是作为吴苗继子的陆仁，都对吴苗这位一家之主十分敬重。家里大大小小的事，虽说不上非要由吴苗做主，但多多少少都会听取这位老太太的一些意见。

原本筹备吴苗的寿宴时，是想搞得热闹隆重一些。当时也宴请了许多外界的宾客，包括陆家三兄弟的同行和朋友。但现在，陆家突然发生了命案。两个礼拜前，陆家长子陆仁在地下室里死得不明不白，寿宴也就自然不能搞得太铺张了。陆义和吴苗商量后，决定将先前要请的宾客全部取消，打算就一家人自己在宅邸里搞个小家宴意思意思，主要也是让老太太平复下心情。

这天中午，吴苗在女佣的搀扶下从楼梯走下。老人的房间在宅邸的三楼，虽然年事已高，但她的腿脚很好，走路都不需要拄拐杖，即使平日里上上下下要爬楼梯，她也坚持要住在三楼的房间，说是那里安静。但在走楼梯时，为了安全起见，一般还是会由女佣搀着。

搀扶吴苗的女佣名叫范小晴，宅邸里的人都叫她小晴。小晴和另一位叫刘彦虹的女佣分别来自不同的城市，她们来上海打工时，一起通过家政公司的介绍来到陆家，随后成为这里的私人女佣。陆家的两名女佣平时都住在宅邸的一楼。她们主要负责宅邸内的打扫、做饭、接待访客、照顾陆家人的日常起居等工作。

和二十六岁身材高挑的刘彦虹相比，比她年长两岁的小晴反倒显得纤弱娇小。染成淡黄色的头发在两边各扎了一个小辫子。小晴长着一张瓜子脸，化着不明显的淡妆，睫毛微微卷起，小小的鼻子显得秀气玲珑，像个可爱淘气的邻家小女生。比起刘彦虹温文尔雅的性格，小晴更活泼外向。

"吴阿姨，您坐这边。"小晴将吴苗领到餐桌的主位。

吴苗微微点了点头，坐在了位子上。今天的她看上去有些憔悴。大冬天里，头上的绒线帽和身上的深色棉衣起到很好的保暖作用。吴苗是个极度"恐老"的人，毕竟年轻时也是个沪剧明星，对过去充满留恋的她平常十分反感别人说她年纪大。这也是小晴叫她"吴阿姨"而非"吴奶奶"的原因。

为了尽量在外表上不那么显老，吴苗把自己的一头银丝染成了黑色。但即使这样，在她额头和嘴边依然能清晰地看见岁月留下的皱纹，而眼角旁的老人斑也是烙印在脸上的老龄标记。吴苗长着一张看上去有些刻薄的脸，眼窝很深，从她的面容上完全看不出一般老太太的慈祥，而是给人异常严肃的感觉。

刚要转身离开的小晴突然被吴苗叫住。

"小晴，把你的黄头发染回去，你看看你像什么样子。"吴苗用近乎命令的口吻对小晴说道，又看了看她透出大腿的袜子，嫌弃地说，"袜子以后穿得高一点，还有你的指甲油颜色也太鲜艳了。我说了多少遍了，女孩子要得体，要自重，明白了吗？"

"明……明白了吴阿姨。"小晴感到十分委屈，却又不敢还嘴，"那我先去忙了。"

小晴走向厨房，背后却又传来吴苗的抱怨："走路好好走，腿并拢，别外八字。"

小晴只得遵从，强行调整了走路姿势。面对吴苗的无数挑剔和抱怨，她早就习以为常。

来到厨房，正在准备家宴的小虹给小晴使了个眼色，意思是让她不要在意吴苗的苛刻要求。小晴也摊手回应道："没事，习惯啦。"

这时，管家季忠李从市区回来了，他的手里拎着刚从某知名甜点师那里拿来的定制蛋糕。他将蛋糕往厨房一放，便出去忙别的事了。季忠李是个沉默寡言的人，平日总是身着一件不太搭调的黑色西服。现年五十五岁的季忠李看上去格外苍老。稀疏的头发微微发白，额头已经冒出些许抬头纹。他的眉毛十分浓重，鹰钩鼻，给人的感觉有点像蝙蝠侠身边的那位老管家。

身为陆家的管家兼司机，季忠李掌管着陆家的一切杂务，大到财务收支的管理，小到像上次那样接陆哲南和钟可回家。季忠李已经在陆家勤勤恳恳干了十五年。据说在他最穷困潦倒的时候，是陆宇国给了他一口饱饭吃，从此他便对陆家死心塌地。

蛋糕送到之后，小虹和小晴开始做起寿宴的菜肴。今天整个陆家最忙碌的，恐怕就是这两位女佣了。

# 2

钟可从三楼的房间里出来时，恰巧遇到从隔壁门走出的叶舞，两人互相点头打了声招呼，就一起下了楼。其间两人一句话也没有说，气氛有点尴尬。这主要也是因为两人之间真的没什么共同语言。

今天是陆家主人吴苗的七十五岁大寿，钟可和叶舞也被邀请一同参加寿宴，看得出两人都稍加打扮过。钟可套了一件浅色的毛衣搭配长裙，叶舞则是披上了夸张的风衣，脚上蹬着一双黑色长筒靴，显得女王范十足。

寿宴在中午十二点半举行，地点就在陆家宅一楼的餐厅内。钟可和叶舞进入宽敞的餐厅，里面摆着两张圆桌，每张圆桌大概可以容纳五六个人。此时，吴苗已经坐在了位子上，陆家的个别成员也各自就座。钟可感觉众人的目光突然都集中在自己身上，有些不好意思。

钟可和叶舞坐在与吴苗分开的另一桌。钟可扫视了一圈餐厅，却没有发现陆哲南的身影。她回想起昨天陆哲南给自己看婴棺钉时那副惴惴不安的表情，不禁有些担心起来。

这时，楼梯上突然传来一阵哇啦哇啦的吵闹声。陆小羽叫嚣着冲下来，奔到钟可身旁，一把扑到她身上，把还没来得及反应的钟可吓了一跳。偷袭成功后，陆小羽发出"咯咯咯"的笑声。此时身后的陆文龙连忙拽住儿子的手腕，一边向钟可道歉，一边对陆小羽一顿斥责。在陆文龙的再三警告下，陆小羽终于暂时安定下来。

陆文龙一家被安排在与钟可她们一桌。这主要是怕调皮的陆小羽影响到吴苗用餐，所以刻意将这一老一小分开。陆文龙在管教自己的儿子时，与他平时斯文的形象截然不同。今天的他穿着一件浅灰色的羊毛衫，戴着细框眼镜，英俊的脸庞透出一丝冷酷。可一旦小羽调皮捣蛋，陆文龙便会立马变成围着孩子转悠的"家庭主夫"模式，根本想象不出他其实是一个果敢的外科医生。

陆文龙坐在钟可旁边,让小羽坐在他与妻子中间。陆文龙的妻子名叫张萌,现在是陆文龙所在医院的护士。两人结婚十年后,张萌如今又怀上第二胎。张萌是个温柔贤惠的妻子,长发盘在脑后,素颜的脸蛋看上去有些圆润,脖子上的银色项链时不时闪烁着微光,宽松的衣服无法遮住已经隆起的肚子。相比陆文龙,张萌对小羽则是宠溺有加,平时基本都不骂他。

"文龙啊,你妈呢?"旁边桌站起来一个光头男人。他正是陆哲南的父亲陆义,也是陆文龙的叔叔。陆义父子最大的相同点就是都有一身赘肉,这点一目了然。

陆义现在经营着一家不太景气的投资公司,平日里嗜酒好赌,油嘴滑舌,是个非常不讨喜的人。坐在陆义边上跷着二郎腿坐等开饭的女人是他的现任妻子骆文艳,也是陆哲南的后妈。这个浓妆艳抹的女人一直被吴苗看不惯,两人的"婆媳矛盾"深不见底。

陆文龙聊表歉意地说道:"哦,她不下来了,这几天一直不舒服,我让她休息了。"随即以请示的目光望着吴苗,"奶奶,您别介意。"

自从陆仁被害后,他的妻子王芬就变得一蹶不振,甚至有些神经衰弱。这几天王芬终日茶饭不思,似乎被悲伤的情绪占据了全部的生活。

这种悲伤也时刻侵袭着失去父亲的陆文龙。但他知道自己现在不能垮掉,无论是脆弱的母亲还是怀有身孕的妻子,以及还没意识到爷爷已经回不来的陆小羽,他们都需要陆文龙的支撑和照料。因此,陆文龙努力将父亲死亡的悲痛压抑在心底深处,硬是表现出一副平常人的样子。作为一名外科医生,他面对过无数次生命消逝的瞬间,也见证过许许多多生离死别的时刻,如今,当这种经历发生在自己身上时,他似乎也已经麻木了。

"饭总归要吃的呀。"老太太脸色一变,略有不满。

"没事,我一会儿给她送点菜上去。"

没过多久,陆礼父子也到场了,他们坐在了吴苗的另一侧。

"妈,不好意思,刚才餐厅有点事,接了个电话。"陆礼为他的迟到道歉,随即从兜里掏出一个小盒,递到吴苗面前道,"妈,您今天大寿,这是送您的礼物,不是很贵重,但也是做儿子的一片心意。"

吴苗打开盒子,里面是一个透着绿色光泽的翡翠镯子。吴苗拿出镯子,高兴地往自己手腕上一套。吴苗的另一只手上戴着一串黄水晶手链,那是刚才陆义送的,老太太对这类东西很感兴趣。她将两只手腕并在一起,比对着两个儿子送的寿礼。

这时,两位女佣将几道冷盘端上桌。吴苗饶有兴致地将镯子和手链展示给小虹看,并问她道:"小虹,你觉得哪个颜色好看?"

陆义和陆礼同时望向小虹,目光都像针尖般锐利。小虹知道不管说哪个好看都会得罪人,而她实际上也分辨不出哪个更好看,便面有难色地答道:"都挺好看的吴阿姨,挺适合您。"

"我倒觉得翡翠更好看。"吴苗像选秀节目的资深评委那样做出了最终判定。

陆礼露出窃喜的笑容,就像在一场暗战中突然击杀了对手一样。而另一边的陆义则有些不悦地吞了吞口水。

就像上文提到的,陆义和陆礼两兄弟存在很深的矛盾,这和两人社会地位的差异也有关系。陆礼现年五十岁,个子不高,长得有点像精干的日本人,剃着整洁的平头,一簇小胡子挂在嘴上,看上去深谋远虑。他现在是沪上一家知名日料店的老板,餐厅生意非常红火。因为本身擅长烹饪,他也是一本美食杂志的专栏作者。因此，在名誉、收入和个人形象上他都远远甩开陆义。

然而，虽然事业如此成功，但陆礼的婚姻并不像他的事业那样一帆风顺。陆礼结过两次婚，最后都以一纸"离婚协议"告终，也没人知道其中的原因。陆寒冰是陆礼与第一任妻子的孩子，这两父子现在居住在陆家宅的二楼。

冷菜上齐后，吴苗往客厅方向瞅了眼道："南南人呢？"

除了王芬以外，此刻还没到场的就只有陆哲南了。

"估计还没起床呢，肯定又通宵打游戏了呗。"逮住这个机会，坐在陆礼边上的陆寒冰用阴阳怪气的语调损了一句。

"这小兔崽子，我去喊他！"陆义正要起身，陆哲南却恰逢其时地出现在餐厅门口。和吴苗打了声招呼后，他坐在陆义身旁。

就连隔壁桌的钟可都注意到，陆哲南的脸色像纸一样苍白，倦怠的面容毫无生气。

"怎么啦南南，脸色这么差？"陆义也发觉儿子不对劲，关切地问道。

陆哲南只回答了一句"没什么"，大家也就没多在意。

众人在杯里倒上饮料后，陆义抢先举着酒杯站起来，发言道："来来，今天是我妈七十五岁大寿的日子，我们一家人难得像这样坐在一起，那就好好地吃一顿。我知道最近家里发生了很多事，大家很难受，很低落，大哥的去世，我也很难过。"说这话的时候，他直视着陆文龙一家，"但我相信，真相总有水落石出的一天，我们活着的人，要更珍惜以后的日子。我在这里祝我妈身体健康，福如东海，生日快乐妈！"说完，他将自己的酒杯伸到吴苗面前，向老太太敬酒。

"好了，动筷子吧。"吴苗宣布道，寿宴正式开始。

而所有人当中，只有钟可的注意力仍集中在陆哲南身上。

## 3

寿宴的氛围出奇的安静,包括今天的主角吴苗在内,每个人的情绪都不是那么高涨。不过这也可以理解,毕竟家里刚死了人,餐桌上不可能有太多欢声笑语。而所有人当中,胃口最好的是陆义和他的妻子骆文艳。尤其是骆文艳,即使吴苗多次向她投去嫌弃的白眼,她照样旁若无人地大快朵颐,一盘白切鸡有一半都是她吃的。

直到一道热腾腾的清蒸鲈鱼上桌后,其他人才加快了手里筷子的节奏。陆文龙贴心地剔除掉鱼肉里的小刺,将鲜嫩的鱼肉夹到妻子碗里。

"多吃点鱼,营养好。"

"谢谢。"张萌微微一笑,细细品嚼着软糯可口的鱼肉。

看到妈妈吃得如此香,陆小羽又开始闹起来:"爸爸,我也要吃我也要吃!"

"别急,先让妈妈吃,妈妈怀了宝宝,需要补充营养,马上给你生个弟弟。"陆文龙拍了拍小羽的蘑菇头,安抚道。

"小羽,你想要个弟弟陪你玩吗?"张萌笑着问道。

天真烂漫的陆小羽噘着嘴,一副"有没有弟弟也无所谓"的样子。

那桌的吴苗听到了这番话,连忙凑到陆礼耳边悄悄问:"检查过了吗?是男孩吗?"

陆礼言之凿凿地回答:"放心,做过B超了,是男孩。"

吴苗露出放心的神情,转而又对两个孙子说:"你看看你们哥哥,都已经有两个小孩了,你们俩啥时候带孙媳妇回来啊?"

陆寒冰尴尬地一笑,道:"奶奶您放心,我已经有目标了。"

而另一边的陆哲南还是一语不发,像是被按了静音键一样。

酒过三巡，菜过五味，桌上的佳肴也被消灭得差不多了。这时，管家季忠李忙完了手头的工作，也跑来厨房帮忙。他和女佣一起把蛋糕拆开，小心翼翼地端到餐桌上。这是一个特制的鲜奶油蛋糕。蛋糕有三层，每层都点缀着五彩斑斓的进口水果。蛋糕顶层撒着一层金灿灿的食用金粉，正中间用蓝莓果酱写着"吴苗""福寿安康"字样，看上去富贵十足。

"来来，插上蜡烛。"陆礼自告奋勇地从塑料袋里拿出"7"和"5"形状的蜡烛，将它们插在蛋糕上。

"啊呀插错了，颜色不一样。"瞧见蜡烛"7"是红色，而蜡烛"5"却是绿色，对面的陆义连忙指出这种不协调，并从塑料袋里找出红色的"5"，重新插了上去。

陆礼向陆义投去不屑的目光，一场没有硝烟的战争再次打响。

另一桌的钟可默默注视着这一切，有种在看宫斗剧的感觉。只不过，这部剧的主角是两个五十多岁的老男人。就连一直与钟可相隔而坐的叶舞也嗅到了这股不和谐的气息，她侧过脸，偷偷观察着旁边桌。

幸好，一直站在陆礼身后的小虹打起圆场："我们点蜡烛吧，别让吴阿姨久等了。"

这次轮到陆义表现了。即使天气如此寒冷，仍然吃得满头大汗的陆义抹了抹油腻腻的嘴唇，接过管家递过来的打火机，将蜡烛点燃。

"妈，您许个愿吧。"

性格活泼的陆寒冰带头唱起了生日歌，其余人也跟着站起身，等着老太太许愿。

吴苗十指交叉，闭上眼睛，默默许了一个愿望，随后在全家人的掌声中吹灭蜡烛。

然而这个时候,她并没有察觉,身旁有一双恶魔般的眼睛正向她投来充满杀意的目光。

## 4

众人吃完蛋糕,这场形式简约的寿宴就此结束。陆家人各自散去,这冷漠的感觉就如同刚开完一场乏味的公司部门会议。

陆文龙端着一些剩菜来到三楼王芬的房间,一边安慰母亲,一边亲自喂她吃饭。吴苗也回到自己房间看起了电视。陆文龙一家三口以及陆仁夫妻的房间都在三楼,两个房间都紧挨吴苗的房间,这样是为了方便照应年迈的吴苗。

与静谧的三楼相比,陆家宅二楼则有一个大房间被打造成了娱乐室,里面可以打乒乓球、斯诺克等。陆寒冰的爱好十分广泛,说唱、拉丁舞、户外探险、潜水、台球……涵盖歌舞到体育运动的众多领域。作为一个玩心特别重的人,陆寒冰非常喜欢二楼的布置,因此他选择和父亲都住在宅邸二层。然而,寿宴过后,陆寒冰并没有回房,而是匆匆离开了宅子,说是要去参加一个化装舞会。

相反,陆哲南在寿宴结束后就立即回到一楼自己的房间,闭门不出。一反常态的是,平时食量巨大的他今天在寿宴上几乎没吃多少东西,连最爱的蛋糕也只咬了一小口。从刚才开始,钟可就察觉到陆哲南心神不宁,她很不放心,回到自己房间休息了片刻后就再次下楼,敲响了陆哲南的房门。

门微微打开一条缝,露出陆哲南的半张脸。看到是钟可,他才放心地拉开门。

"南瓜,你怎么啦?今天你很不对劲诶。"钟可走进房间,直截了当地问道。

陆哲南阴沉着脸,走到书桌前,拉开抽屉,取出里面的一样东西。

钟可看到陆哲南手里捏着一根钉子,便问:"婴棺钉?你昨天不是拿给我看过吗?你还在怀疑陆伯伯是被下了诅咒?"

陆哲南则以微微发颤的语调说:"这不是从陆伯伯房间发现的那根……"

"啊?"

"这是今天早上……在我的房间发现的。"陆哲南突然惊恐地指着自己的床铺,"就在我的床上,就在那里!"

"什么?"钟可终于明白陆哲南今天一直不安的原因了,"怎么会出现在你的房间?谁放的呀?"

"我……我也不知道啊,我昨天睡觉的时候,床上还什么都没有的……"一股难以言状的恐惧笼罩陆哲南的全身。"睡觉的时候我明明把房门反锁了,不可能有人进来,今天一起床就看见这根钉子。这太诡异了……"

"会不会是趁你不在房间的时候,有人偷偷溜进来塞你床上的?你睡觉的时候大概没注意吧……"

"也不可能,你知道的,我无论什么时候离开房间都会用钥匙把门反锁,钥匙只有我有啊,谁能溜进来呢?"

"你确定昨天没忘了锁?"

"确定!"陆哲南言之凿凿,语气极其坚定,"钥匙我都随身带着的,我房间里有这么多珍贵的手办,我不可能掉以轻心。"说罢,他从口袋里掏出房间钥匙,上面还挂着一个"凉宫春日"的钥匙扣。

"那窗呢?"

"一直锁住的,好久没开过了。"

钟可环顾了一圈房间，通向外界的只有门和窗。她走到窗口看了一眼，窗户外面是胎湖冰冷澄静的水面。当初陆哲南之所以选择这里作为自己的房间，也是因为能直接看到胎湖的景色。如果有人想从窗户入侵这间"湖景屋"，就必须跳进胎湖游到这里。况且，窗户外面镶着紧密的防盗铁栏，成年人的手都无法通过。说来也怪，既然是为了欣赏湖景才住在这里，又为什么特意在窗上装上如此煞风景的铁栏杆？询问之下，陆哲南竟回答说怕湖里有怪物闯进来，更怕有窃贼偷走自己的手办。

钟可不放心地掰了掰窗框上的月牙锁，如今也完好地锁着，并没有损坏痕迹。这样一来，这个房间等同于一个完全封闭的密室。究竟是谁，又是通过什么方法，把那根婴棺钉放进这间严丝合缝的屋子的呢？并且还是在陆哲南完全没察觉的情况下悄无声息地放到了他的床上。

难不成……这东西是凭空出现的？这简直是一起难以用常理解释的灵异事件。

# 5

"对了，昨天你给我看的那根钉子呢？"钟可若有所思地问道。

陆哲南又从抽屉里取出从陆仁房里找到的婴棺钉，交给钟可。钟可两只手各捏着一根钉子，将它们放在一起认真比对起来。这两根钉子的色泽、大小、材质、形状，甚至生锈程度都完全一样。

"这一根，你是在陆伯伯房间哪里找到的？"

"是在他的笔筒里……听说陆伯伯的死亡现场有脐带之后，我就想到了婴咒。那天我偷偷溜进陆伯伯的书房，就在他书桌上的笔筒里找到了这个东西。"

"可是……警察在搜查的时候，难道没有发现这根钉子吗？"

"警察可能并不知道婴棺钉和婴咒的事情，就算发现了钉子，也不会特别在意吧。"

钟可用两张纸巾分别将两根钉子包裹起来，随后说道："那我们把这件事告诉警察吧。我是不太相信什么诅咒，但这可能是案子的重要线索。"

陆哲南没有说话。少顷，他突然脸色一变，目光中透露出极度的惶恐，嘴里冷不防地冒出一句惊人的话语："我可能今天就会死……"

"你胡说什么呀？"钟可被这突如其来的一句话吓到了。

"真的……钟可，你知道吗？收到婴棺钉的人，当天就会死。"陆哲南的语气从来没这么认真过，"我觉得我可能活不过今晚……"

"怎么可能……你别自己吓自己好不好？"

陆哲南的额头沁出不少汗珠，他看上去真的很害怕。一阵沉默后，他忽然捂着头，焦躁地抓自己的头发。

"婴棺钉……婴棺钉就是个死亡预告。"他开始像疯了一样低呓，"陆伯伯在死之前也收到了婴棺钉，所以才不明不白地死了……这次……这次轮到我了，下一个就是我！"

"啊呀你别这么迷信啊！"钟可实在有些看不下去了，她从来没见过吓成这副样子的陆哲南，"你别怕，我马上报警，让警察来处理这件事好吗？你就安心待在这里。"

陆哲南有些低落地摇了摇头。

说罢，钟可立即回到自己房间，从抽屉里翻出上次那个梁警官留给她的手机号码，拨了过去。不巧的是，为了彻查陆仁的人际关系,梁警官在外出差,要明天一早才能回上海。钟可在电话里向梁警官简要说明了钉子和诅咒的事,然而对方对这种不着边际的情况并没有太过重视。

直到第二天,梁警官才后悔没有第一时间赶来陆家宅。

# 6

过了晚餐时间,陆哲南始终没有从房间里出来。

由于中午已经办过寿宴,到了晚餐,女佣便只简单做了几道小菜。了解陆哲南生活习性的女佣知道,他从来不在自己房间里吃油腻腻的饭菜,因为怕弄脏房间里的收藏品。因此,女佣没有把晚餐直接送去陆哲南的房间,只是在餐厅里静静地等候。

钟可下午联系完梁警官后,就一直在微信上安慰陆哲南,让他不要多虑。但转念一想,如果说那两根婴棺钉真的是杀死陆仁的凶手放的,那岂不是表示,这个凶手一直潜伏在陆家附近?还是说,一切都只是一个中二宅男的幻想?什么婴棺钉,什么婴咒,都是陆哲南瞎编出来的,跟陆仁的死压根没有关系。

一时之间,钟可的思绪变得很纷乱。她开始有些后悔一年前租了这里。工作压力本身就很大的她,如今却还要被杀人案牵扯精力。

饥饿感袭来时,已经是晚上八点了,钟可下楼吃了晚餐,却从女佣口中得知陆哲南一直没吃饭。钟可略有担心,决定去陆哲南的房间看看。

穿过客厅东侧的走廊,钟可来到"湖景屋"门前。她赫然发现,深黄色木门上的门锁跟之前看到的不一样。后来才知道,是陆哲南下午急匆匆叫保安公司的人来换了新的锁。看来他真的觉得自己会是凶手的下一个目标，彻底提高了警觉。

敲了几下门，只听到屋内传出一声充满警惕的询问："谁啊？"

"是我，钟可。"

陆哲南打开房门，他穿着睡衣，面容憔悴。衣服的一个纽扣没扣好，里面的棉毛衫鼓在外面，显得很邋遢。

"警察怎么说？"陆哲南看了看钟可的身后，有些失望，大概是以为会有警察来保护自己。

"他们明天一早就来。"

"来不及了……"陆哲南一脸愁容。

"哎……你真是的。"钟可不知道该接什么话，"你先吃饭吧，中午你也没怎么吃，这样对身体不好。"

"我吃不下啊……"这句话从两百斤的胖子口中说出来，实在有些违和。

"真的吃一点，吃饱了我们再想办法，行吗？"

在钟可的劝说下，陆哲南终于决定先出来吃饭。离开房间时，他依然小心翼翼地用新钥匙将房门锁好。

两人来到客厅，只有女佣小晴还在。她看见陆哲南，马上为他盛了一碗饭，并把菜重新热了一遍。钟可也拿了一个空碗，想坐下来陪陆哲南一起吃点儿。用餐时，钟可注意到，陆哲南只敢吃自己夹过的菜。难道他是担心饭菜里有毒？钟可感到十分无奈。

"钟可，我有一个请求。"陆哲南咽了咽口水，突然说道。

"你说。"

"那个，晚上你能不能来我房间陪着我？"

"这……"钟可有些不知所措。她看得出，陆哲南绝对不是因为对自己有所企图才提出这个请求的。但要在一个男生房间里待一晚上,怎么说都很奇怪。

"你要是觉得尴尬,找把椅子坐在房间外面也行,只要守在门口……"说出这句话的时候,陆哲南也意识到会被对方轻视。身为一个男人居然要女孩子守着自己。但此刻担惊受怕到极点的他实在别无他法,只要有一个人陪着,也聊胜于无。

"坐在门口倒是可以……"虽然答应了,但钟可还是有所顾虑。毕竟第二天还有工作,如果要通宵在走廊里坐着,身体恐怕吃不消。

"你只要守到午夜十二点就行了,到了十二点我平安无事,诅咒就自动失效了。这样可以吗?求求你了,我现在只相信你一个人。"

"那好吧。"软心肠的钟可望见陆哲南近乎祈求的目光,最终答应了下来,"我就在你房间门口坐到十二点,你自己把窗户锁好,这样就没人能进得来了,你放心了吧?"

"太谢谢你了,钟可小姐姐!如果我渡过这关,下辈子一定做牛做马报答你!"陆哲南脸上终于露出释怀的笑容。但他并不知道,这是自己这辈子最后一次笑了。

## 第五章 割喉之夜

### 1

晚上九点半，钟可和陆哲南一起回到他的房间。

陆哲南从口袋里摸出钥匙，打开门锁。进入房间后，两人第一时间检查了屋里唯一的窗户。陆哲南打开窗，用力拉了拉外面的每一根防盗铁栏，手掌上传来冰冷的触感。与此同时，他不经意地朝外望了一眼，视线范围内只有无尽而深邃的黑暗。但他却仿佛听见了异样的声响，这声响好似来自潜伏于胎湖湖底的某种躁动之物。陆哲南感到脊背发凉，在确保铁条全都牢固无损后，他迅速关上窗，锁上月牙锁，并拉好窗帘。

随后，钟可扫视了一圈整个房间，并未发现什么异常。引起她注意的只有并排在书桌上的四个小玻璃碟，里面分别盛放了红、蓝、绿、白四种颜色的巧克力豆，正是陆哲南最爱吃的那种。然而碟子几乎是满的，说明陆哲南并没怎么吃，可见婴棺钉对他造成的精神压力之大。

陆哲南把房间里的懒人沙发搬到门口，靠在门边的墙壁上。

"你就坐这里吧，这个坐着舒服。"说完，他又交给钟可一个橙色的方形遥控器，上面有一排按钮。

钟可接过遥控器，好奇地打量着："这是什么呀？"

"这是陆家宅保安系统的报警器，如果你看到什么可疑的人靠近房间，或者看到有什么奇怪的东西爬过来，你就按这个按钮，"陆哲南指着遥控器右上角的红色按钮，郑重其事地交代着，"宅子里的警铃就会响起。"

"好的，我明白了。"钟可把遥控器塞进大衣口袋，同时思忖着陆哲南刚才的话语。他所说的"奇怪的东西爬过来"是指什么？钟可的脑海中顿时又浮现出那个婴孩杀光村民的恐怖传说。

"小心点。"

"没关系。"嘴上这么说，但事到如今，钟可也不禁有些紧张、害怕起来，"我先上个厕所吧。"

"厕所在那里。"陆哲南指了指门斜对面的北侧走廊。陆哲南有一个怪癖，他不喜欢卧室里有卫生间，因此当初装修宅子时特意将房间和卫生间分开。

厕所位于北侧走廊的尽头，钟可进入厕所后，顺带也检查了那里的窗户，月牙锁同样反锁着。她放心地走出卫生间，又朝对面陆义夫妻的房间看了一眼。钟可心想，要是陆义知道儿子现在的状态会作何反应？不过以陆义的性格，听到诅咒什么的一定不屑一顾。所以陆哲南才会说只相信钟可一个人吧？

"那么，到午夜十二点前就辛苦你了，钟可小姐姐，真的谢谢你。"一切准备就绪后，陆哲南回到了自己的房间。

外面的钟可听见陆哲南将房门反锁的声音，定下心来坐到懒人沙发上。钟可掏出手机看了一眼，现在是晚上十点，再熬两个小时就到十二点了，这期间她会一直守在门口。到时候，陆哲南就会相信诅咒压根就不存在。

## 2

女佣的房间也在一楼,范小晴收拾完餐具准备回房时,看见了坐在走廊上的钟可。询问之下,钟可只能解释说陆哲南最近心情不好,所以想坐在这边陪陪他。小晴脸上虽然留有疑虑,但也没多过问。她给钟可沏了杯热茶,就回房间去了。

钟可拿出刚才特地带下来的小说,准备用它打发剩下的时间。这是钟可正读到一半的推理小说,名字叫《今夜宜有彩虹》,是个国内作者写的。然而翻了几页后,她觉得根本看不进去,索性放下书本玩起了手机。

"钟可小姐姐,你还好吗?"隔着房门,房间里突然传来陆哲南的声音。

"我没事,你早点睡吧。"

"我有点困,先上床眯一会儿,到了十二点麻烦你叫我。"

"好的,没问题。"

之后陆哲南就再也没说过话。

夜色渐浓,宅子变得像坟墓一样安静,钟可觉得连自己的呼吸声都能听到。走廊里只亮着一盏灯,昏暗的灯光无力地抵御着黑暗。夜晚气温骤降,室外的寒气钻入屋内,纵使宅子里开着中央空调,仍然无法将寒冷全部驱走。独自坐在走廊上的钟可不由自主地裹紧大衣,呷了一口热茶。

对面的墙壁上正好有一个古旧的挂钟,指针发出节奏单调的"滴答"声,记录着时间在一分一秒地流逝。

陆家宅里的人好像全都入睡了。钟可打了一个哈欠,感到睡意也向自己袭来。有那么零点几秒,她突然恍惚了,不知道自己为何要一个人坐在这里。她甚至怀疑起眼前的世界是否真实。夜半时分，昏黄的灯光有如致幻剂，让钟可觉得自己仿若置身于一个迷离国度。她用力地揉了揉太阳穴，意识才变得稍微清醒。

越是无事可做的时候，就越容易思绪乱转。钟可左顾右盼，一直留意着周围，像一个警惕的守卫。但她越来越不明白，自己守在这里的意义是什么？究竟是要防谁……或者说防止什么东西闯进旁边的这扇门？

钟可想象着一个握着刀的凶恶杀人犯朝自己直冲过来的场景。要是杀死陆仁的凶手真的敢这样肆无忌惮地跑来犯下第二桩罪行，只身一人的钟可绝对无法应付。想到这里，她不安地摸了摸口袋里那个可以触发警报的遥控器。

但如果，闯过来的东西不是"人"呢……钟可使劲摇了摇头，不敢往下细想。

十点五十、十一点、十一点十五、十一点半……挂钟上的指针不断变换着位置，漫长的两个小时即将过去。临近午夜，钟可感到越来越冷，这种冷无关气温，那是一种由心境造成的阴冷。杯子里的茶也早已凉了，一片茶叶漂浮在上层，像翻倒的小舟。

随着分针逐渐转向数字"12"，钟可也渐渐放松起来。她深吸了一口气，努力驱赶睡意，时不时看一眼挂钟。从陆哲南进入房间到现在，钟可一秒都没离开过门口，除了眨眼之外，眼睛也从未合上过。

十一点五十五分。

十一点五十六分。

十一点五十七分。

这不是什么都没发生吗？什么婴咒啊杀人犯啊，完全就是扯淡，一切不都好好的吗？

钟可苦笑了一下，她觉得自己陪着陆哲南玩这种无聊的游戏有点愚蠢。

十一点五十九分。

钟可准备起身去敲陆哲南的房门。

忽然间（真的只是一瞬间），一个黑影以极快的速度从北侧走廊蹿了过去。钟可完全没看清那个黑影是什么，她甚至怀疑是眼睛产生的错觉。钟可还未搞清楚黑影的真面目，陆哲南的房间里骤然传出一声极其短促的尖叫，这种叫声就像被人用力扼住喉咙时强行发出的哀吼，如同坠入地狱时的绝望呼喊。

钟可倏地从沙发上站起来，脚下却没有站稳，一个趔趄坐倒在地，口袋里的遥控器也掉了出来。

"咔嚓"一声，钟可听到了门锁打开的声音。有什么东西要从那扇门里出来了……

钟可倒吸了一口冷气。

## 3

钟可想逃，身体却像被定住似的无法动弹。她的双目直愣愣地注视着眼前的房门，生怕下一秒有什么怪物从那里冲出来。她更不敢回头，刚才那个诡异的黑影说不定还在自己身后徘徊。钟可就这么进退两难地僵坐在地上，屏息静待时间的流逝。

三十秒、五十秒、一分钟……然而，房门那边没有再发出动静，也没有任何东西从那里跑出来，包括房间里的陆哲南。钟可深吸了几口气，努力从地上站起来。

这是什么味道？

此时，钟可灵敏的鼻子嗅到了某种气味，那是一种混杂着腐臭的焦味。这味道越来越浓，渐渐在走廊里弥漫开来。钟可吸了吸鼻子，断定气味的来源就在陆哲南的房间里。

到底是怎么回事？陆哲南到底怎么了？门锁是他打开的吗？既然打开锁又为什么不出来呢？刚才听到的叫声又是……

惊魂未定的钟可脑子里有一连串疑问。她竭力让自己平静下来，理性告诉她，房间里除了陆哲南之外不可能有其他人。踌躇了十几秒钟后，钟可终于鼓起勇气，决定过去一探究竟。她在心里祈祷着，希望一切都只是自己多虑了。

钟可缓缓靠近房门，先是将耳朵贴在门板上，但并未听到房间里有什么动静。旋即，她怯懦地握住门把，向下压了压。

门锁果然已经打开了。

钟可的心提到了嗓子眼儿，但她也不知道自己究竟在害怕什么。

钟可迅速推开了房门。

刹那间，一股浓烈的焦味扑鼻而来，房间里弥漫着烟雾。钟可用力咳嗽了几声，使劲挥了挥手，试图将烟雾挥开。

房间里亮着灯。钟可的视线首先落在陆哲南的床上，奇怪的是，明明说好要睡觉的陆哲南竟没有躺在床上，凌乱的被子就这么随意地摊着。

就在下一秒，钟可的视线骤然间捕捉到了床下的某个肉色物体。那好像是……是人的躯体！触目惊心的是，躯体下方的地毯被什么东西染成了鲜红色。

钟可立即冲进房间，走近床铺。靠近之后她终于看清，那躯体不是别人，正是仰躺在地上的陆哲南。

"啊！"钟可捂住嘴，下意识地尖叫了一声。

陆哲南躺在床底，胸口以上的部分暴露在床缘外，能看出整个上半身赤裸着，露出白腻腻的肥肉。他双目紧闭，脸上没有什么表情，看上去就像睡着了。在他粗肥的脖子上有一道长长的裂口，此时此刻，那裂口还在向外淌着鲜血。血液像红色喷泉一样喷出，弄湿了地毯，有些则溅到了墙壁上。

钟可呆立在原地，她这辈子从来没见过这么多鲜血。这代表死亡的红色以惊人的速度在房间里扩散的景象，已吓得她魂不附体。

陆哲南无疑已经死了。

几小时前还在跟自己聊天的一个大活人，如今却成了一具血淋淋的尸体。

为什么……是谁干的？

站在房间中央的钟可感到一阵眩晕。她快速扫了一眼整个房间，根本没有别人。她还特地拉开窗帘留意了一下窗户，月牙锁好好地扣着，窗户也完好无损。

这不可能……

凶手是怎么进来的？

自己明明一直寸步不离地守在门口，明明没有看到任何人出入……

凶手为何能像幽灵一样潜入房间，杀死陆哲南？

他到底是如何做到的？

钟可努力回忆着陆哲南进入房间后的所有事情，甚至怀疑大脑中有一段记忆被抽走了。事实上，钟可的记忆没有出错，读者诸君也没有看漏情节。

凶手的确顺利进入了这个一直处于钟可严密监视下的房间，并在残忍杀害了陆哲南之后又立刻人间蒸发。

钟可嗅了嗅房间里还未散去的焦味，骤然想起刚才打开门时看到的烟雾，不禁涌起一股寒意。

杀人凶手说不定化作了一阵青烟，就这么消失在了阴冷的空气里……

钟可再也忍受不了一个人待在这里，连忙逃也似的飞奔出房间。

# 4

梁良和冷璇来到陆家宅时，已经是第二天早晨。

两人的脸色都十分凝重。令梁良始料未及的是，时隔半个月，陆家居然再度发生杀人事件，这次被害的是陆家次子的儿子——陆哲南。

望着血迹斑斑的案发现场，梁良有些自责。前一天，陆家宅里一位叫钟可的租客明明联系过自己，表示陆哲南的状况不太对劲，但当时他并没有重视。如果当晚能派警察保护陆哲南的话，可能就不会发生这种悲剧。

当然，这件事也不能全怪梁良，毕竟钟可在电话里说的事情太过玄乎，而且也没有实质性的证据。更何况，当时梁良正在追踪一条和陆仁有关的重要线索，确实也脱不开身。陆仁被害之后，公安技术组通过电信公司调查到，在陆仁生前，有一个神秘手机号一直跟他保持着密切联系。通过深入调查，警方得知注册该手机号的是一张假身份证，目前只知道那是个来自外省市的号码。梁良正是为此特意跑了趟外地。

现在，杀害陆仁的凶手没抓到不说，第二起杀人案又接踵而来。这简直是一波未平一波又起。而比起陆仁的"水密室"死亡现场,这次案发现场的状况似乎更为不可思议。梁良做了个深呼吸,准备迎接新的挑战。他现在必须对陆家案件投入十二分精力。如果能确认两起案件的凶手为同一人,那么案子就可定性为"连环凶杀案",指不定还会出现第三、第四个受害者。梁良绝不能让这样的事情发生。

阴云密布的早晨,梁良在陆哲南的房间里来回踱步,脸上也盖着一层阴云。他在赶来陆家宅的路上已经基本知晓了本案的大致情况。身旁的冷璇则根据照片比对着现场。陆哲南的尸体已经被昨晚第一批赶到的调查人员运走,由法医做进一步解剖。根据初步的验尸结果,陆哲南是因被利刃割喉,失血过多而死,凶手的手法非常干净利落,几乎是一刀毙命。而在现场没有找到凶器。

"这真是一个标准的宅男房间。"冷璇环顾了一圈房间,被目不暇接的ACG收藏品震惊到了。

梁良一直板着脸没有说话,看起来心情十分糟糕。他走到床边,卡通图案的床铺和被子上分布着大量喷溅状的血迹,但因为床单图案颜色太鲜艳,血迹看上去不是那么明显。地上,被血迹覆盖的地毯上已经用白色粉笔画出了尸体的轮廓。

"奇怪。"梁良直视着地面,若有所思地喃喃着。

"怎么啦?"冷璇凑过来问道。

"你看,"梁良用戴着白手套的手指了指尸体轮廓,"死者陈尸的位置非常不自然。假设死者是在睡觉的时候遭到凶手的突然袭击,就算在挣扎的过程中被拖到床下,尸体的胸口以下为什么会全部伸进床底呢?"

"也许他是想逃跑,所以往床底下钻?"

"不对，要逃跑也应该是往门口逃呀，钻到床底下岂不是更走投无路？"

"所以你是想说……是凶手把尸体塞进床底的？"

"我认为是。"

"他为什么这么做？"

"我还不知道。"梁良挠了挠黝黑的鼻子，一脸苦相，"还有，你看这件睡衣。"他拿起扔在床上的死者的睡衣说道，"上面的纽扣掉了好几个，衣领这里还有撕扯的痕迹。尸体赤裸着上身，这就说明，这件睡衣也是被凶手特意扒下来的。"

"凶手杀死陆哲南之后，先是脱下他的睡衣，再把半裸的尸体塞到床底下……确实好奇怪啊。"冷璇的脑筋也开始快速转起来，"难道凶手有什么特殊癖好吗？比如说喜欢陆哲南的裸体之类的……"她瞟了眼房间里的其他调查人员，意识到不该在这么多人面前口无遮拦。

"还不能妄下判断，但我认为这其中一定有凶手这么做的理由，这理由无关癖好。"

说完，梁良环顾四周，继续探寻这个非同寻常的案发现场。陆哲南的房间里有四个嵌入墙壁的大柜子，其中一个在西侧墙上，挨着房门，另三个并排在北侧墙上。这些柜子都埋在墙壁里，相当于直接在墙壁上挖出一个储藏柜，非常节省空间。每个嵌墙柜都和房门差不多高，里面用隔板隔出四五层，堆着陆哲南的部分储藏品和杂物。

梁良的目光被北侧的某个嵌墙柜吸引了过去，只有那个柜子的深黄色木门向外敞开着。梁良走过去，摸着内外颜色一致的光滑门板，心想着上面会不会留下凶手的指纹。而引起他注意的东西就在这个柜子的第三层，那里躺着一根黑乎乎的条状物，就像一条躲藏在柜子里的黑色毒蛇。他凑过去仔细打量着那东西，鼻子马上嗅到了一股淡淡的焦味。

"梁队，法医已经证实了，这是一根脐带。"身后的冷璇向他报告，"而且被火烧焦了。"

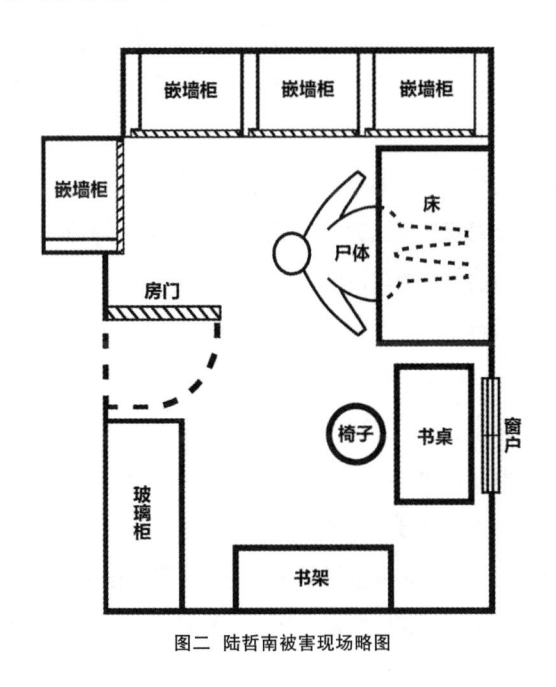

图二 陆哲南被害现场略图

## 5

又是脐带……

梁良深邃的目光直视着柜子里的脐带，眼角微微颤动了一下。

先前在陆仁的死亡现场，也有一根脐带挂在地下小屋的窗框上。唯一不同的是，这次的脐带被火烧过。难道，脐带是这个凶手留在现场的某种"标记"？就像许多连环杀手都有自己的"签名"一样。著名杀手"恶魔的门徒"理查德·拉米雷斯，每次都会在杀人现场留下一个倒转的五角星；还有尤·奈斯博的犯罪小说《雪人》里，那位凶犯总是在犯罪现场堆一个雪人。

可是，为什么是脐带呢？为什么要把脐带放在杀人现场？凶手想表达什么？凶手又是从哪里弄到脐带的？一系列问题蹿上梁良的脑门。他目不转睛地望着现场的脐带，突然注意到上面沾着些许白色物质。而在脐带边上，有一个翻倒的塑料小瓶。梁良拿起瓶子查看了一番，发现这是一瓶用来给模型上色的模型漆。

凶手一定是将脐带放到柜子里的时候，不小心打翻了旁边的瓶子，导致里面的白色模型漆洒在了脐带上。

梁良很快得出了这个结论。这说明凶手当时很匆忙。但是，为什么还要费事地把脐带烧焦？

面对一大堆疑问，梁良的大脑完全是一团乱麻。

梁良转身走向书桌，桌上那四碟巧克力豆也引起了他的注意。四种颜色的巧克力豆被分别放在四个碟子里，但只有一粒红巧克力豆和一粒绿巧克力豆被错放进了对方的碟子里，这个细节意味着什么呢？会和案子有关系吗？梁良暂时想不到。这种巧克力豆他也买过，但他觉得不好吃。

"梁队，你来看。"这时，一位正在检查陆哲南电脑的技术组同事似乎有所发现，"这是死者这几天的网络搜索记录。"

梁良凑过去盯着电脑屏幕。历史记录里几乎全是"婴咒""婴棺钉""解咒""破除诅咒"这样的关键词。这让梁良想起昨天钟可在电话里说的事情。说实话，梁良是一个实干型警察，虽然有时也会产生一些脱离现实的幻想。但实际办案时，他不太喜欢把杀人案件和怪力乱神牵扯在一起,他认为能唤起杀意的只有人类自己,跟鬼神没有任何关系。

技术组的同事又打开了电脑E盘里一个名为"ZK"的加密文件夹,里面储存着一百多张照片。照片里都是一个女性的身影,有从远处拍摄的全身照,也有某些身体部位的特写,包括裸露在衣襟外的胸口、被头发半遮的脖子、裙摆下的大腿等,任何角度都有,拍的似乎都是同一个人,被拍者的衣着也涵盖了四季。而照片的背景似乎都在陆家宅里,包括客厅、餐厅、楼梯、走廊等。但奇怪的是,没有一张照片里的被拍者是正眼看着镜头的。

"这些都像是偷拍的。"技术人员说出了自己的判断。

"真是变态,恶心。"冷璇虽然也懂什么叫"死者为大",但在这个时候她还是忍不住骂了一句。

梁良从其中一张拍到该女性脸部的照片里认出了被拍者,她就是这里的租客钟可。文件名也是钟可名字的拼音缩写。原来这一年来,陆哲南一直在偷拍钟可,并把这些照片存在了电脑里。而钟可或许对这件事还浑然不觉。

人哪,光鲜的外表下,永远不知道有一颗多么龌龊的心。梁良望着这些不堪入目的照片,皱起了眉。

"把这些都删了。"他向技术人员命令道,旋即转身询问冷璇:"那个叫钟可的女生呢?"

"她在自己房间里。"

"去找她吧。"梁良走出房间,往客厅的楼梯走去。

## 6

客厅里,失魂落魄的陆义坐在沙发上,妻子骆文艳陪在他身边。另一张沙发上则坐着陆礼父子,两人都面无表情地等待着警察问话。

看到梁良走过来,陆义激动地站起来,上去就拽住梁良的衣领:"警察先生,是什么人杀了我儿子?是什么人啊?!你怎么还不去抓凶手?这家里都死了两个人了,你们……你们是干什么吃的呀!难道要等陆家人都死光再破案吗?"

身后的陆礼和骆文艳连忙拉住陆义,劝他不要冲动。没想到陆义回过头,一把推开陆礼,面红耳赤地指着他的鼻子说:"是不是你干的?你说!是不是你杀死我儿子的?有什么事冲我来啊!"

"你疯啦!"当着警察的面被亲哥指认为凶手,陆礼似乎也被点燃了怒火,嘴角上的两撇小胡子仿佛都竖了起来。

这时候,冷璇忙打圆场:"你们都冷静点,警方会尽力的,一定会抓到凶手,请你们配合工作!"

"配合个屁!"陆义怒目圆睁,情绪依然很激动。他伸出手,想去拽冷璇的衣服,却被冷璇抓住胳膊,硕大的身躯被一个反手擒拿按倒。

"住手!"梁良立马制止冷璇,随即以严肃的口吻勒令所有人都坐下。

陆义揉了揉肩膀,骂骂咧咧地坐回沙发。

梁良用心平气和的语气对陆义说:"陆先生,我理解你现在的心情,请节哀顺变。我用我警察的尊严向你保证,一定会亲手逮住害死你儿子和陆仁的凶手。因此,现阶段更需要你们配合调查,如果你们能提供重要情报,我们警方也好早日破案。"

接着,梁良安排了几名警员向众人录口供,询问内容包括陆哲南的近况、人际关系、有无仇家、案发当晚的行踪、有无目击到宅子周围有可疑人员出没等。

待在三楼的陆文龙一家和吴苗也正等待着警方的传讯,他们似乎都不敢相信陆哲南已经被害的事实。尤其是刚过完七十五岁大寿的吴苗,一直嚷嚷着老天在开玩笑,表现得很歇斯底里。

两名女佣和管家季忠李则已经被问询完毕,各自回房间休息了。对这场吴苗寿宴当天突如其来的杀戮,陆家的大多数人都感到猝不及防。

从目前的状况来看,行凶者显然是针对陆家而来。究竟是什么人这么痛恨陆家?凶手的最终目的真的是杀光陆家所有人吗?一连串的猜疑涌上众人心头。当两位陆家成员相继被害后,失去亲人的悲痛渐渐化为对杀人凶手的恐惧,人人都担心自己会被凶手瞄上。尤其是知道行凶者能够随意潜入密闭的房间,仿佛拥有妖术般不可思议的本领后,这种担忧更是变本加厉。笼罩在陆家的阴霾越来越难以消散。

在为陆家成员录口供的同时,另一批警员正在对宅子进行地毯式搜索,试图找到行凶者的潜入途径和行迹。但是,陆家宅上下所有的门窗均从内侧反锁,没有人知道行凶者是怎么进来的。目前所有的状况似乎都指明,行凶者是一个幽灵。

# 7

梁良走进钟可房间,看到她坐在床上,一副茫然若失的样子。

钟可是这个案件最关键的证人，甚至可以说是案件的直接经历者，正是她的一番证言让案子变得扑朔迷离。因此梁良必须亲自和钟可详谈一下。

"你好，抱歉，昨天没能及时赶到。"梁良诚恳地道了个歉，随即拉出书桌底下的椅子坐下。身后的冷璇翻开记事本，准备做记录。

"我真的没想到事情会变成这样……"钟可仍然无法面对现实，内心正在暗暗责备自己。

梁良十分理解钟可现在的心情，一个人就这么在自己眼皮底下被杀，而自己什么都做不了，这种无力感是十分痛苦的。

"你能把昨晚的情况再跟我说一遍吗？"

"嗯。"钟可点了点头。虽然不愿回忆，但为了配合警方，她不得不巨细靡遗地把昨晚守在陆哲南房门口的经过复述了一遍。对面的梁良听得很仔细，遇到不清楚的细节还会深入追问。

听完钟可的叙述，梁良和冷璇才真切感受到这起案子的匪夷所思之处。如果钟可所言非虚，这就又是一起近乎完美的密室杀人。行凶者到底是如何躲过钟可的视线进入房间的？之后又如何逃离得无影无踪？这两个问题成了这起案件最大的谜。

"你真的一刻也没离开过门口？"

"真的没有。"这个问题钟可也问了自己一百遍。

"那么发现尸体之后，你做了什么？"梁良继续询问。

"我马上就去敲女佣房间的门了……"

"然后呢？"

"我敲了好久，都没人来应门。后来我又去了北侧走廊，去敲陆义伯伯的房门，可也没人应答，我只能自己打电话报警了。之后我就回到自己房间，一直等警察过来。"

"陆哲南不是给了你一个报警器吗？为什么不按那个？"

"当时我摔了一跤，报警器从口袋里掉了出来，好像是摔坏了……"

"你认为凶手是怎么进入房间的？"梁良突然投来狐疑的目光。

"我……我也不知道啊。"钟可看上去仍然心有余悸，"我真的……完全想不通，我检查过房间，门也一直锁着。"

"你觉得有没有这种可能……就是当你十二点进入房间的时候，有一个人，一个除了你和死者之外的第三者躲在房间里，比如躲在门后或者床底下，你并没有发现？"梁良提出一种假设。

钟可犹豫了一下，回答道："不可能……我进去的时候余光瞄到了门后，如果那里站着个人，我不可能没发现吧。之后我扫了眼整个房间，并没看到哪里躲着人。至于床底下就更不可能了，南瓜……哦，陆哲南的尸体几乎占满了床底，没有能躲人的空间。我往床下看的时候，也确实没看到底下有其他人。"

"躲门后"这种推理小说里的俗套诡计，钟可当然也知道。其实她刚才也设想过这种可能性，但马上就被自己否定了。

"你刚才说什么！？"梁良倏地直起身子，目光中现出异样的振奋。

"啊？"钟可被吓了一跳。

"你说陆哲南的尸体什么来着？"

"陆哲南的尸体占满了床底……"钟可重复了一遍刚才的话。

梁良僵直在原地，两颗精明的眼珠子在来回打转。

"梁队，你怎么啦？"冷璇有些丈二和尚摸不着头脑。不过根据以往的办案习惯，她猜测梁良定是想到了什么关键性的事情。

"哦，没事，我们继续吧。"回过神的梁良继续向钟可提问，"那么，跟我说说诅咒的事吧，昨天在电话里也没讲清楚。陆哲南一开始就知道自己会被杀?"

"嗯。"钟可从床上站起来,走到书桌前,从里面拿出两根被纸巾包好的婴棺钉,交给梁良。梁良推开纸巾,仔细端详两根生锈的钉子。

随后,钟可把陆哲南告诉自己的婴咒传说跟梁良详细讲了一遍。

"也就是说,陆仁和陆哲南被害前,都收到了这根婴……婴棺钉是吧?陆哲南认为自己被下了所谓的婴咒。而两个现场又都出现了婴儿的脐带,那便是诅咒应验的证据?"梁良虽然觉得有些荒谬,可还是不禁在意起那两根脐带。

婴咒、婴棺钉、脐带……这一系列事件似乎都关乎"婴儿"这个关键词,甚至陆家宅边上的湖也叫胎湖……这一切难道只是巧合?这个凶手到底想干什么?为什么如此执着于婴儿?

还是说,两起悲剧真的都是诅咒造成的?梁良不信。诅咒这种无中生有的东西显然违背科学。凶手一定是利用所谓的诅咒来混淆视听,故意把杀人现场布置成恐怖传说里描述的那样,以掩盖自己真正的杀人计划。因此,无论是钉子还是脐带,都是凶手为了表演而精心准备的道具。这名凶手一定是表演型人格,具有很强的自我意识。

梁良在心里否定了"诅咒论",同时试着给凶手做了个简单的心理侧写。

"梁警官,你觉得呢,这真的是诅咒吗?"问出这句话的时候,钟可的声音极轻。

"世界上不存在诅咒。"梁良回答得斩钉截铁,"一切看似诅咒的东西,实则都是人为的诡计。"随后他用安抚的语气说道,"你先好好休息吧,不要多想了,之后的事就交给我们警方吧。如果你想起什么,再联系我。"

## 8

走出钟可的房间,冷璇立即问道:"梁队,你觉得钟可说的是真话吗?"

"不确定,但撒谎的可能性不大。"梁良摸着口袋,想抽一根烟,但想起自己已经戒烟三个月了,不想就此前功尽弃。

"那就很难解释这个案件了,只有钟可的嫌疑最大,毕竟按照她的描述,物理上最有可能杀死陆哲南的,只有她自己。"

"就是因为这样,她何必作证'没有人进入房间'呢?为什么要把自己置于不利的境地?"梁良反问道。

"倒也是……那就奇怪了,这又是一起逻辑上无法成立的案件。这个凶手到底是何方神圣?"

梁良沉默了。陆家的两起案件,确实都远超出常理的范畴。梁良长叹一声,全身上下都透着深深的乏力感。

对陆家成员的盘问工作已经结束,但从中并未获得什么有价值的线索。案发当晚,只有陆寒冰在外面参加一个化装舞会,他声称十二点那会儿刚回到宅邸。而其他人都待在自己的房间里,不是在睡觉就是在看电视。大家都说没有看到可疑的人,或者听到什么可疑的动静。

另外,两名女佣和陆义夫妻都表示,他们没有听见敲门声,当晚都特别困,躺上床之后就立刻睡着了,而且睡得比平时熟。

回到客厅后,梁良对冷璇吩咐道:"小冷,你安排鉴定人员给每个人做个尿检。"

"尿检?要检查什么?"冷璇不太明白。

"安眠药。"

"哦，好的。"

接着，梁良独自回到陆哲南的房间，准备再研究一下这个不同寻常的现场。

他仔细检查了角角落落，确认房间里没有机关暗道，也没有任何能躲藏人的空间。之后他再度站在嵌墙柜面前，凝望着发焦的脐带，陷入了沉思。

凶手会不会躲在嵌墙柜里？毕竟这里有四个柜子……

嵌墙柜的门上没有门把，只在门的侧边挖了一个凹槽。梁良将手指卡进凹槽，轻轻拉开柜门，让四扇柜门都以一定角度朝外敞开。梁良检查了每一个柜子的内部。他望着柜子里那一块块木头隔板，用力掰了掰。隔板都是用钉子牢牢固定住的，没有办法拆下来，上面也没有拆卸过的痕迹。而且每块隔板之间的空间都很狭小，是没有办法容纳一个人的。

不对……

没有办法容纳一个人——这句话不严谨。确切地说……是没有办法容纳一个成年人。

但是……

如果是婴儿呢？

和两周前勘查地下小屋时一样，梁良脑中又浮现出一幅惊悚的画面。

婴儿的话，就完全可以躲在嵌墙柜里……

是婴儿拿着刀，突然从柜子里跳出来，割断了陆哲南的脖子吗？

随后，婴儿点燃了自己，在烈火中化作一阵浓烟，消失在了房间里……

所以……现场才只留下一根烧焦的脐带。

从来不信邪的梁良感觉自己就快崩溃了,刚才明明还大言不惭地跟钟可说诅咒全是人为的……现在又是怎么了?

梁良感觉有一股无形的力量正在侵蚀自己的意识。

# 9

梁良的内心很纠结,一方面,他是理性派,认为诅咒怪谈之类的不可信,办案需要的是严谨的科学态度;但另一方面,他又的确难以解释两起案件中出现的超常现象,脐带这种东西又让他不由自主地浮想联翩。这让梁良变得很矛盾。

"梁队。"也来到陆哲南房间的冷璇唤回了梁良飘忽的意识。

"怎么样?"他回过头。

"已经安排做尿检了。"冷璇的视线越过梁良,落到脐带上,"您还在思考凶手进入房间的方法吗?会不会和脐带有关?"

"不知道,没头绪。"梁良将两根婴棺钉交给冷璇,道,"你回去之后把这个交给鉴定科,让他们检查一下。不要搞混,这根是陆仁房间里的,这根是陆哲南床上的。"

"明白。"冷璇把钉子收了起来,"对了梁队,刚才在钟可房里,你想到了什么?"

"哦……关于凶手把尸体塞进床底的原因,我大概猜到一种可能性。"

"是什么?"

"很简单,就是把床底'占满'。"

"什么意思?"

"你想象一下,如果当时陆哲南的尸体不在床底,事后当我们面对密室之谜时,就会得出'凶手可能躲在床底'的假设,那么所谓的密室也就不复存在了。但是现在,正因为床底被陆哲南的尸体占了,钟可也因此看了眼床底,'凶手躲在床底'这种解释自然就被排除在外了。密室谜团又重新竖立在了我们面前。"

冷璇恍然大悟道:"你的意思是,凶手就是想告诉我们'我不可能躲在床底,你们另寻答案吧',从而让密室无从破解,对吗?"

梁良点点头:"没错,凶手想强调本案的'不可思议性',他要把这个自己精心制造的'不可能的现场'展示给众人看,挑衅警方。看来这个凶手对自己的手法很有自信。"

"原来还有这层深意在里面……"冷璇顿时觉得梁良果真是名不虚传,竟然拥有如此独特的脑回路。

"不过,凶手也绝非空有自信,他确实设计出了一个我想破头都无法解开的密室。包括地下室那个被雨水堵住入口的现场,我至今也毫无头绪。"梁良有些失落。

和陆仁案的水密室一样,这次这个出入口始终处于监视状态的密室他以前也从未遇到过,对他来说又是一次全新的挑战。

"梁队,你先前说过的那个……"冷璇突然想起了什么,"那个擅长破解密室案件的专家,联系过他了吗?"

"联系过了,不过被对方拒绝了。"梁良苦笑了一下,"他说最近很忙,不想把精力放在别的地方。对了,这个人跟陆家也有往来。"

"这么不给警方面子啊?自以为是的家伙。"冷璇不满地抱怨了一句,"梁队,那就只能指望你了,我感觉这个案子只有你能破。"

疲惫的梁良只是轻轻叹了口气。

# 第六章 天才漫画家

## 1

位于上海西面的虹桥地区是外国人的聚集地之一，其中日本人和韩国人居多，琳琅满目的日料和韩式烧烤充斥大街小巷，上海最好吃的日料餐厅就开在那里。距离那家餐厅不远的地方有一条虹梅路，它是一条贯穿虹桥地区的繁华街道。这条路还会经过一处别墅区，沿街能看到几栋优雅的独栋别墅。

这些别墅中，有一部分被外国人租下当作居所，还有一部分则成为某些公司的办公场所。虹桥地区有许多动漫与游戏企业，名声大噪的动漫公司——"漫领文化"的总部就坐落在那里。

拐进与虹梅路相交的一条幽静小路，马路右侧出现一幢四层高的别墅楼，别墅的墙面涂刷成乳白色，在阳光的照耀下显得熠熠生辉。别墅大门隐藏在一条石板小道的尽头。进入别墅后，最先映入眼帘的是一堵背景墙，上面印着"漫领文化"大大的橙色logo。这栋别墅的室内面积很大，每一层都有好几间办公室，总共可容纳几十号人。

漫领文化的业务主要有三块：一是纸质出版，包含漫画杂志和单行本图书；二是线上平台的运营，以漫画网站和动漫APP为主;三是动画制作,致力于将一些优秀漫画作品改编成动画。作为国内动漫产业的引领者,漫领旗下自然有不少才华横溢的漫画家。他们大多从《死线》这本杂志出道,最后都成了圈内大神。

《死线》是漫领制作发行的一本漫画杂志,只刊载国内漫画家的原创作品。刊名源自"漫画截稿日的最后期限",也就是"死线"。杂志创刊以来销量一直维持在行业首位。杂志上连载的作品总能戳到读者的痛点,市场反响热烈。当然,这不光是作者的功劳,漫画编辑的指引也极为重要。某些时候,他们比作者更具前瞻性。

对一家动漫公司而言,作品就是产品。而编辑部,无疑就是专门负责"内容生产"的核心部门。在这幢五脏俱全的别墅楼内,编辑部设在四楼。办公室的墙壁上贴满各式各样的动漫海报,四排横向拼接在一起的桌子占据了大部分空间。这里坐着的,大都是资历深厚的责任编辑,他们的桌子上堆着一沓沓漫画稿纸,看似杂乱,却符合编辑们各自心中的摆放秩序。

漫领里面,每一位责任编辑手上都会同时负责好几部作品,还要不断挖掘新作者,竞争相当激烈。身为编辑部主任的杨森是其中最卖力的一位,他也是《死线》的执行主编,熬夜加班可谓家常便饭。

年仅三十岁的杨森已经在编辑界摸爬滚打了许多年。在成为漫画责编之前,他还当过图书编辑和杂志编辑,有着丰富的经验。凭借自身的努力和才华,他终于有了今天的成就。漫领里有不少比杨森年长的同行,但都很敬重杨森。毕竟,《死线》这本杂志能有现在的成绩,杨森至少可以占一半的功劳。

编辑这个职业,一忙起来就看不到尽头。尤其是漫画编辑,他们和漫画家一样,一直都在跟截稿日赛跑,从分镜到成稿,每一个环节都要参与,辛苦程度不亚于作者。

杨森蓄着一头清爽的短发，高强度的工作让他的脸上挂满倦容，架在鼻梁上的近视眼镜也无法遮盖眼眶周围的黑眼圈。由于长期低头看稿，杨森的颈椎一直不太好，脖子上总是贴着缓解酸痛的膏药，这也是很多漫画编辑的职业病。他的穿着十分随意，深色针织衫搭配一条宽松的休闲长裤，整个人看上去不拘小节，给人一种踏实感。

最近，杨森负责的某部炙手可热的作品即将动画化，因此他的精力全都集中在此事的筹备工作上。眼下，他刚和一位著名音乐人洽谈完合作事宜，准备邀其为动画作曲。

驾驶着奥迪A6L回到编辑部，杨森还没来得及坐下，就径直走到与办公室相邻的某个小房间前，敲了敲门。房间里无人应答，杨森推开门迈了进去。拉着窗帘的房间有些幽暗，屋里只有一张宽大的白色工作台和两排木质书架。工作台上凌乱地摆着一沓稿纸和几支画笔。杨森移步到工作台前，注意力忽然被某张不太寻常的稿纸吸引了过去。他挪开压在稿纸上的一支蓝色彩铅，将纸张举到自己眼前。

只见纸上画了一个蓝色的胎儿图案。

# 2

杨森走出小房间，向坐在窗边的一位女生询问道："小影，安老师呢？"

名叫方慕影的女生穿着一身粉色的萝莉装，是个不折不扣的二次元少女，在编辑部里负责少女漫画这一块。别看方慕影年纪小，大概整栋屋子里的人加起来，少女漫画的阅读量和了解程度都不及她。

方慕影抬起头，现出青涩的脸庞："啊？安老师啊，好像去警局了。"

"又去警局啊……"听杨森的语气，似乎已经司空见惯。

这时，一股小笼包的香味飘进办公室。

"杨叔，找我？"这个刚从外面回来的男人手里拎着一大盒热气腾腾的小笼包，讲话时轻声细语，"刚才有点事出去了，抱歉。"

"哎哟安老师，你最近可真忙啊，一礼拜去几次警局？"看见正要找的人出现在自己面前，杨森终于安下心来，"怎么样？吃饭了没？"

"正准备吃，我们去休息室吧。"对方举起小笼包说道。

被称为"安老师"的男人名叫安缜，是国内著名的青年漫画家。他在十九岁时就已正式出道，凭借短篇处女作《绞绳》一举夺得新人奖，后被外界誉为"中国难得一见的天才漫画家"，备受瞩目。

五年前，安缜和漫领文化正式签约，成为漫领旗下的专属作者。也正是从那时起，杨森成了安缜的责任编辑。这对"名漫画家"与"名编辑"的传奇组合成了业内的一段佳话，两人就像手塚治虫与栗原良幸一样。

身为漫画家，安缜喜欢独自创作，因此他从未聘用过私人助手。而作为安缜的编辑，杨森总能给安缜带来不少创作素材和灵感，不断为作品出谋划策，提出许多良好的建议。他反倒更像是安缜的御用助手。从这一点来看，两人间的关系甚至还有点类似福尔摩斯和华生。

安缜蓬松的头发微卷，夹杂着银丝，然而戴着眼镜的面容又显得十分年轻。虽说不上特别英俊，但也算五官端正，看上去像一个饱读诗书的文人雅士。安缜的左耳里总是塞着耳机，似乎从没摘下来过，耳机线延伸到他的裤子口袋里，没人知道他在听什么。

来到休息室，安缜轻轻拉出一张椅子，脱下身上的棕色外套挂到椅背上。坐下后，他打开餐盒，细嚼慢咽地吃起了小笼包。"杨叔，你找我是要说《暗街》动画化的事吗？怎么样了？"无论是行为举止，还是说话的语气，安缜都颇有几分绅士风范。

"我正要找你谈这事。"杨森推了推眼镜，"我跟你说哦安老师，我今天约见了陈翼，你知道吗？就是那个著名的音乐人，他之前获得过香港……"

"长话短说。"安缜做了个"暂停"的手势。和杨森絮絮叨叨的说话方式不同，安缜喜欢言简意赅地表达一件事情，因此他经常嫌杨森啰唆。也正因为如此，杨森明明比安缜年轻三岁，却仍然被安缜叫"杨叔"。

"好好好，反正啊，让陈翼来为动画作曲的事情已经敲定了，现在就差女主的配音还没着落。"说着，杨森从裤兜里掏出一个U盘，"我收集了一些国内知名声优的资料，里面有她们的试音，你下午有空听一下，最好赶紧确定下来。"

"明白。"安缜接过U盘，继续吃小笼包。

"嗯，主要就这事，我给你推荐几个人选，有个叫瞿雯的ＣＶ声音非常好听……"

"我一会儿自己听。"安缜再次打断杨森。

"你尽快啊，我看你今天上午又在摸鱼。"

"摸什么鱼？"

"刚才看到你在纸上画了个蓝色的胎儿，那是陆家宅边上的胎湖吧？怎么，对最近闹得满城风雨的陆家连环杀人案感兴趣了？想当成下一部作品的题材？"杨森像是看透了安缜的心思般说道。

"不，我只是随便画画。"安缜吸了一口小笼包里的汤汁，"但你说得没错,我确实对那栋坐落在郊区的不祥之宅有些兴趣。很早之前,我就听过一个传闻,说是陆家世代只有男婴出生,从未诞生过一个女孩。另外,还有不少围绕陆家宅的恐怖传说,都能激发我的创作灵感。"

"对了,你前段日子是不是去过陆家?"

"是去过,为了取材去的,当时陆家的陆哲南还盛情邀请我住下。"安缜脱下眼镜,用纸巾擦了擦镜片上的雾气,"我就在陆家待了两三天,收集了不少素材,也看到了一些有趣的东西。不过,那是在陆家凶案发生之前的事了。"

"你还真的住进陆家了啊?"

"是,那时你还没告诉我《暗街》要动画化嘛,我比较闲。现在我的精力要全部集中在《暗街》上,动画分镜必须亲自来画,这是我目前为止最重要的一部作品,不能有任何怠慢。"

"你知道就好,那你还画胎湖?还惦记着陆家呢?"

"毕竟已经发生两起凶杀案了,而且凶手的作案手段似乎非常神秘莫测……"安缜忽然变得很亢奋,"你想想,被恐怖传说围绕的阴森宅邸、只诞生男婴的神秘家族、胎儿形状的诡异湖泊、鬼魅般的连环杀手,这要是改编成漫画作品一定很刺激吧。"

"安老师,身为你的责编我必须提醒你。"杨森摆出郑重其事的表情,"《暗街》是你的代表作,也是目前我们公司最重要的项目。我相信这部作品动画化之后,会在国内造成轰动性的反响。同时,身为一个漫画读者,《暗街》也是我个人最喜欢的一部原创作品。我觉得你把这类黑暗悬疑风格玩到了极致。你塑造的那位被称作'死亡速写师'的连环杀手极具矛盾体魅力。而在作品中,这位杀手和女主之间的感情纠葛也非常耐人寻味……所以无论于公还是于私，在这期间，我都不希望你因为别的事情分心。"

"我明白，我只是提前为下一部作品做准备。"安缜轻描淡写地说着，咽下了最后一个小笼包。

安缜站起身，将餐盒重新盖好后扔进垃圾桶，擦了擦桌子，转身走进厕所。从厕所出来后，杨森注意到他脸上还沾着一块面皮。

"别动，安老师。"杨森抽出一张纸巾，想要为安缜擦脸。

这时，休息室的门突然打开了，方慕影闯了进来。

"杨老师，你的电……"方慕影被眼前的一幕震慑住了，她指着愣在原地的安缜和杨森，不知道该说什么，"你们……你们也太明目张胆了吧，我……我虽然不反对这种事，但是在公司里……"

"什么啊小影！不是你想的……"杨森连忙解释。

"哎呀，你们继续你们继续……我什么都没看到。"方慕影一边捂着眼睛，一边识相地离开休息室。

安缜抢过杨森手里的纸巾，自己擦拭掉脸上的脏东西："杨叔，你年纪也不小了，快找个女朋友吧。你家房子那么大，又刚刚装修好，可别独守空房啊。"说完安缜便走出休息室，只留下一脸莫名的杨森。

"哎，我说安老师，你什么意思啊？你怎么不找女朋友啊？你年纪还比我大呢！"杨森不甘心地追了出去。

## 3

吃完午饭，安缜回到办公室旁的小房间，从抽屉里拿出新换的雾面屏笔记本电脑，戴上耳机，认真听起声优们的试音来。这个房间是他的专属工作室。安缜作为知名漫画家,生活却非常规律,而且他总是尽可能地把生活和工作分开。因此,安缜从来不在家里创作,而是特意在漫领的别墅里租用了这么一个小房间,平时就待在这里把门一关,拉上窗帘,像囚禁自己那样专心画画。而比起用电脑手绘板来作画,他更喜欢使用专门的蘸水笔在稿纸上创作。

两个小时后,杨森推开门问道:"安老师,怎么样了?"

安缜面无表情地说:"我都听完了。"

"挑中了谁?"

安缜却摇摇头:"都不行。"

"都不行?不是吧?我觉得有几个很合适啊,你真的都听完了吗?"自己精心挑选的声优被安缜全盘否决,杨森有些诧异。

"老实说,这些声优的声音都很好听。但配好一个角色,不是光声音好听就行。"安缜的语气很认真,"《暗街》的女主是一个遭受各种磨难内心却十分坚毅的女子,但最后仍然被绝望所吞噬。这里面没有一个声音能表现出角色的性格特征和命运走向。"

"命运走向?你在跟我开玩笑吧?这些只是试音,声优们还没看过完整的剧本,一时无法拿捏住角色特征也很正常啊。"

"不,有些东西是天赋,有就是有,没有就是没有。就像你的编辑才能和我的漫画创作才华。"安缜很坚持。

"你还真是谦虚啊,安老师。"杨森无奈地摇摇头,"我不管,我给你一天时间,你必须找一个合适的声优出来,不然进度就来不及了。"

杨森有些不悦地关上门,安缜却不以为意,他的字典里没有"凑合"这两个字,只有"宁缺毋滥"。

因为中午吃的小笼包有点咸,安缜有些口渴。他走出工作间,想出去买他最爱的柠檬汽水喝。刚要离开办公室,安缜却被方慕影叫住,对方要请教他一个分镜处理上的问题。安缜便来到方慕影的电脑前,细心地为她讲解。

问题解决后,安缜准备离开,脚却不小心绊到了插在方慕影电脑上的耳机线,耳机被拔了下来。电脑里的声音突然变成公放传了出来,而一个意外的声音让安缜沉寂许久的鼓膜颤动了一下。

"小影,你在听什么?"

方慕影涨红了脸,迅速插上耳机抱怨道:"哎呀安老师,你这是偷窥隐私!"

"不不,我对你的隐私没兴趣,我只想知道刚才那个声音……你不会在听 H 的吧?"

"什么 H 啊?!这是一部正规的广播剧,是恋爱题材的,最近特别火。人家只是很喜欢女主的 CV 而已……"

"刚才公放的那句话,是女主的声音?"

"不是哦,女主的 CV 是瞿雯,悦音的人气声优。刚才那句是个小配角,声优我不认识……我看看啊。"方慕影在网上搜了搜这部广播剧的配音人员表,"这个 CV 好像是网配出身,在网上人气还行,但在业界知名度不高,几乎没配过什么动画。"

"再让我听听她的声音。"安缜就像在无数玻璃碎片中忽然发现一颗钻石般雀跃不已。

# 4

配音公司"悦音"位于市中心的某个创意园区,园区的一楼被打造成略带文化气息的办公间和录音棚。中午时分,钟可独自坐在一张单人沙发上吃饭，面前的玻璃圆桌上摆着一份麻辣烫，里面只有一些素菜。

最近发生的事让钟可心力交瘁，连吃东西都失去了胃口。夜晚睡觉时，陆哲南惨死的画面总会浮现在她的眼前，让她彻夜难眠。恐惧和不安支配了钟可的情绪，使她在工作时也无法集中精力，令她接连丢掉了好几个角色的配音工作。

钟可随意夹起一根菠菜放进嘴里，她现在迫切地想要好好休息一段时间，将状态调整好之后再工作，但生活的压力并不允许她这么做。

钟可饭吃到一半的时候，刚录完音的瞿雯走了过来，手里端着一个盛着寿司的塑料餐盒。瞿雯是悦音的头牌CV，她接的都是时下最流行的动画、游戏、广播剧中的高人气角色。这个皮肤白皙的姑娘年仅二十岁，身上总是透着一股高傲之气。

"喂，我要吃饭了。"看见钟可坐在沙发上，瞿雯有些不高兴，那个座位一直是她坐的。

钟可愣了一下，抬起头扫了一眼四周，明明还有这么多可以坐的地方。

"那边可以坐。"钟可指了指边上的一张沙发。

"这里一直是我坐的。"瞿雯脸色一变，执意要坐在这里。

"可是……"

眼看气氛越来越不对劲儿，一个中年男人走过来，用近乎命令的语气对钟可说："钟可，赶紧把位子让给瞿雯，人家下午还要去参加试音，时间紧迫，让她赶快吃饭。"

这位身材发福的中分头男子是悦音的事务总监，也是钟可的上级领导之一。平时，钟可在悦音不太受人重视，入职一年多，却一直扮演着菜鸟新人的角色。而明星般的瞿雯广受簇拥，像宝石一样被捧在掌心。

虽然心有不甘，钟可还是忍住委屈，默默拿起吃到一半的午餐，坐到了其他座位上。瞿雯睥睨着钟可，坐上自己的御用沙发，跷起二郎腿，晃荡着脚上的高跟鞋，享受起高档寿司来。

"你慢慢吃啊雯雯，有需要叫我。"从名义上讲，事务总监也算是瞿雯的领导，但对待下属却如此低声下气，可见瞿雯在悦音的地位之高。

"这寿司真难吃。"瞿雯把每个寿司都只吃一半，将剩下的重新扔回餐盘里，"肖总监，你最近也辛苦了，这些都给你吃吧。"

"好好！"事务总监捧起餐盘，直接拿起瞿雯用过的筷子，狼吞虎咽地吃完了剩下的食物，样子活像一只得到主人奖赏的狗。

望着这一幕，瞿雯忍不住扑哧一声笑了出来。"哈哈哈，我吃剩的东西好吃吗，肖总监？"她揶揄地问道。

"好吃，真好吃，别人要吃还吃不到呢！"事务总监笑嘻嘻地咧开嘴，露出蜡黄色的牙齿。

本就心情郁闷的钟可瞧见这一幕更是感到一阵反胃。尽管没吃多少东西，她还是决定放弃眼前的麻辣烫。

结束不愉快的午餐后，钟可本想去录音棚练习一下刚接到的新角色，却被肖总监叫去了办公室。钟可内心涌起一股不安。

"钟可啊，"肖总监捏着一根牙签，漫不经心地剔着牙齿，"你最近状态不太好啊，很多客户跟我投诉，说你录的角色问题很大。"

"最近发生了点事……对、对不起。"钟可羞愧地低着头，"我会好好努力的，这次《天使塔》里的角色，我一定好好……"

"这个角色不用你配了。"总监的语气十分淡漠，"我就是想跟你说这事，我推荐了其他声优。"

"不用我……"钟可仿佛挨了一个晴天霹雳，"为什么？"

"嗯？《天使塔》是大项目啊，对公司很重要，你知道吗？"

"我知道……"

"你最近的状态不适合录角色，我会给你安排录一些绘本，就这样吧，没事了。"总监摆摆手，"下午我带瞿雯去试音，你去忙你的吧。"

钟可还没想好要接什么话，总监就带着一个公文包离开了办公室。

## 5

翌日，走在寒风凛冽的街道上，钟可做出一个决定——她要辞职。

原来以为入职悦音以后，梦想会离自己更近。可不曾想到，现实会如此艰难。深不见底的挫败感让钟可忍无可忍，这一刻，她终于濒临崩溃。

至少现在的自己无法胜任职业声优的工作。陆家命案也好，瞿雯的盛气凌人也好，这些或许都不是造成目前这种状况的主因，是自己还没有做好踏入社会的准备，是自己太脆弱。在做了一番激烈的思想斗争后，钟可决定先回老家休息一阵，以后的事情以后再说。这样既可以离开陆家宅这个发生过恐怖杀人案的不祥之地，又可以趁这段时间重新调整自己。

来到公司后，钟可简单准备了一封辞职信，深吸了一口气后，径直走向事务总监的办公室。

推开办公室的门，肖总监突然站了起来，两眼放光地望着钟可。

"哦哟钟可你可来啦，来来来，坐坐坐。"总监亲自搬了张椅子到钟可面前,脸上洋溢着兴奋之色。

"肖总监,我……"

"你要火了!"

"什么?什么火?"钟可完全没听懂他的话。

"你可真了不起啊钟可!"肖总监眉开眼笑的样子与往常对钟可的态度相比,简直判若两人。

"肖总监,到、到底怎么了……我有点不明白。"

"啊呀,你知道《暗街》吗,著名漫画家安缇的作品?"

"我知道……近几年很火的漫画作品。"

"对,这部作品要拍动画了。"

"哦……"钟可此时还不明白这跟自己有什么关系。

"动画的制作方正在找女主的声优。"

"嗯……"

"作者安缇钦点了一个声优,"肖总监指着钟可那张不明所以然的脸说,"就是你。"

"什么?!我?"钟可的大脑一时还无法消化这个刚接收到的信息。

"对啊!"

"可是……为什么是我?"

"啊呀你问这么多干吗,人家就是喜欢你的声音不可以吗?"总监从办公桌上拿起一张便笺纸,"但是,作者想先跟你本人见一面,你一会儿赶紧过去,就约在这个地方。"

钟可唯唯诺诺地接过便笺纸,上面写了一个地址,那是一家叫"怪咖"的咖啡馆。

"但是我今天……"钟可看了眼手里的辞职报告,准备递交给肖总监。

"好了，我帮你叫的车已经停在门口了，你快过去吧。"还没等钟可说完，肖总监就焦急地催促道。

"啊？现在吗？"

"快快快！"肖总监甩甩手示意她快走，"这事成了请你吃大餐，给你发奖金，加油啊钟可！"

回过神来时，载着钟可的车已经停在了"怪咖"门口。

# 6

钟可推开玻璃门。这是间布置极为简约的咖啡馆，店里似乎只有一男一女两位服务员。男服务员正在柜台内操作着咖啡机，女服务员收拾着桌上的空杯子。

"你好，请问几位？"看到有客人进门，女服务员走过来招呼道。

"你好，我找人……"钟可向内探视了一眼。因为现在不是高峰时段，咖啡馆里几乎没有客人，靠窗户的一排位子全都空着。只有一个背靠这边的人影独自坐在暗沉沉的角落里。

钟可向人影走去，内心略有些紧张。

一切都来得太突然，从刚才听到那个惊人的消息，到现在即将见到知名漫画家安缜本尊，这之间的经历就像做梦一样。虽然钟可并不怎么看漫画，但安缜的名字她还是知道的。他的作品无论是销量还是口碑，在国内都是首屈一指。

这样一位漫画大神为什么会选默默无闻的自己当女主的声优？

走到人影边上，钟可有些畏首畏尾地问道："请、请问……您是，是安缜老师吗？"

对方回过头，看到钟可后，立即站起身，微笑且有礼貌地打招呼:"你好,我是安缜,你是钟可吧?"

"我是。"钟可点点头。

"请坐,你要喝什么?"安缜很绅士地为钟可拉出桌子对面的椅子。

"谢谢,拿铁就好。"

"服务员,拿铁。"

钟可注意到,安缜喝的是一杯冰柠檬茶。

跑到咖啡馆来喝柠檬茶?还特意背靠店门坐在角落里……安缜给钟可的第一印象就如同这家咖啡店的名字——怪咖。

钟可仔细打量了一番眼前的漫画家。深褐色的大衣配一条牛仔裤,脚上是棕色登山靴。斯文的眼镜和蓬松的头发有些格格不入。他的左耳似乎塞着一个耳机,是在听歌吗?

总而言之,安缜的形象和钟可心目中对漫画家的印象有些不符。

两人沉默了片刻,安缜才打开话匣子。

"你别紧张,我今天主要是想见见你本人。我想你们的肖总监应该已经告诉你了,我的漫画作品《暗街》即将动画化,我想请你担任女主的声优。"

"他是告诉我了……"从安缜口中亲耳听到这个消息,钟可还是有些受宠若惊。

"所以,你答应了吗?"

"不……我只是很好奇,您为什么会选我当声优?"

"我无意中听到你的声音,觉得非常合适。"安缜直截了当地说。

"就这样?"

"嗯,就是这样,这个角色,非你莫属。"

钟可原本以为安缜会说出什么惊人的理由,但他只用"合适"

这个词概括了一切。这让钟可有些不知所措。

"对不起，安缜老师，能得到您的欣赏我很荣幸，可是……"虽然这是个千载难逢的机会，但钟可也知道，自己目前的状态是无法全身心投入角色的。如果强行接下这个角色，对自己和对作品都没有好处。因此，她仍然打算拒绝。

"是有什么顾虑吗？可以和我说说。"安缜喝了口柠檬茶，"我相信这对你来说也是个好机会，如果放弃还是挺可惜的。"

"我明白，但是……其实我今天是打算辞职的。"

"为什么？"

"最近身边发生了太多事情……我已经没有多余的精力投入工作了。真的很抱歉，安缜老师。"

"如果方便的话，能告诉我遇到了什么烦心事吗？"安缜推了推眼镜，"一般来说，除了恋爱烦恼之外，我什么都能帮你解决。"

这话让钟可颇感诧异，但更多的是莫名。什么都能解决？这口气也太狂妄了吧。

"您这……"钟可一时语塞，但为了让对方死心，她还是准备说出实情，"告诉您也无妨，其实我是陆家宅的租客，您知道最近发生的陆家连环杀人案吗？"

"知道。"

"陆家发生惨案后，我每天都在做噩梦，有时还会梦见凶手拿着斧头走到我的床边……我真的很害怕，害怕成为凶手的下一个目标，所以我想尽快逃离这里，逃离这座城市。"钟可吐露出肺腑之言，"而且，这个凶手不是个普通人……他好像有某种超自然的力量……我亲眼见证过凶手施展的魔法。"

"我明白了，简而言之，你的烦恼主要都源自陆家杀人案，我可以这么理解吗？"

"嗯……这件事已经不光影响到我的生活和工作，我甚至觉得自己的生命也受到了某种威胁。"

"原来是这样。"安缜将杯中的柠檬茶一口喝完，泰然自若地说道，"那么，如果我为你解决这起案件，你能来当女主的声优吗？"

"您……您这是什么意思？"钟可实在无法理解，既不是警察也不是侦探的安缜，为何能大言不惭地说出"解决案件"这样的话。

"就是字面上的意思，解开陆家杀人案的所有谜团，逮住凶手，把案子彻底解决。"安缜露出自信的微笑。

# 第七章 多米诺空间

## 1

钟可用勺子搅动着温热的拿铁，杯中的牛奶和咖啡交织成浓厚的旋涡。钟可感觉自己的神志也像被卷进了无形的旋涡，使她无法辨别现实与虚幻。

安缜已经离开了，桌上只留下这杯他请客的拿铁。五分钟前安缜的一番话还在钟可脑中回荡。

"如果我为你解决这起案件，你能来当女主的声优吗？"

钟可不知该如何作答，她无法判断对方是出于何种心态说出这句话。是在装腔作势，还是在瞎忽悠？难不成这个漫画家真有把握解决案件？

绝对不可能，连警方都束手无策的案件，仅凭他一人之力能够破案？

也许，这个人平时就喜欢口出狂言，没必要太在意。

钟可苦笑了一下，喝完杯中的咖啡，便起身准备离开。

回想刚才，提起陆家杀人案时情绪过于激动，钟可走到门口，在玻璃门前照了照，努力让自己保持良好的精神面貌。

回到悦音，面对肖总监的质问，钟可也只是轻描淡写地回答：

"我再考虑一下。"

在肖总监的百般劝说下,钟可仍是一副消极的模样。看着不为所动的钟可,肖总监也无可奈何,就差给她跪下了。

但最终,钟可并没有递交辞职报告,她的内心确实存有几分犹豫。

拖着疲惫的身子,钟可回到了陆家宅。望着眼前的宅子和边上的胎湖,她百感交集,刻意在门口多瞧了几眼,也许几天后,她就会和这里彻底告别。

女佣小虹为钟可打开宅子的大门,微笑着迎接她回家。

"钟可,有一位客人找你。"小虹对钟可说。

"找我?"

"对,是漫领文化的安缜老师。"小虹指了指客厅的沙发。

"啊?"倍感惊讶的钟可顺着小虹的手指看过去,安缜确实坐在那里。

他怎么跑到这里来了?钟可突然有种被缠上的感觉。

"钟可,我在等你。"安缜站起来打招呼,耳朵里依然塞着一个耳机。

"你们聊,我去给你们倒茶。"小虹转身走向厨房。

"安老师……您怎么……"

"我来兑现诺言。"

"什么……什么诺言?"

安缜推了推眼镜,微笑道:"当然是今天在咖啡馆里说的那件事,解决陆家杀人案,抓住凶手。"

"不会吧……"钟可惊讶得说不出话。原本以为对方只是随口一说,没想到他真的跑到陆家宅来了。"可是……您怎么自己过来了?"

"其实，漫领文化跟陆家也有一些交情。陆礼是美食专栏作家，漫领曾经把他的文章改编成条漫进行连载，合作得很愉快。而我先前也为了新作品来陆家取材过，所以跟陆家人也基本认识。"安缜解释道，"这次我拜托了陆礼，得到了陆家人的允许，我可以来调查发生在这里的案件。当然，我也答应了陆家，一定帮他们找出凶手。"

"啊！"钟可想起什么似的说，"陆哲南说过有一位漫画家是他的偶像，还和陆家有来往，不会就是您吧？"

"我跟陆哲南确实也认识，上次他还邀请我参观了他的房间。"安缜承认道。

"好吧……但您说要调查案件……可您并不是警察吧？"

"刑侦工作确实属于警方的职权范围，普通公民无法参与和干涉。但是'解谜'就不一样了，只要有脑子，人人都可以来解谜。对我来说，案子中的'谜'才是关键。"

"那……"面对安缜的诡辩，钟可不知道该说什么。再怎么说，一个非刑事人员来调查杀人案，这件事怎么听都不靠谱。

小虹将热茶端上茶几后，安缜从自己的挎包中抽出一本素描本，并取出一支软炭笔，随即对钟可说："好了，别浪费时间了，我们开始吧。"

钟可一头雾水："开始什么？"

"把你在陆家掌握的情报全都告诉我，尽量别漏掉任何细节。"

"情报？"

"嗯，关于陆仁被杀案和陆哲南被杀案的一切，巨细靡遗地说一遍。"

这家伙是要玩真的吗？钟可感到不可思议。这个安缜到底是什么人?她从来没想过一个漫画家会来调查杀人案。

但事到如今,安缜都直接找上门来了,钟可也难以拒绝。既然他要调查就让他调查吧,这种活在漫画里的人,有一些不切实际的举动和幻想也能够理解。等玩腻了,他自然会消停。

于是,钟可开始复述她所了解的案件相关情况。包括陆仁的失踪经过,呈密室状态的地下室里发现陆仁的尸体,陆哲南房间里凭空出现婴棺钉,陆哲南提到的婴咒,以及陆哲南在密室里被离奇割喉……在讲到陆哲南的死亡经过时,钟可脸上明显露出惊恐之色。

钟可述说案情的同时,安缜则用炭笔在素描本上描绘着什么。

把自己知道的全部告诉安缜后,钟可好奇地问:"您是在画画吗?"

安缜将素描本翻过来展示在钟可面前,翻开的两页纸上都有好几格画,画面描绘的都是钟可刚才叙述的内容。

"把事件用漫画分镜记录下来,这是我思考时的习惯。"安缜一本正经地说道。

"您真细心……"

"好了,从你刚才的叙述来看,目前最困扰你的,恐怕是陆哲南在你的监视下惨遭割喉这件事吧?"

"嗯……"钟可实在不愿意回想当时的经历。

"那么,我们就从那起事件开始调查吧。"安缜看了看表,接着说:"三十分钟。"

"三十分钟?"

"嗯,我争取在三十分钟内解开这个密室之谜。"安缜再一次展现出自信的笑容。

## 2

安缇兴冲冲地走在钟可前头,似乎比在这里住了一年多的钟可更熟悉陆家宅。两人很快来到陆哲南房间门口,安缇看了看走廊,问道:"你坐在哪个位置?"

"就坐在这里。"钟可指着房门口说,"背靠墙坐着。"

"你当时不会睡着了吧?"

"不会的!"钟可不想再重复一遍当时的情形。

"去房间里看看吧。"说着,安缇在钟可的后背拍了一下。这个动作让钟可有些反感,她不喜欢和不熟悉的人有肢体接触。

这是案发后钟可第一次踏入陆哲南的房间。房间里除了尸体已经被运走外,所有的摆设都和案发时保持一致。熟悉的场景再度让钟可回想起那个惊魂夜。

安缇在房间里环顾了一圈,随即走到床边,检查了尸体曾经所在的位置。用粉笔勾勒的尸体轮廓已经褪色,地毯上只有一圈不明显的白印。之后,他又四处看了看,同时在素描本上画出了房间的三维透视图,这张图里甚至连地毯上的美少女图案都精准还原了。

"我先整理一下这起案件中的几个谜团,你看看有没有遗漏。"安缇看着素描本说道。

"嗯。"

"首先,在上锁的房间里,陆哲南的床上凭空出现了一颗婴棺钉;其次,他当天便更换了新锁,而当晚,凶手还是神不知鬼不觉地潜入房间杀害了他,当时你守在房间门口,却没有看到任何可疑之人,房间始终处于密室状态;最后,当你破门而入发现尸体时,这个凶手又像烟雾一样凭空消失了,房间里只留下一根烧焦的脐带。"安缜清了清嗓子,竖起四根手指继续说道,"归根结底,这起案件总共有四个主要谜团:第一,钉子是怎么凭空出现的;第二,凶手是怎么进入房间的;第三,凶手是怎么逃离房间的;第四,凶手为什么要在现场放一根脐带。"

"是的……我也知道。"钟可应了一声,觉得到目前为止安缜所说的都是废话,只不过提炼了一下案子的关键点而已。

"我们按照顺序,一个个来解决吧。"安缜一边在屋内来回查探,一边说道。他走到门旁,从上到下检查了一遍房门,似乎对这扇门异常有兴趣。他还弯下腰,翻了翻门后的挂历,然后把挂历上方的挂钩一拔,用手指抹了抹挂钩后方的胶水。"这挂钩是用某种强力胶直接贴在门板上的啊。"

"这挂历跟案子有关系吗?"钟可不解地问。

"钉子出现在密室里的谜团,只是个很简单的小把戏,就跟这挂钩一样。"安缜像是在故意卖关子似的,并没有往下解释,转而又开始检查房间里那四个嵌墙柜。他把柜子的门一个个打开到最大角度又合上,重复了好几遍这样的动作,并自言自语道:"颜色差不多啊。"

钟可有些厌恶这样的侦探游戏,这个安缜似乎把查案当成了儿戏。

"您能不能说明白点?"

"首先我要强调一点,目前为止,陆哲南被害案中出现的所有看似不可思议的现象,都不存在超自然因素,更不是什么诅咒,所有的一切都是人为的。"安缜的语气很坚定。

"那么,钉子也是有人放进陆哲南的房间的咯?"

"是的。"

"怎么放的?陆哲南离开房间时,房门是锁上的。难道是用备用钥匙？"

"不需要备用钥匙。"安缜摇摇头。

"那要怎么……"

"你摸摸看你的后背。"

"啊？"安缜跳跃式的说话方式总让钟可不明所以，"我后背？"她皱起眉头把手伸向后背。指尖忽然触及某样异物，好像是一张纸。

钟可一阵讶异，猛地把纸拽下来，定睛一看，纸上写着"笨蛋"两个字，纸的边缘还有一小块双面胶。

"这是您贴在我背上的？"钟可回想起刚才安缜在她背上拍了一下，不禁有些生气。真没想到这个人一大把年纪还要搞这种幼稚的恶作剧。

"现在明白了吧？"安缜从自己包里拿出一卷双面胶在钟可面前晃了晃，"这个诡计就和我们小时候玩的恶作剧一样。"

"什……什么意思啊？"

"那根婴棺钉其实是陆哲南自己带进房间的。"安缜一语道破天机，随即夺过钟可手里那张写着"笨蛋"的纸，"就像刚才你在毫无察觉的情况下把这张纸带进来了一样。"

## 3

安缜的话终于让钟可茅塞顿开："啊，我懂了！您的意思是……有人趁陆哲南不注意，把钉子用双面胶之类的东西贴在他的衣服后背上。陆哲南在完全不知情的状况下回到房间，就这么直接躺在床上睡觉了。而在他睡眠的过程中，钉子从衣服上蹭了下来，就这么掉在了床上。"

安缜点点头表示赞同:"你终于开窍了,就是这个意思。根据你的描述,婴棺钉的体积非常小,只要利用一点点胶水就能粘在衣服上,短时间内不会脱落。睡在床上时,由于陆哲南的床垫十分柔软,一时也不会有硌着背的感觉。这就是钉子凭空出现在密室里的真相,我想警方应该能在钉子上鉴定出胶水的痕迹。"

"原来是这样……"

"值得注意的是,陆哲南当晚穿的是睡衣,也就是说,凶手是等陆哲南在家里换上睡衣后才偷偷把钉子贴上去的。"安缜补充道,"由此可见,这个凶手很可能就是陆家宅里的人。而从此人可以拍到陆哲南的背这一点来看,表示能跟他有一定的肢体接触……应该是陆哲南比较熟悉的人。"

"真的吗?!"钟可感到心脏猛烈地颤动了一下。她不曾想到,杀害陆哲南的可怕杀人魔也许就是陆家成员之一。这恰恰也解释了警察为什么会找不到从外部入侵的痕迹,谁又能料到恶魔其实一直就潜藏在身边呢?

"那么第一个谜团到这里就解开了,我们继续下一个,凶手是如何进入房间的。"安缜的口吻简直像在报告厅做演讲,"钟可,你认为凶手为什么要先把钉子放进陆哲南的房间?"

"啊?"被突然提问的钟可有些茫然失措,"呃……我想是为了吓唬他吧。"

"然后呢?"

"然后……让他产生恐惧心理?让他害怕?我不清楚……"

"你说对了一半,"安缜继续说,"确实是为了让陆哲南害怕,但除此之外,他最主要的目的,是想灌输给陆哲南一个印象。"

"什么印象?"

"他想告诉陆哲南——'有人可以任意出入你的房间，你的门锁不可靠。'"安缜推了推眼镜说道，"这样，因为过度害怕，陆哲南便开始怀疑，是不是长久没换过的门锁出了什么问题？这样的怀疑越来越强烈，最终迫使陆哲南更换了新锁。然而，这却恰恰中了凶手的圈套！

"也就是说，婴棺钉事件其实是凶手整个计划的一部分。这起事件的目的，是为了诱导陆哲南换锁，好让凶手实施下一步计划。"

"下一步计划是什么？"

"就是潜入房间。"安缜走到门边，摸了摸门锁，"当天下午，陆哲南叫来保安公司的人把自己房间的门锁给换了。但如果这一切都是凶手算计好的呢？那个换锁的人真的是保安公司派来的吗？又或者，凶手有没有可能趁保安人员换完锁、离开陆家宅后一路尾随他，偷走了他保管的某把备用钥匙呢？"

钟可瞬时感到一阵寒意。

"总之，利用这类途径，凶手都可以弄到新锁钥匙。这之后，凶手一直潜伏在宅子的某处，等待陆哲南离开房间的时机，就可以用钥匙打开门锁，直接进入房间。这时机可能是陆哲南出来上厕所的时候，也可能是当晚被你叫出来吃晚饭的时候。"

"这……你是说，凶手是在那个时候溜进房间的？那……那这之后呢？"

"这之后，凶手就一直潜伏在房间里，比如……躲在床底下。在陆哲南被害前，你检查房间时，并没有特意留意床底下是否藏着人吧？"安缜指了指黑压压的床底说，"总之，凶手一直在房间里待到深夜十二点，而后便动手割断了陆哲南的脖子。"

钟可的呼吸变得急促起来："你的意思是，当我守在门口的时候，凶手已经在里面了？"

"是这样没错。你仔细想想，当你在门外的时候，曾突然听见门锁被拉开的声音，那应该就是凶手干的。至于他这么做的目的，我一会儿再解释。总而言之，这就表示，凶手当时就在房间里。"

钟可已经震惊得说不出话来。

## 4

"那么到这里为止，关于凶手如何进入房间的谜团也解开了。我相信以上两个谜团，凭借警方的实力也并不难解开。"安缜感到有些口渴，便从挎包里拿出一罐柠檬汽水，咕嘟咕嘟喝了起来，"接下来才是整个诡计中最离奇、最出彩，也是最天马行空的部分——凶手要怎么从密闭的房间里消失？"

钟可咽了咽口水，她现在十分紧张。究竟从安缜的口中会蹦出什么惊人的结论呢？如果这是一次魔术秀，那么魔术的秘密马上就要被揭开了。

"为了证实我这个有些异想天开的推理，我还想再确认一些事情。"说完，安缜走到房间中央，"钟可，案发当晚，从你打开门走进房间，到发现尸体后离开，你能重新在这里演一遍整个过程吗？你当时站在哪里、行动路线、每一个动作、视线方向，尽量都和当时保持一致，请你努力回想一下。"

钟可犹豫了几秒后还是照做了。她一边回想当时的情景，一边重现了好几遍自己的行动过程，而一旁的安缜则是默默观察着。

"奇怪。"钟可站在床边，目光直视着房门的位置，察觉到一丝异样。

"怎么啦？"

"总觉得那边怪怪的……又说不出来。"

"这就对了。"安缜却露出早已看透一切的笑容。随即，他走到书桌前，指着桌上的那几碟巧克力豆道："奇怪的地方不只一处。"

钟可凑了过来，观察着巧克力豆，的确注意到一处奇怪的地方。原本，四种颜色的巧克力豆都按照不同颜色分别放在四个碟子里，这是陆哲南的习惯。但现在，红色巧克力豆的碟子里混着一颗绿巧克力豆，而放绿巧克力豆的碟子里，也混着一颗红巧克力豆。

"怎么混到别的碟子里去了？"钟可不解，"可这又说明什么？"她用求助的目光望向安缜。

"说明桌子被移动过。"安缜直截了当地说出结论。

"被移动过？"

"嗯，凶手搬动过桌子，致使桌上的巧克力豆撒了一些出来。"安缜拿起一粒巧克力豆解释道，"但是，凶手不想让人知道桌子被移动过的事实，所以把撒出来的巧克力豆又重新放回碟子，但其中有两粒豆子没有放回原来的碟子，留下了破绽。"

"那凶手干吗要移动桌子？"

"这就是问题的关键……凶手做这件事，是为了让自己凭空消失。"安缜又开始说让人听不懂的话了。

"安老师……我一直跟不上您的思路，您能不能照顾一下我的智商……每次都讲清楚一些。"钟可抱怨道。

"其实，凶手当时就躲在房间里的某处——这就是密室消失诡计的真相。"

"不可能啊，这里的一切尽收眼底，凶手能躲在哪里？我进来时真的没看到凶手。您是说他躲在桌子底下？可这桌子没有遮挡的地方……还是说他一直躲在床底？但床底有陆哲南的尸体啊，我后来也看过……"

"不是，凶手既没有躲在桌底，也没有躲在床底。"

"那躲在哪里？"

"凶手，"安缜直指着房门，"就躲在门后。"

## 5

"躲在门后？不会吧！"钟可紧锁眉头，"我进来的时候，门大概开了九十度，所以当我站在床边时，是能看见门后的……那里真的没有人。"

本来还以为安缜会说出什么惊天诡计，没想到他的结论竟然是"躲门后"？这个假设当初早已被钟可推翻。这种三流推理电影中常出现的手法竟被安缜摆上台面讨论，钟可有些不屑一顾。

安缜的脸上却仍然挂着自信："不，凶手的确就躲在门后，一个你看不见的门后。"

"什么意思？"钟可十分困惑，"我看不见的门后？可这里只有一扇房门啊……哪来其他……"顷刻间，钟可感觉一股洪流冲击着她的大脑，某个点在她的脑中不断放大。

"你也意识到了吧。"安缜微微一笑。

"不可能的……"

"这个房间可不只有一扇门哦。"安缜转过头，细长的手指像魔法棒那样在房间里划了半个圈，"这里一共有五扇门！"

安缜所指的，正是那四个嵌进墙壁里的柜子。的确，这个房间里，加上四个嵌墙柜的门，总共有五扇门。

"我……"钟可的舌头开始打结。

"魔术的真相往往都很简单,只是很多时候,人们不愿往那个方向思考。因为谁都不想承认,自己能被这么简单的把戏欺骗。其实,你所看见的'门后',正是凶手想让你看见的,他利用房间里现成的东西,制造了一个'假的门后'。"

"是……是利用嵌墙柜吗?"

"没错,为了方便说明,我们把这四个柜子做个编号。"安缜首先走到西侧墙上的那个柜子前,"这个离门最近的就叫'柜子1'。"旋即他又站到北侧墙上的那三个柜子前,"这边并排的三个柜子,从左到右,依次是'柜子2'、'柜子3'、'柜子4'。

"好了,现在让我们重现一遍凶手的诡计。奇迹就在眼前,不要眨眼睛。"安缜来到门口,先将房门向内打开到九十度左右。然后他又拉开"柜子1"的门,让柜门紧紧靠在房门后方,并使门缘对齐。再接着,安缜将之前拔下来的挂钩贴在柜门内侧,把挂历挂了上去,高度和位置都与先前保持一致。然后,安缜像魔术师一样转过身面对观众,道:"这,就是凶手想让你看到的'假门后'。"

"这……"钟可实在无法想象,当晚面对的竟会是凶手如此大胆的表演。

"这扇深黄色的房门,无论是高度、宽度还是颜色,都和嵌墙柜的木门一致。真凶就是这样,将'柜子1'的门打开,使它与开启的房门并拢。让作为目击者的你,错把'柜门的内面'当成了'房门的后门板'。而房门和柜门之间的狭小空间,就是凶手缩着身子躲藏的地方。当然,原本一直挂在门后的醒目挂历也相当有效地起到了障眼法的作用,它让你先入为主地以为,自己看到的就是后门板不会错。"安缜边解释,边在纸上画了一张解说图。

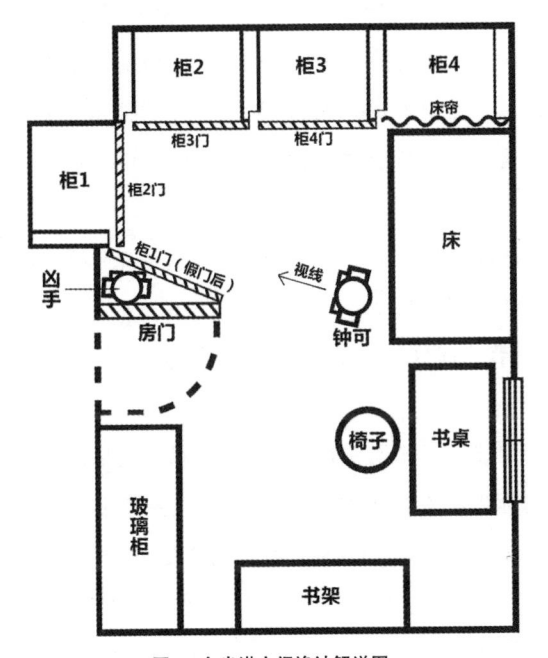

图三 多米诺空间诡计解说图

"可是，如果'柜子1'的门用来冒充了房门，那么'柜子1'要怎么办呢？我不就会看到'柜子1'的门不见了吗？"钟可提出一个漏洞。

"不是还有边上的'柜子2'吗？"安缜漫不经心地说，"把'柜子2'的门向外打开九十度，用来代替'柜子1'的门，将'柜子1'遮挡住；然后，再把'柜子3'的门向外打开一百八十度，用来替代'柜子2'的门，以此类推，就像多米诺骨牌一样，产生连锁效应。"

"啊！"钟可恍然大悟，"就像纽扣系错位一样！这里四个柜子的门全都一模一样，门板内外的颜色也一致，又没有门把，所以里外看起来没什么区别……而且除了'柜子2'之外都能打开到一百八十度。我看到的所有柜子门，其实都是旁边的柜子的！但是……最后'柜子4'要怎么办呢？"钟可指了指靠墙角的柜子，思绪再度碰壁，"'柜子4'的门给了'柜子3'，那要用什么遮挡'柜子4'？"

安缜走到陆哲南的床边，将还沾着血迹的床帘唰地拉了起来。

谜底瞬间被揭开。

"啊！我想起来了，是床帘！当时这个位置的确拉着床帘！"钟可尖叫道。

"是的，将床头部分的床帘拉起来，就能轻易遮住后方的'柜子4'。但因为柜子4的门被床抵着，所以要打开'柜子4'，就必须把床往南侧移一点，但南侧又有一张书桌……"

"所以凶手才会搬动书桌！"跟随安缜的思路，钟可觉得案情逐渐变得明朗起来。

"没错。搬动书桌是为了移开床；移开床是为了打开'柜子4'的门；打开柜子4的门是为了遮挡'柜子3'……最终用'柜子1'的门来冒充房门——从书桌到房门，这才是当晚发生在这个房间里的整套多米诺效应。而你，恰恰走进了凶手精心布置的'多米诺空间'，从而迷失了方向，也失去了判断力。"

"但是，我还有很多疑问……"钟可努力回想着当时的情景，一一核对细节，"我那时听到了陆哲南的惨叫，没过多久就进去了，凶手有那么多时间布置现场吗？还有那时，房门是我打开的呀，难道那时候凶手就已经躲在了门后？"

安缜答道："惨叫应该不是陆哲南发出来的，凶手很早就杀死了他，接着将尸体搬到床下，移动书桌和床，布置好所有的柜子门,再用手机下载了一段尖叫音频,当场放出来。这是为了吸引你去开门。

"另外,还记得凶手当时打开了门锁吗?这也是必需的,如果当时门锁着,这个诡计就无法实现了。当你推开门时,凶手确实已经站在了门后。等房门开启后,他就顺势握住门后的把手,稍稍调整房门和柜门的角度,使它们尽量完美吻合,把自己夹在中间。也就是说,凶手是在你的眼皮底下完成了这个魔术。

"而你进门后,马上就被陆哲南血淋淋的尸体吸引了过去,当时你所有的注意力都集中在尸体上,因此没有顾及身旁的门的动向。而待你走到床边,瞄到'假门后'没有人时,凶手的计划也算成功了一半。接下来,等你因害怕而离开房间后,他才从门后出来,以最快的速度把现场还原,再悄无声息地带着凶器离开房间。这样,一场'凶手凭空消失'的魔术秀就完成了。

"顺便说一下,凶手把陆哲南的尸体搬到床下,主要有两个原因。第一是为了强调'凶手没有躲在床底'而让密室成立;第二,当然是为了方便移动床,毕竟一个体重超标的人压在床上,要移动起来还是很吃力的。幸好,床和桌子本身比较轻,加上房间里铺着地毯,凶手搬动时才没有发出太大的声响,让守在门口的你起疑。至于为什么要脱掉死者的衣服,或许也是为了达到'夺人眼球'的效果,让第一个进入现场的你能够立刻走向尸体,而非在门旁逗留太久。

"当然,这个诡计还是有许多无法避免的漏洞。比如说,房门和柜门虽然颜色一样,但靠拢在一起后,门缘之间其实是有角度的,并不在同一平面上,以及柜门的内侧并没有门把手,但房门却有。还有,真正的房门和柜子之间其实隔了一段墙壁,但假房门是紧贴着柜子的。而且从某个角度看过去,两扇门总会有一些空间差。这就是为什么你刚才会有不协调感。"

"但幸好,你住进陆家宅以来,也没怎么来过这个房间,因此对房间格局并不熟悉。另外,凶手特意烧焦脐带,让房间充满烟雾,也起到了一定的视线遮挡作用。还有当时向你汹涌袭来的惊恐感,也一时剥夺了你冷静思考的能力。"

"可这也太冒险了吧……"钟可还是觉得很不可思议,"现在仔细想想,凶手要冒的风险实在太大了。如果陆哲南那天没有换新锁呢?"

"那凶手就会等到他换锁的那天再行凶。如果他一直没有换锁,那凶手就会另想一个计划。这对凶手来说并不冒险。"

"那如果我那天跟陆哲南回到房间时,检查了床底呢?还有,如果我因为好奇心仔细检查了门后的话……另外,如果发现尸体后我没有立即离开房间,而是一直在房间里等着……"

"那么,凶手就会立刻杀掉你。"安缜的语气并不像在故意吓唬钟可。

"什……什么?!"

"从目前的状况来看,凶手很执着于将现场布置成一个无懈可击的密室。我想,他原计划是杀死陆哲南后,使用新锁的备用钥匙将房门反锁,从而让现场呈现密室状态。但是,当凶手潜入房间看到那些现成的'道具',并知道你当晚会守在门口时,他疯狂的大脑中立刻衍生出一个新计划,也就是这个升级版躲门后诡计。与其说杀人,凶手更渴望跟世人玩一场游戏,一场设谜和解谜的角逐游戏。他无论如何都想亲自尝试一下这个前无古人的犯罪计谋。

"但是,对凶手来说,在游戏进行时,自己的身份绝对不能曝光。一旦你或陆哲南提前看穿了他的计划，或者发现了他的踪影，他便会立刻展露出恶魔本性，直接将你们杀掉。所以对凶手来说，新计划是能够随时中止的。在杀掉你们后，可以重新回归用备用钥匙布置密室的原计划。这对凶手来说没什么损失，他早给自己留好了后路。

"所以，与其说凶手运气好，倒不如说是你运气比较好。"

听完这番话，钟可感到头皮一阵发麻。她不知道该庆幸自己逃过一劫，还是该担忧自己是否会成为凶手接下来的目标。

而这个时候，安缜却一脸平静地看了看自己的电子表，道："超了十分钟，果然是解说太长了吗？"

## 6

这个安缜到底是何方神圣？

钟可再度定睛打量眼前这个散发出异样气场的男人。她完全没有想到，那个曾经日日夜夜困扰着自己的密室谜团，竟会在顷刻间被这个男人破解。

这个人绝对不简单，他真的只是一个漫画家吗？

正在这时，门口的走廊里传出一阵脚步声。紧接着，两个身影出现在门口，正是梁良和冷璇。

"安缜，真的是你！"看到安缜后，梁良脸上露出欣喜。

"梁兄。"安缜打了声招呼。

梁良上前拍了拍安缜的肩膀，感觉两人十分熟络。

一旁的冷璇不解道："这是？"

"哦，我正式介绍一下。"梁良对冷璇说，"这位就是我之前跟你提过的，擅长破解密室案件的专家——安缜，安老师。"

冷璇和钟可都一脸诧异。

"安缜？"冷璇不敢相信地打量着安缜，"是那个漫画家安缜吗？"

"没错，安老师的本职工作是漫画家。"梁良解释道，"但他还有个隐藏的兼职，他是我们警方的外聘画像师。"

"外聘画像师？"

"嗯，在我们公安系统里，有一种职务叫'模拟画像师'，这你知道吧？他们能够根据证人对嫌疑人的外貌描述，或者模糊不清的监控画面，用笔画出嫌疑人的模拟画像。这会给警方的侦察工作带来很大帮助。"梁良把目光转向安缜，继续说，"而安老师之所以能成为警方的外聘画像师，是因为他对信息的捕捉能力特别强。一般来说，模拟画像和真实嫌疑人能达到百分之七十的吻合度，就已经很成功了。但是，安老师的画像，和嫌疑人的吻合度高达百分之九十三。至少在国内，目前还没有人能超过这个数字。"

钟可忍不住发出一声惊叹，没想到这个安缜还有另一重身份……难怪有传闻说，安缜总是出入警局，看来他跟警方的关系还挺密切。

"因此，安老师也协助警方破获过不少疑难案件，算起来也是警界的一分子了。"梁良补充了一句，"刚才同事打电话给我说，有个奇怪的漫画家来到了陆家宅，我就猜到是安老师，哈哈。"

"那么请问安老师，您来这里是想协助警方侦破陆家杀人案吗？"冷璇的语气略有一丝挑衅意味。

安缜忙摇摇手："不不不，协助不敢当，毕竟我不是警察，我只是想以自己的方式来解开案件中看似违背科学常理的谜团。"

"那么，您解开了吗？"

"他解开了……"说话的是钟可,"陆哲南被杀案中的所有谜团,他都解开了。"

梁良和冷璇都脸上一惊。

于是,安缜又在两位刑警面前,把刚才的推理耐心地复述了一遍。

"真不愧……是安老师。"在听到凶手凭空消失的真相后,就连身经百战的梁良也目瞪口呆。

"居然还有这种手法……这个凶手真是个疯子。"此刻的冷璇仍然在回味安缜刚才的叙述。她终于意识到,能被梁良赏识的人,绝非等闲之辈。"安老师,有一点我不明白。当初梁警官邀你来协助破案的时候,你是拒绝的。但是,这次你为什么又妥协了呢?"

安缜望了眼钟可,气定神闲地说:"为了她。"

两位刑警的目光同时转向脸上微微浮现出红晕的钟可。

## 7

四个人回到客厅里后,坐在沙发上继续商讨案情。这次换女佣范小晴为四人倒茶。自上次寿宴被吴苗斥责了之后,小晴已经把头发染回黑色,指甲油也全部擦掉了,只是走路外八字的习惯一时没能纠正过来。

呷了一口浓茶,梁良从包里抽出一个公文袋,里面装着陆家案件最新的调查资料。其中某些信息连冷璇都还不知道。

"你要不要先回避下?"冷璇看了看钟可,问道。

"没关系,钟可也是案子的重要证人,让她在场兴许还能再想起什么有用的信息。"安缜提议道。

冷璇看了一眼梁良，见他不反对，也就没再说什么了。

"根据鉴定科的报告，那枚在陆哲南房间里发现的婴棺钉，以及睡衣背后都检测出少量胶水。同时，我们还发现，陆哲南的手机里安装了一个窃听软件。"梁良开始分享调查情报。

"所以，凶手是通过窃听软件得知他打电话给保安公司要求更换新锁的？"冷璇问道。

"是的，应该是有人黑进了他的手机，窃听软件捆绑在一个少女偶像组合的MP4音乐文件里。"梁良继续说道，"另外，我们也派人去查过保安公司。案发当日的下午，陆哲南确实给保安公司打过电话，要求他们上门更换新锁。但是没多久之后，保安公司又接到另一通来电，电话里的人自称陆家的管家，表示要取消刚才的换锁预约。所以，保安公司最后压根就没派人去陆家换过锁。"

"但是，下午确实有人来换了锁……"钟可立刻提出疑问。

"那人很可能是凶手的同伙，或者就是凶手本人。"梁良一针见血地说，"当然，我们问过管家季忠李，他并没有打过那通电话。那个手机号码我们正在调查。保安公司的人说，电话里是一个沙哑的男声，所以很可能是凶手使用变声器打过去的。他先是取消了保安公司的预约，然后自己冒充换锁人员潜入陆家，为陆哲南的房间换上一把新锁。当然，他自己也持有这把新锁的钥匙，这样便能轻而易举地闯入陆哲南的房间了。"

"真是周详的计划……"冷璇咬了咬嘴唇，顿感这次的对手真是无比狡猾，"那么，有人见过那个换锁的人吗？"

"只有女佣刘彦虹见过。"梁良说道，"她作证说那人穿一身蓝色工作服，头上戴着鸭舌帽，帽檐压得很低。女佣并没有看清他的脸，只大概知道此人身高在一米七以上，身材不胖不瘦，性别应该是男性。"

"据我所知，在陆家成员里，符合这个特征的，大概只有陆文龙和陆寒冰。"安缜冷不防地插话道。

"你对陆家人还挺了解的嘛。"冷璇略带揶揄地说。她对安缜那独断专行的作风还是有些看不惯。

"你们难道还没有察觉吗？"安缜的语气严肃了起来，"这个在陆家犯下一系列罪行的凶手，很可能就是陆家成员之一。无论是了解陆哲南的生活习惯和爱好，还是能够一直潜藏在陆家不被发现，所有的状况证据都表明，此人是陆家内部人员可能性极高。"

"对此我们当然也有怀疑。"梁良叹了口气，"之前给陆家全体成员做了尿检，发现他们体内有安眠药成分。一定是有人在当天的饭菜里放了安眠药，以至于陆哲南被杀的时候，所有人都在熟睡。所以当时钟可去敲女佣和陆义房门时，他们都没有反应。凶手早就计划好了一切，就算钟可当时按了报警器，我想，大概也没有人能听到。这就说明凶手一直潜伏在陆家。但是，目前我们还没办法锁定具体目标。"

"不，已经可以锁定目标了。"安缜的话又让在场的人为之一振。

# 8

"安老师，难道……你知道凶手是谁了？"梁良迫不及待地问。

冷璇和钟可也投来迫切的目光。

"我并不知道。"安缜摊了摊手，"但是，从陆哲南被害现场的状况，我们可以推理出凶手的一个特征。"

"什么特征啊？"

"我们已经知道，凶手在实施密室诡计时，为了移动床不得不搬动房间里的书桌。"

"是啊。"

"而书桌在被搬动的过程中，放在桌上的巧克力豆撒了出来。之后，凶手为了掩盖这一点，把巧克力豆重新放回了玻璃碟子里。但是，凶手却犯了一个不该犯的错误，有一粒红色巧克力豆和绿色巧克力豆分别放错了碟子。你们觉得这是为什么？"安缜以询问的目光扫了一眼众人。

"原来是这样！"只有梁良一个人想到了答案。

"什么情况啊？"冷璇眨巴着眼睛，焦急地问。

"红绿色盲。"安缜一语道破天机，"这是一种伴随 X 染色体的隐性遗传疾病。'红绿色盲'其实是'红盲'和'绿盲'的统称。本案的凶手应该是一名红色盲。在他的眼里，红色和绿色都会呈现暗黄色。正是因为无法区分红绿巧克力豆，凶手才会把餐盘搞错。这就是凶手的特征。"

"红色盲……"冷璇喃喃。

"陆家成员中的红色盲，就是犯下这一连串杀人案的真凶。"安缜的语气坚如磐石。

笼罩在陆家的迷雾似乎正逐渐散开。

# 第八章 死亡速写师

## 1

第二天，在梁良的特许下，安缜开始正式参与陆家案件的调查。这个"半警方人员"虽不具备专业的刑侦知识，但有一套自己的调查思路。作为漫画家，安缜擅长通过画面来理清头绪。面对杀人事件，他会先在现场实地考察，同时在脑中勾勒出凶手的行凶经过，再用手中的炭笔把想象中的场景描绘在纸上，从中获得破案的灵感。

在陆文龙和钟可的陪同下，安缜勘查了陆仁被杀案的水密室现场。那里基本还维持着原状，还能看到地上那一圈淡淡的尸体轮廓印。

"家父就是在这里被害的。"陆文龙的脸上仍然留有几分悲切。

就像昨天在陆哲南房间里一样，安缜同样在地下小屋里四处打转，时而蹲下身子摸索墙角的木盒和里面的铁锤，时而观望南侧的小窗。在观察现场的同时，安缜又在素描本上画了从两个角度看这间屋子的三维透视图，图上的细节也都和现场一致。

"安老师，您看出什么了吗？"钟可问道。见识过安缜昨天那番惊艳的推理后，钟可对他的态度有一些转变。

"嗯，有一点想法，但细节还不是很清楚。"

"难道说……"陆文龙瞪大了眼睛，"您知道家父是如何被杀的了？"

"大概知道吧，有个地方挺可疑的。"安缜的语气倒是波澜不惊。

"哪里可疑？"

安缜指着尸体边上的一个位置说道："死者的手机是在这里被砸坏的吧。"

"没错。"

"如果是凶手干的，他为什么要砸坏手机？"

"也许手机里有些对凶手不利的照片或录音什么的吧，凶手想消除这些。"钟可提出自己的观点。

"你们不觉得很奇怪吗？如果真是这样，凶手为什么不干脆把手机拿走呢？特意在现场砸坏，岂不是告诉别人，手机里有不利的证据吗？以现在的技术，要还原手机里的数据，也不是没可能。"

"也对……"

"还有，现场明明有一把铁锤。"安缜又指了指墙角的木盒，"凶手为什么不直接使用铁锤敲坏手机？这样明明更省事，也能最大限度地把手机弄坏。可是，凶手却偏偏把手机往地板上砸。这其中是不是掩藏着什么玄机呢？"

"嗯……"面对安缜发现的这些不自然之处，钟可和陆文龙都陷入了沉默。

"我认为，凶手一定是出于某个理由，才没有把手机带离现场，也没有使用铁锤。这个理由，或许就是解开水密室的关键。"安缜说出这个耐人寻味的勘查结论，便没有再往下细讲。

## 2

从地下室走出来时，安缜抬头瞥了一眼陆家宅，从这个位置只能看到宅子的南侧，边上就是后院。管家季忠李正在修剪后院的花草，他看见安缜后，微微点头打了声招呼。看来连平日里沉默寡言的季管家也知道安缜这号人物的存在。

蓦然间，安缜的目光停留在宅子二楼的一扇窗户上，那扇窗户微微向外打开，某块窗玻璃上还有几道裂纹。

"请问，那里是谁的房间？"安缜指着那扇窗问道。

陆文龙顺着安缜所指的方向看去，道："哦，那里是二楼的厕所，宅子的每层楼都有一个公用厕所。"

"能去那里看看吗？"

"可以啊。"虽然摸不透安缜的意图，陆文龙还是带他来到了宅子二楼。

二楼的厕所位于走廊最西端，从楼梯上去就能直接看到。陆文龙打开了厕所的门，安缜和钟可走了进去。

厕所里有一个抽水马桶和一个小便池，靠窗横放着一个浴缸，感觉已经很久没用过了。

"我可以站进去吗？"安缜指着浴缸问道。

"可以。"

安缜跨进浴缸，刚才在外面看到的窗户就在眼前，窗台的位置很低。安缜将窗户完全打开，探出身子朝外看了看。从这个位置，能清楚地看见下方的那间地下小屋，后院的景象也尽收眼底。

确认完这点后，他缩回身子关上窗，随即摸了摸玻璃上的裂痕，转过身问道："陆先生，这玻璃是怎么破的？"

陆文龙刚要回答,只听见走廊里传来小孩的喊声。不一会儿,一个小孩儿冲进了厕所,不停挥舞着手上的玩具剑。

"小羽,你又顽皮了!"陆文龙拽住陆小羽的袖子,斥责道。

"这是我的秘密基地,我的秘密基地!你们闯进我的秘密基地!"陆小羽仍然没有停止吵闹。

"秘密基地?"安缜没有表现出厌恶,相反,他饶有兴致地问道。

"这小孩皮,你们别介意。"陆文龙一边用身体挡住自己的儿子,一边解释道,"以前跟小羽玩捉迷藏的时候,他就喜欢躲在这间厕所,所以他一直把这里当作秘密基地。窗玻璃就是这小子砸坏的,他可皮了,之前还砸坏过这里的镜子。"

安缜环顾了一圈四周,这里确实没有镜子,洗手台上方应该安设镜子的位置挂着一幅艺术画。

"为什么不重新装一面镜子呢?"安缜凑过去看了看艺术画问道。

"换过一面,这不,又让这熊孩子敲碎了。后来怕危险,这间厕所干脆就不装镜子了,没想到他开始砸窗玻璃了。"陆文龙显得无奈又气愤。

安缜走过去,摸了摸陆小羽的头,用非常温柔的语气问道:"小羽你好,你最喜欢哪个卡通角色啊?"

"捷德奥特曼!"

"奥特曼是特摄剧,不属于卡通角色哦,不过没关系。"安缜从挎包里拿出素描本,笔在纸上挥洒了一番,然后将纸撕下,递给小羽,"送给你。"

纸上画了一个奥特曼的半身像,小羽欣喜地接过安缜的画作:"哇,画得好好,叔叔你好厉害!"

"哈哈,你喜欢就好。"安缜收起素描本,"那么叔叔问你几个问题可以吗？"

"好！"

"你平时总来这里玩吗？"

"对！秘密基地！"

"晚上呢？"

"也玩。"

"那你在这边玩的时候，有没有躲在这里偷偷看外头。"

"哈哈哈哈，我喜欢趴在窗台上监视宇宙人！"

"宇宙人？"

"对，他们要入侵地球。"

陆文龙连忙拍了一下小羽的脑袋瓜："好了小羽，别胡说八道。"

"我没有胡说！"陆小羽非常理直气壮，"我那天真的看到宇宙人了，他是坐火箭过来的！"

"小孩子别乱说话。"陆文龙听不下去了。

"等等。"安缜却表现得异常激动，"你刚才说看见宇宙人了，他长什么样？为什么说是宇宙人？"

"他全身都是黑的，肯定是宇宙人！"

"看到他的脸了吗？"

"看不见，宇宙人长得跟我们不一样。"

"那你是在哪里看见宇宙人的？"

"就在外面。"小羽指了指窗户。

"能指给我看吗？"

陆文龙抱着小羽跨进浴缸，小羽指了指窗外地下小屋的位置，语气坚定地说："就在那里，那天我看到宇宙人出现在那个房子的旁边。"

在场的人全都一惊。陆小羽所说的宇宙人出现的地方,正是陆仁被杀现场的附近。这到底是怎么回事?

"你还记得是哪一天吗?"安缇追问。

"不记得了。那天晚上妈妈要看韩剧,不让我看动画片,我很生气,就跑来这里了。"陆小羽嘟起嘴,气鼓鼓地说。

"后来呢?宇宙人做了什么?你一直监视着他吗?"

"没做什么,他一直站在那儿,后来我怕被宇宙人抓走,就关上窗逃走了。"

这时,陆文龙的妻子张萌走了进来:"小羽,你怎么又乱跑了?快过来吃午饭了。"

"妈妈!"小羽朝张萌的大肚子扑过去,一把抱住。

"小心点小羽,别弄疼弟弟。"陆文龙有些心疼地揉了揉张萌的肚子。

"小羽妈妈你好。"安缇插进话,"请问,你还记得小羽因为你看韩剧而生气,是在哪一天吗?"

"这位是?"面对一个出现的陌生人突如其来的提问,张萌很是莫名。

"哦,他是安老师,是警方的画像师,这次协助梁警官来破案。你回答他的问题就好。"陆文龙向妻子解释道。

"哦……那天啊,应该是那部韩剧的最后一集,好像等到凌晨才更新……我记得是发现爸爸被害的前一晚。"

"是的是的,是宇宙人杀了爷爷!是宇宙人!"不懂事的陆小羽用尖锐的嗓门嚷嚷着,随后被张萌一把拽了出去。

## 3

"陆先生,你去照顾小羽吧,我自己再到处看看就好,打扰了。"安缜不打算再占用陆文龙的时间,同时也想更自由地在陆家走动。

"那行,有需要您再找我。"说罢,陆文龙顺着楼梯走上三楼。

随后,安缜和钟可沿着二楼的走廊向东侧前进。这里的走廊和三楼一样,白色的天花板上装了一排方形吊灯。走廊的东西两端各有一扇窗户,南侧有好几间空房。

"安老师,您怎么看?宇宙人到底是怎么回事?"陆文龙一走,钟可就急切地问道。

"小羽可能真的看见宇宙人了。"安缜的话总是这样让人难以捉摸。

已经有些习惯的钟可也没有再追问下去,她知道到了该说的时候安缜一定会解释清楚。

就在两人经过走廊左侧的娱乐室时,房间里突然传出范小晴的声音。

"陆少爷,你别这样……"

安缜停下脚步,凑到娱乐室的门边,发现房门虚掩着。他轻轻把门推开一条缝,悄悄注视着屋内的动静。身后的钟可也眯起眼睛窥探房间内部。

伤风败俗的一幕赫然闯入两人的视野。

娱乐室内,女佣范小晴正坐在桌球台上,脸上现出极度反感的表情。令人不堪入目的是,陆寒冰此刻正跪在范小晴面前,双手紧紧环抱着范小晴的腿。原本穿在范小晴腿上的黑色裤袜已被褪去了一半。

"让我看看你的脚。"陆寒冰露出淫邪的笑容,一把扯下范小晴的袜子,随即用手心托起她的裸足。然而此刻,陆寒冰脸上忽现一丝错愕:"你的脚……"

趁着陆寒冰松手的刹那,范小晴立马从台子上跳下,连鞋都来不及穿,就匆匆从屋子里奔了出来。在门口撞到安缜和钟可后,她也没顾得上打招呼,继续低着头逃开了。

望见这番景象,钟可感到非常难为情,她没想到陆寒冰还有如此龌龊的一面。

陆寒冰从娱乐室追出来时,也发现了安缜他们。可能意识到自己刚才的所作所为被人目睹了,他显得十分尴尬。

"安老师,是你啊,好久不见。"陆寒冰若无其事地跟安缜打招呼。因为漫领文化的关系,安缜先前和身为美食作家的陆礼打过交道,所以他也认识陆寒冰。"我听说了,您在帮警方办案是吧?"

"谈不上办案,只是想解开心中的疑惑。"安缜不以为意地说,"当然我也希望警方能尽快抓住凶手,让你家早日恢复平静。"

"对了,我想起一件事,之前跟警方说了,但他们好像并没有在意。"或许是为了化解刚才的尴尬,陆寒冰把话题引向案子。

"哦?什么事?"

"我看见了鬼火。"

# 4

陆寒冰的房间位于二楼最东侧,比起陆哲南的"湖景房",这里面积更大一些。房间里贴满了明星和乐队的海报,床边的一台老式留声机格外醒目。

"你们坐吧。"陆寒冰示意安缜和钟可坐在沙发上,随即望了一眼钟可问道,"钟可,你现在算安老师的助手吗?"

"不……"钟可叹息道,"鬼火是怎么回事啊?"

"是这样的。"陆寒冰的眼珠转向斜上方,回忆道,"在哲南被杀的那一晚……那天寿宴结束后,我不是去参加舞会了嘛,大概晚上十一点多才回来。就在车开进湖心公园的时候,我从远处看到哲南的房间里冒出绿色的火光,一闪一闪的,就像鬼火一样。"

"确定是陆哲南的房间吗?"提问的是安缜。

"确定,一楼那个位置,肯定是他的房间,窗外就是胎湖。"

"你是从窗户中看到的吗?"

"他的窗户拉着窗帘,但窗帘没拉严,我就是透过那个空隙看到的。但因为离得太远,我没有看清那火光到底是什么。"

钟可回忆了一下,当晚她的确亲眼看见陆哲南拉上了窗帘。但因为有个挂扣卡住了,确实留了一条缝。

"绿色的火焰?"安缜露出思索的表情,这是钟可第一次从他脸上看到困惑。

"没错。"

钟可又打量了一番陆寒冰,从这个人的身上,她几乎看不到失去亲人后应有的悲恸。这一点,钟可从陆仁出事后就察觉到了,一种难以名状的冷漠弥漫在这个奇怪的家族中。

之后,安缜又问了陆寒冰几个问题,他的回答都不疼不痒,大都是一些没有价值的信息,故不在这里一一赘述。

原本安缜还想见一见吴苗,但陆文龙告知他吴苗目前身体不适,也不愿意见人,安缜只好作罢。回到一楼时,陆义和妻子骆文艳正好从外面回来,安缜想跟他们聊几句。但陆义表示自己脚痛,不愿意配合,最后被骆文艳搀扶着回了房间。据悉,陆义极为反对让一个外人来调查家里的案件,所以对安缜的态度不是太友好。

就这样,今天的调查暂时告一段落。

"今天先这样吧,要不要一起吃个饭?公司附近有家很好吃的日料,顺便聊一下你的角色。"安缜向钟可发出邀请。

而钟可此时还沉浸在刚才陆小羽和陆寒冰的证词中。之前安缜好不容易解开了陆哲南密室之谜,破除了诅咒之说,现在怎么又突然冒出一个宇宙人和鬼火?违背常理的东西又出现了,这到底是怎么一回事?

"钟可?"安缜叫了她一声,并伸出手掌在她面前晃了晃。

"啊?"钟可这才回过神来,"……您说什么安老师?"

"我说想请你吃日料,顺便聊下你的角色。"

"我的角色?可是我还没决定……"

"走吧,上车。"安缜自说自话地把钟可带到停在陆家宅门口的一辆汽车前,这是刚才从优步上叫的。

## 5

这顿午饭钟可吃得很满足,这家店的招牌是海胆刺身和火炙比目鱼寿司。饭桌上,安缜向钟可介绍了《暗街》,详细讲了女主的性格特征。听完后,钟可表示对这个角色很感兴趣。于是,两人终于达成一致,钟可答应会努力配好这个角色。她也希望通过《暗街》让自己的事业有所转机。

"果然啊,没有一顿美食解决不了的事情。"安缜走出日料店时心情很不错。

"但我还是怕陆家的事情让我分心……"钟可如实说出了自己的担忧。虽然陆哲南案件中的大部分谜团已经解开，可陆仁案以及凶手的身份依然是个谜。

"你放心，陆家案应该很快就能破。"

"您还是那么自信……"

"对了，我一直想跟你说，请别再对我用尊称了。"安缜对"您"这个字眼有些排斥。

"您不喜欢？"钟可愣了一下。

"感觉很生疏，还是用'你'吧，或者用'汝'也可以。"

"好吧……"

"如果没什么问题的话，我们去漫领签一份协议书吧，就在前面，走过去很近。"安缜提议道。

"好的。"

安缜带着钟可向别墅区走去，沿途正好经过一家蛋糕店。钟可瞥了眼橱窗中的鲜奶蛋糕，突然停下脚步。

"怎么啦？"

"我想起一件事情。"钟可指着某款生日蛋糕说道，"在寿宴那天，陆礼往蛋糕上插生日蜡烛的时候，把红色蜡烛和绿色蜡烛混在一起了……按照你之前的推理，凶手是一个红绿色盲对吧？"

"所以你怀疑陆礼是色盲？"安缜马上掏出手机，"这个线索很重要啊，我马上跟梁警官说下。"

"嗯。"

挂掉电话后，安缜对钟可夸赞道："没想到你观察力还挺仔细的。"

"跟你学了几招呗。"钟可微笑着说。

正在这时,半空中突然毫无预兆地飞落下两块木板。

"小心!"眼看木板就要砸到钟可,安缜一个飞身扑了过去,一把将钟可推开。一块木板剐蹭到了安缜的腰,安缜失去重心,趴倒在地。这一切都发生在电光火石之间。

"安老师!"钟可吓瘫在地上,心怦怦直跳。

# 6

住院大楼的长廊上传来急促的脚步声,杨森飞奔到一间单人病房前,迅速将门拉开。

"安缜!你怎么样?"他一边喘着粗气一边冲进病房。

安缜此刻正趴在一张病床上,身上的病服向上掀起,露出受伤的腰部。边上的骨科医生正在检查他的伤势。

"你来啦,杨叔。"安缜的声音有些虚弱。

"医生,他怎么样啊?"杨森关切地问道。

"他刚醒。"医生在安缜的腰上贴上一块充满刺鼻膏药味的胶布,而后又挂上一个有止痛作用的点滴瓶,说道:"是腰椎骨挫伤,幸好没有直接砸到腰上造成骨折,不然可能有瘫痪的危险。不过这段时间应该是无法下床了。"

"有没有伤到头?"

"没有,他刚才只是痛昏过去了。你看着他,别让他乱动。"医生向杨森叮嘱道。

"对了医生。"安缜侧过头,"跟我一起的那个女孩怎么样了?"

"她在隔壁病房,身上没有外伤,只是受到了严重的惊吓,不过没啥大碍。"说完,医生就离开了病房。

医生离开后,杨森用怪罪的语气对安缜说道:"安老师啊,你看看你,怎么搞成这样啊?我提醒过你吧,让你不要为了别的事情分心,你倒好,直接协助警方去调查陆家案件了。"

"我是为了让钟可来当女主的声优,这算工伤。对了,你跟她签下协议吧,我们已经谈妥了。"安缜逞强地说。

"行了行了,先养好伤吧。你少来这一套,明明是你本身就对陆家案件感兴趣。谁不知道你啊?哪里一发生什么密室杀人案,你就往哪里跑。"

"我是为了作品。"

"你今天差点没命!"杨森摇摇头,"你要是真的有什么意外,我这个漫画责编也当不下去了。"

"杨叔,你一把年纪了怎么还这么肉麻。"

这时,梁良来到了病房。

"安老师,你没事吧?"他凑过去看了看安缜的状况。

"我没事,梁兄。"

"梁警官是吧,你好,我是安缜的责编杨森,这到底是怎么回事?"

"哦,你好,杨先生。"梁良和杨森握了握手,"我正要说这事。"他把身子转向安缜说道:"事发地旁边是一栋老式居民楼。那些掉落的木板原本是放在楼顶的,楼里有一户人家要在楼顶搭建鸽棚,于是将木材堆在那里。木材的安放点离楼房边缘很远,当时也没有刮大风,所以不像是单纯的意外。"

"难道是有人故意扔下来的?!"杨森有些激动。

"不排除这种可能性,那幢楼房通往楼顶的大门坏了,谁都可以上到楼顶,我们正在寻找附近的目击者。"

"你们一定要抓到这个家伙!"

"杨叔,你先回去吧,我没什么大碍,谢谢你来看我。我想跟梁警官聊几句。"安缜想把杨森支开,同时也不想太让他担心。

"哎,好吧……那你自己小心点。哪天出院告诉我一声,我开车来接你。"说完,杨森离开了病房。

"梁兄,你觉得凶手这次是冲着钟可来的吗?"安缜问道,语气中有些许不安。

"有可能。不过你放心吧,我们会尽力保护她的安全。"梁良从容地说,"我来还想告诉你一件事情,我们对陆礼做了色感测试,他的确是一个红色盲。刚才我们已经将他控制起来了。这么看来,如果除掉陆仁和陆义两家,吴苗去世后,陆礼就能独占陆家的所有财产。另外他跟陆义有很深的过节,也算有充分的杀人动机。或许是想先杀掉陆义的儿子,给他造成精神上的痛苦。"

安缜却是一阵沉默。按理说,陆家杀人案的嫌疑人已经基本查明,他应该高兴才对。

"不过,根据女佣的描述,当天假冒换锁工的人,外貌特征和陆礼不太符合,当然那人也可能是陆礼雇的同伙,我们会继续追查下去。还有刚才你和钟可被袭击的时候,陆礼也没有不在场证明。"梁良补充道。

"嗯,虽然你们找到了陆家的红色盲,但其实还有很多谜没有解开。比方说现场的脐带。"安缜虽然受了伤,但大脑仍然在飞速运转着,"在陆仁被杀的现场,挂在窗口的脐带是否有什么深意?还有陆哲南的房间里为什么要放一根烧焦的脐带,我觉得不仅仅是为了制造烟雾……"

"好了好了,你先休息吧,后面的事交给警方就好,我们会好好审问陆礼的。"梁良拍了拍胸脯道。

# 7

深夜,原本充满喧嚣、哭闹的医院就像进入到另一个平行世界,鸦雀无声的长廊里只有消毒水的气味。白色灯光下的单人病房,有如一个与外界隔开的独立空间。安缜依然趴在病床上,他已经维持这个姿势数个小时了,身体有些难受。就算想看一眼窗外的夜空,脖子也扭不过来。

安缜的思绪在胡乱漫游,没有人知道他在想什么。

病房的门轻轻移开,钟可的身影出现在门口。穿着病服的她看上去有些憔悴。

"钟可?"听到动静后,安缜微微侧过头,"你怎么样?没事吧?"

"安老师。"钟可走了进来,看到趴着的安缜,觉得有些好笑,"你这是……伤到屁股了吗?"

"是腰。"

"好吧……我没事,没有受伤,明天一早就能出院了。"钟可拉了把椅子坐下,"你……不会要这样一直趴着吧?骨折了吗?还能走路吗?"这时,她注意到安缜的耳朵里竟然还塞着耳机,便又多加了一个问题:"安老师,你到底在听什么呀?"

"你问题有点多。"

"那个,谢谢你救了我……"钟可有些不好意思,"如果不是你,现在躺在这里的,大概就是我了。"

"没事,我只是不想再看到有人在我面前死去。"安缜说了句意味深长的话。

"呃……你的意思是,以前有人在你面前死去过?"

安缜没有回答。

见安缜不出声,钟可便转移了话题:"凶手是陆礼吗?是不是因为察觉到我发现了他是色盲,他才想杀我?"

"警方还在调查,他们会保护你的安全。"

"嗯。"

之后,两人都沉默了许久。

"安老师,我听梁警官说你是密室专家,你为什么对密室案件这么感兴趣啊?"为了不让气氛过于尴尬,钟可打破了冷场。

安缜沉默了几秒钟后,刻意压制住亢奋的声音说道:"你听说过死亡速写师吗?"

"死亡速写师?不是《暗街》里的连环杀手吗?"

"不,其实死亡速写师真有其人。"

"不会吧?!"

"二十一年前,一个可怕的连环杀手在本市连续犯下三起凶杀案,三名被害者都被残忍杀害,有的被刀子捅穿内脏,有的被钢丝勒断脖子……而匪夷所思的是,杀手每次行凶后都会在现场留下一样东西。"安缜的思绪回到了过去。

"什么东西?"

"凶手杀死被害者后,会静静地坐在现场,把尸体的惨状画在纸上,然后把这幅素描摆放在尸体身上。"

"这么变态啊?!"钟可感到不可思议,"所以才叫他死亡速写师吗?"

"嗯，速写是一种快速的写生方法，属于素描的一种。凶手对着尸体作画时，用的就是速写画法。"

"可是，你怎么了解得这么清楚？"

安缜的呼吸变得有些紊乱，钟可第一次见他这样。

"因为……我当年目睹了死亡速写师对着尸体作画的过程。"

"什么？！"

"那是我童年的一个暑假，因为家里太热，我就大半夜偷跑出来玩。我透过窗户看到了邻居太太的尸体，以及正坐在沙发上对着尸体进行速写的凶手。"安缜深吸了一口气，"我想，我可能是世界上唯一见过死亡速写师作画的人。"

"哇……后来呢？案子没破？"

"犯下第三起案件后，他就像人间蒸发一样彻底消失了。从此之后社会上再也没有过他的消息，这一系列案件最终都成了悬案。"

"吓人……"

"钟可，你知道我为什么要当漫画家吗？"

"啊？难道不是对漫画的热爱吗？"

安缜摇摇头："只要见过一次死亡速写师的画作，你就明白了，那是我向往的境地。为了超越他，我才走上漫画家的道路。"

钟可震惊地说不出话……

"可以说，在绘画领域，他是我的人生目标，也是我的第一个导师。总有一天，我会找到他，和他进行一场真正的对决。"

"可是……把一个连环杀手当成人生目标……我实在不理解。"

"这也是我对密室案件感兴趣的原因。"安缜自顾自地继续往下说着，"包括邻居太太的死，死亡速写师所犯下的所有案件，现场都呈现完全的密室状态。至今都没有人知道，他是如何从一个密闭的空间消失的。"

"所以你想通过破解密室案件找到死亡速写师？"

"嗯，目前只有这个方法能找到他。"

"那……陆家的事件难道也……"钟可突然紧张了起来。

"不会。"安缜言之凿凿，"如果是死亡速写师干的，他不会留下这么多破绽。"

## 8

钟可回隔壁病房休息后，安缜依然睡不着。现在回过神来，安缜也不知道自己为什么会突然跟钟可提起童年往事。也许，他早就想找个人倾诉这一切了？

胡思乱想中，疲劳感渐渐袭来，安缜的意识变得模糊起来。在半睡半醒的状态下，他隐约听到病房门被拉开的声音。

是护士来换吊瓶了吗？还是隔壁的钟可因为太过害怕而睡不着？

安缜吸了吸鼻子，嗅到一股奇怪的味道。

确实有人走进来了，脚步声渐渐逼近安缜的病床。

"谁？"安缜睁开眼睛，他的意识还有些模糊。

安缜微微侧过头，眼睛的余光隐约看见一个黑影。就在下一瞬间，某样物体的反光忽然掠过他的左眼——那是一把尖锐的匕首。

安缜倏地清醒过来，敏锐的警觉意识唤起了他的防御本能，他使出全身的力气猛地一翻身，整个人跌倒在床下。与此同时，黑影手中的匕首已经刺进了床铺的正中央。

仰躺在地上的安缜痛得叫出了声。黑影欲拔出匕首，但由于刚才那下用力过猛，匕首的刀刃卡在了床板的木缝里，一时难以抽出。安缜一边大声呼救，一边撑起上半身，努力想看清黑影的相貌。此人穿了一件黑色的竖领毛衣，头戴一顶鸭舌帽，整张脸被墨镜和口罩彻底遮住，连是男是女都无法分辨。

安缜继续喊着，踢倒了床边的一个吊瓶架子，弄出很大的动静。不一会儿，两名护士冲进病房，几名听到声响的病人也从门口凑了进来。黑影此时终于拔出了匕首，他想要扑过去再给安缜一刀。说时迟那时快，一名体格强壮的值班护工忽然向黑影扔出一个电水壶，水壶不偏不倚地砸中了黑影。黑影一个趔趄，差点摔倒在地。见门口聚集的人越来越多，黑影终于放弃了对安缜的袭击，飞速地窜出人群，从安全楼梯一闪而过，像鬼影一样消失了。

这起突发事件引起了整个层楼的骚动，住在隔壁病房的钟可更是被吓坏了，她完全没想到会有人闯进医院刺杀安缜。十五分钟后，梁良来到了医院。安缜此时已经重新趴到了病床上，但因为刚才从床上跌到地上，腰部的伤势又加重了。骨科医生正在为安缜换上新的膏药。在警方的介入下，医院才逐渐恢复平静。

"没想到杀手的目标是你。"梁良担心地望着床上的安缜。

"没错，包括中午从楼顶丢木板下来，应该也是为了杀我，跟钟可没关系。"安缜已将刚才从左耳脱落的耳机又塞了回去。此刻的他又表现出超出常人的冷静，刚才明明连命都差点丢了。

"看清杀手的样子了吗？"

"没有，他蒙着面，但多半是男人。看体型，跟女佣口中描述的假保安人员有点像。"

"但是陆礼已经被我们控制起来了……蒙面杀手肯定不是他。"梁良眉头深锁，"会不会是陆礼的同伙？"

安缜没有接话，他正在梳理脑中的逻辑链。

"杀手的目的，应该是想阻止你继续查案吧？"

"不，"安缜清了清喉咙，"我现在这副样子，短期内也没办法下床走动。这个杀手在我住院后仍然向我发动第二次袭击，绝对是想置我于死地。所以，他的目的不是要阻止我查下去，而是灭口。我一定是已经发现了什么关键性的东西。"

## 9

钟可在冷璇的陪同下走进安缜的病房，本身就因受到惊吓而住进医院，眼下又再次受惊，她的情绪有些不稳定。

"这一切到底什么时候能结束……"钟可忍不住哭了出来。

"没事的，我们会保护你的安全，杀手的目标也不是你。"冷璇抚了抚钟可的肩膀，安慰道。

"我已经派人在医院附近搜索了，也调取了各个路口的监控视频。我们会尽全力抓住这个家伙的。"梁良的语气很坚决。然而，其实梁良也知道，凶手如果在医院里迅速变装，再正大光明地离开医院的话，就很难找到他了。

"你们先去忙吧，我不要紧。我想和钟可单独说几句话。"有些疲惫的安缜下了逐客令。

为了安全起见，梁良派了两名警员驻守在病房门口，以防蒙面杀手再次来袭。在千叮万嘱势必要保护好安缜的生命安全后，梁良和冷璇离开了医院。

"钟可，你别太焦虑，调整好心态。"两人独处时，安缜第一时间安慰起钟可。

"嗯。"钟可抹去眼泪，做了个深呼吸，"安老师，你觉得这个杀手是谁？是陆礼的共犯，还是陆家案件的真凶？"

"老实说，我现在还不能确定，我总觉得之前的推理犯了一个大错。"安缜开始思考起来，"我想先排除共犯论，如果这个蒙面杀手就是两起命案的真凶的话，那么陆礼就是清白的。这样的话，就会存在两种可能：第一，色盲的推理是错误的；第二，陆家还有另一个色盲。"

钟可想了想说："蒙面杀手的体型，在陆家只有陆文龙和陆寒冰符合，如果真凶在这两人里面……那么他们中的一个也是色盲咯？我记得色盲是遗传疾病，现在陆礼已经确证是色盲……那么他儿子陆寒冰会不会也是色盲？！"

"不，色盲基因只会伴随X染色体。男性的性染色体组合是XY，儿子只能继承父亲的Y染色体，所以父亲是不会把色盲遗传给儿子的。如果陆寒冰是色盲，那么一定是他的母亲遗传给他的。"安缜给钟可上了一课，"关于色盲的遗传，只要记住一句口诀就好——母患子必患，女患父必患。"

"好吧……"钟可沉思了几秒钟，转而有些不安地说道，"安老师，你有没有想过……如果这个蒙面杀手跟陆家的案子并没有关联呢？"

"嗯？"

"这个杀手……会不会是死亡速写师？"钟可说出了自己的猜测，"你把这个真实的连环杀手画到你的代表作《暗街》里，对他来说也算是一种挑衅吧……他会不会看到你的作品后很生气，所以跑来杀你呢？"

安缜却对这个观点嗤之以鼻："你太小看死亡速写师了，首先他销声匿迹了二十年，不会因为这种小事突然出现的。再者，我说过,他是一个超越常人的罪犯,就算想杀我,他也不会采取这种拙劣的方式。他自认为是一个艺术家,追求的都是'艺术化'的犯罪。你觉得这样的人,会直接拿着匕首来刺我吗?"

钟可无言以对,她隐约觉得,安缜对这个死亡速写师的了解程度,似乎已经超出了某个界限。

## 10

第二天,杨森开车带方慕影和几位漫领的同事前来看望安缜。当知晓安缜差点第二次被杀时,他们都很震惊。但安缜看起来要比想象中淡定得多,只是一连串的突发事件确实让他很疲惫。他现在最需要的是休息,众人也就没过多打扰他。

钟可在调整了情绪后平安出院,她向公司请了几天假。悦音的肖总监在知道女主一事已经敲定下来后,也就欣然批了假。

回到陆家宅的钟可觉得这地方既熟悉又陌生。躺在柔软的床上,她想将一切都抛诸脑后,放空身心地睡上一觉。但静静地躺了一会儿后,并无睡意。无所事事的她决定去胎湖边上走走。

下到二楼时,钟可突然听见娱乐室那边传来异样的动静,这不禁让她回想起之前陆寒冰调戏女佣的那一幕。在好奇心的驱使下,钟可蹑步到娱乐室的门前,发现门居然敞开着。

钟可将目光移向室内,眼前的景象瞬间让她呆立在原地。现在的这一幕要比之前陆寒冰调戏范小晴更令人发指。

当然,这次的主角仍然是陆寒冰,只不过他目前的姿态极为异常。

在这大冷天,陆寒冰却光着膀子,全身上下只穿了一条单薄的短裤,像一条死鱼一样仰躺在台球桌上。同时,一副金属手铐和脚镣禁锢了他的四肢,身上还紧紧绑着一条闪着寒光的铁链,令他动弹不得。

站在陆寒冰面前的是一个女人,她穿着标志性的皮衣和长筒靴,手里握着一根黑色皮鞭,一下一下抽打在陆寒冰的身上。皮鞭在女人手中有节奏地舞动着,宛如一条有生命的毒蛇,不断噬咬着陆寒冰裸露的肌肤。

更令人匪夷所思的是,在被鞭打的整个过程中,陆寒冰始终羞红着脸,他的样子像是在……享受。

钟可的目光移向女人的面庞。

是叶舞!

此刻正用鞭子狠狠抽打陆寒冰的,正是陆家的租客叶舞。

叶舞一边冷笑着,一边加大挥鞭的力道和频率。

钟可实在看不下去了。世间为何有如此扭曲变态之事?在又一次对陆寒冰"刮目相看"之后,她已经对此人彻底绝望。

正在钟可准备逃开之际,叶舞倏地抬起头,冰冷的目光直射向钟可。

钟可倒抽了一口冷气,飞奔向楼梯。

# 11

望着平静的胎湖,钟可陷入了混乱。

听说,人的体内有一种叫"生物潮"的现象,月亮会对生物潮产生影响。在月圆之夜,生物潮达到高峰,人的情感会变得亢奋。那么,眼前这个胎儿形状的湖是不是也像圆月那样,拥有影响人类行为的魔力呢？是它把这里的人都变成疯子了吗？

疯子。对，叶舞，陆寒冰，他们都是疯子。

自己究竟还能在陆家宅坚持待多久？钟可不得而知，她只觉得，这里已经不是正常世界了。

这一天，钟可独自在胎湖边坐了一下午，想了很多很多事情。陆家的历史，陆仁的死，陆哲南的死，安缜两次被袭击，二十年前的连环杀手……杂乱无章的碎片在脑中发酵成无穷无尽的疑虑和不安，乱七八糟的情绪萦绕心头。不知不觉，夕阳已消失在天际线下。天色暗下来后，钟可才回到宅子，连晚餐都没有吃。

回到三楼自己房间的门口，叶舞正好从隔壁房间出来，手里拎着一个袋子。

钟可瞄了她一眼，假装没看见，继续摸索着钥匙。

"很不能理解是吧？"叶舞冷不防地问出这句话。

钟可并没有理睬她。

"这个世界上，就是什么样的人都有，存在即合理。"叶舞冷冷地一笑，"不过你不要有什么误会，我并没有什么特殊癖好，只是想赚一点零花钱。"说完，她关上门，向楼梯走去。此刻，她已经换上另一套更性感的衣装，手中的袋子似乎装满了各种新"玩具"。

看来，她和陆寒冰的游戏还没有结束。

钟可感到一阵反胃，她走进自己房间，倏地把门一关。

吃下两粒安眠药后，钟可终于进入睡眠状态。但即使在安眠药的作用下，她仍然睡得不踏实，头胀胀的，耳边总有嗡嗡嗡的声响。更糟糕的是在后半夜，她仿佛听见一声重物落地的巨响。而与此同时，她做了一个从高空坠落到深渊里的噩梦。

## 12

  安缜从睡梦中醒来,这是他住院第三天的下午,腰部的伤痛已经好些了。前天夜里被蒙面杀手袭击的场景恍如隔世,一种"不真实感"让安缜怀疑自己是否只是做了个梦。

  安缜现在就想赶快出院。昨天夜里气温骤降,安缜多问护工要了一条毯子。但即使把身体紧紧裹住,骨头深处仍透出一股阴冷,这或许跟医院的氛围有关。

  目前警方的调查依旧没有进展,陆礼作为重要嫌疑人仍旧被警方扣押着。当然,他并没有承认自己杀死了陆仁和陆哲南。

  安缜翻开枕头边的一沓资料,那是昨天梁良带给他的,里面记录着陆家杀人案警方这边所有的调查信息。昨天晚上,安缜已经仔细看了一遍,但他生怕有什么遗漏,于是决定再重新浏览一遍。

  正在这时,杨森和方慕影又来探望安缜了。方慕影的手上拿着不少慰问品。

  "安老师,好点了吗?"方慕影的笑容驱散走了病房的负气压,"医院的伙食不怎么样吧?我给你带了好吃的哦。"

  "还是吃点水果吧,水果含有丰富的维生素。"杨森则拿出一个个苹果。

  "杨叔,你黑眼圈挺厉害的啊。"安缜看到杨森的样子,关切地说。

  "还不是因为担心你,我觉都没睡好!"杨森按了按眼睛。

  "你是担心《暗街》的进度吧?"

  "被你看出来了,你说怎么办吧安老师?你现在这副样子,你找的那个钟可也完全不在状态,这样下去动画分镜和配音都要耽搁啊!昨天投资方又来催了。"

"你跟投资方说,我下一个故事的影视版权可以低价卖给他们,让他们别着急。"

"乱来!"

"好啦好啦!"方慕影看不下去了,忙打圆场,"都什么时候了还斗嘴,你们俩存心撒狗粮是吧?"

"撒什么狗粮啊……"

方慕影从袋子里拿出一包用荷叶裹住的东西说道:"来安老师,这是我昨天从七宝带回来的叫花鸡,给你补补身子。我刚热过,可好吃啦!"

"咦?叫花鸡是用泥土把整只鸡包住再放到火里烤的吧?"杨森凑过去闻了闻,"这能吃吗?闻上去怪怪的。"

"当然能吃,这是有着悠久历史的传统美食好吧!"方慕影徒手将荷叶和泥土剥开,一股香味扑鼻而来,"鸡这种东西,真的是万能食材,能在水里煮,能挂在架子上烤,当然也能包在土里烧。"

"可是不卫生啊。"杨森摇了摇头,"前段时间我朋友也带了一只给我,我吃完第二天就得了急性肠胃炎,折腾死我了。"

"那是你朋友买的不正宗!"方慕影鄙夷地说。

"小影,你刚才说什么?!"安缜突然一脸严肃。

方慕影和杨森的目光齐刷刷地望向安缜。此时的安缜面色凝重,仿佛受到了什么刺激。

"啊?我?我说他朋友买的不正宗……"方慕影重复了一遍自己的话。

"不不,前一句!"

"前一句?"方慕影努力回想着自己刚才说过什么。"哦……鸡是万能食材,能在水里煮,能在架子上烤,也能包在土里烧。是这句话吗？怎么啦？我说错了吗？"

"对！就是这句。"安缜激动地叫起来，"杨森，你快用手机上网查一下婴咒。"

"啊？"

"快！"

"哦哦……"杨森照做后，把手机递给安缜。

安缜把有关"婴咒"的搜索资料下拉到后半段。

"果然是这样。"他像发现新大陆般亢奋地说道，"婴咒的另一种形式。"

"什么意思？"杨森投去不解的目光。

"是这样的，其实婴咒作为一种咒术，有三个分支。"安缜开始解释，"分别是'地咒''水咒'和'天咒'。"

"所以呢？"

"陆仁死在哪里？"

"呃……死在地下小屋里。"

"陆哲南呢？"

"死在自己房间啊。"

"他的房间靠哪里？"

"靠着胎湖。"

"你们到底在说什么啊？"方慕影完全丈二和尚摸不着头脑。

杨森却点点头，道："我明白安老师的意思了。你是说，凶手是按照'地水天'的方式杀人的对吧？第一个案发现场是地下小屋，属于'地咒'；第二个案发现场靠着胎湖，也就是在水边，属于'水咒'……那么，还差一个'天咒'没有完成咯？也就是说，凶手还会在陆家杀一个人？"

"没错。"安缜点头。

"那么……符合'天咒'的地方又在哪里呢?难道下一起案件会发生在飞机上?"

安缜思忖了几秒,顿悟道:"快帮我联系梁警官!"

这时,安缜的手机突然响了,屏幕上的来电显示为"梁兄"。

安缜立刻接起电话。

还没等安缜说话,电话那头就传来梁良沉重的声音:"陆寒冰出事了。"

## 第九章 斩首之屋

### 1

在陆家宅的北侧，距离宅子一百多米远的地方，有三间方形"吊屋"悬在胎湖的湖畔边。那是度假园区遗留下来的特色小屋。每间木屋的边上都伫立着一根类似电线杆的钢柱，支柱顶部横插着另一根笔直的钢架。顾名思义，吊屋是被三条钢缆吊在钢架上的。

虽说是木屋，但建造时采用的是钢结构，也就是先用钢材料搭建骨架，再在骨架上铺上厚木板。这样的屋子结构稳定，不易坍塌。同时，吊屋还有一大特色，就是它的地板采用的是透明钢化玻璃。

吊屋靠近湖畔，正下方就是湖滩，湖滩的一部分被湖水淹没。所以待在吊屋里的人能透过玻璃地板看到下方的湖面。吊屋离湖面大概有两米高。在靠着岸边的那一侧架设有木梯，从木梯爬上去，就是朝内打开的木门。

吊屋的面积在十平方米左右，屋内有空调、电灯、洗手台等设施，原本还有一个简易的厕所，但后来被拆了。小屋侧壁上有两个小洞，一个接进水管，另一个接进电线。从小屋内延伸出来的水管和电线都埋进了边上的支柱内，支柱上还有个电闸和水阀，可以直接操控电源和水源。自湖心公园废弃之后，陆寒冰就把其中一间吊屋占为己有。他喜欢这种有意思的设计，于是在里面弄了个柔软的床铺，偶尔在那里过夜。

然而谁也没有想到，陆寒冰却在这间吊屋内迎来了生命的最后一刻。

梁良和冷璇踏入陆家宅后方的这片区域时，感觉像是来到了密林深处。这里草木繁茂，湖畔还长着一棵老槐树，粗壮的枝干摆出妖异扭曲的姿态。

来到湖边，眼前的景象令人一怔。原本应该悬吊在湖面上的三间吊屋，却有一间掉落到了湖滩上。由于湖滩略向内倾斜，因此掉下来的小屋也往胎湖的方向倾斜了一定角度。小屋的底部浸泡在湖滩的水里，看上去就像一艘搁浅的木船。

看见梁良，站在小屋边的张法医向他招招手："梁队，尸体在里面。"望见身后的冷璇，法医又补充了一句："死状有点惨，你们做好心理准备。另外，请换上长筒胶靴吧。"

两人穿上靴子，在张法医的带领下往案发现场走去。只见小屋门口的木梯依然完好地伫立在地上，只不过现在不需要用到它了。三人绕过木梯，直接跨入后方的小屋门。这时梁良注意到，门距离屋子地板有三十厘米左右的落差，需要走下一个台阶才能进到屋里。

往屋内看了一眼，冷璇才意识到要穿胶靴的原因。屋子里积了很高的一层水，是从胎湖渗进来的？张法医蹚着积水，第一个步入小屋，梁良和冷璇紧跟其后。

房间里很温暖，左侧的墙上安装了一个空调。天花板四周的隐藏式顶灯发出亮黄色的光，屋内没有窗户，感觉有些压抑。屋里的积水上漂浮着一些物件，墙角的床褥已经被彻底泡湿。

然而，屋子里最引人注目的，是一具人的躯体——躯体趴在对面的墙边，光着上身，下身也只穿了一条短裤。在寒冷的冬季，这样光秃秃的躯体显得十分怪异，但更怪异的是——躯体没有头。

梁良扫了一眼房间，终于在床褥旁发现了尸体的头颅。头颅正好淹没在浑浊的积水中，泡在水中的头发宛如黏滑的海藻。如果不仔细看，还真的难以想象这是一颗人头。

陆寒冰在这间屋子里被斩首了。

## 2

梁良上前仔细查看了陆寒冰的尸体，发现了更奇怪的东西。尸体双手被一副金属手铐束缚在背后，而双脚的脚腕处也锁着一副脚镣。同时，头颅的双目被戴上了一个黑色眼罩，嘴上还绑着圆球状的口塞。这些成人游戏的道具更给尸体增添了一抹异色感。

张法医翻开记录册报告道："死亡时间在昨晚二十三点至凌晨一点之间，死因是溺死，尸体的头顶有被钝器击打的痕迹。头颅是在死亡后被弄断的，但颈部的断口并不平整，并非利器所致，肌肉和颈椎软骨有撕拉的痕迹，更像是被某种外力硬扯下来的。

"尸体的手脚被手铐脚镣束缚，头上戴着眼罩口塞。从四肢上的束缚印可以判断出，死者在被害前就已经戴上这些东西了。另外，两个脚腕均有骨折现象。除此之外，尸体上没有特别的伤痕。其他的还要等回去解剖。"

"溺死？"梁良狐疑地看着地面的积水，"是地上的这些水吗？"

"要检验死者肺部的积水才能知道。"

"凶手先用钝器击打死者，将死者制伏后再把他溺死，最后砍下头。行凶过程大概是这样吧？"

"差不多,但'砍'这个字眼不严谨,应该不是用斧头之类的器具砍的。"张法医纠正道,"另外,我还想补充一个信息,发现尸体的时候,这间小屋开着空调,加上尸体一直浸在水里,所以死亡时间可能会跟初步推断的有些出入,但误差不会太大。"

或许是沾染了陆寒冰的血液,屋里的积水有一股咸腥味。由于小屋的地面基本都浸泡在水里,案犯现场遭到了严重的破坏。梁良看了几眼小屋后,就走了出来。小屋的屋顶上,一位鉴定科的同事正在检查断裂的三条钢缆。

"梁队。"看到梁良,那名鉴定人员急忙报告,"连接小屋的是三条直径二十四毫米的粗钢缆,钢缆都被氧炔焰之类的切割道具弄断了。应该是有人爬上来,趴在上方的钢架上,将三条钢缆一一切断,木屋才从上面掉了下来。屋顶上还有清扫过的痕迹,应该是凶手试图扫掉脚印。"

"氧炔焰?"

"嗯,就是乙炔,一种易燃气体,能在高温下喷出火焰,工业上经常拿它来切割金属。"

梁良低头沉思着一个问题——凶手为什么要让吊屋掉落?

不一会儿,另一位警员走过来对梁良说:"梁队,我们已经控制了嫌疑人。"

"哦?"

"她是陆家的租客,一个叫叶舞的女子,也是尸体的第一发现人。"

# 3

梁良和冷璇来到陆家的客厅,见叶舞一脸冷漠地坐在沙发上等待着。这个客厅已经不知多少次成为临时审讯室了。

眼前的叶舞要比想象中沉着，一副什么都无所谓的样子，即使陆寒冰惨死，她也显得特别事不关己。

"你和陆寒冰是什么关系？"梁良打量着对方，试探性地问道。

"租客和房东。"叶舞的语气不带一丝情感。

"好像不是这么简单吧？"

"你是指那方面？"

"哪方面啊？"冷璇有些不解地问。

叶舞冷笑了一声道："看来这位警察小姐还太年轻。"她转而望向梁良，"正如你们看到的，陆寒冰有特殊的性癖，他是一个受虐狂。"

"受……受虐狂？"冷璇一惊。

"没错，这类人群靠被人虐待而获得生理上的快感，包括束缚、鞭打、羞辱等。"熟知心理学的叶舞讲得头头是道。

"真的吗……会有这种人？"冷璇被刷新了三观。

"所以，是你把陆寒冰的手脚铐起来的？"梁良问道。

"嗯，他喜欢那样。"

"你们经常玩这种游戏？"

"只要他给我钱，我就按照他的要求这么对他。"

世界上居然还有人肯花钱让人虐待自己？冷璇怎么也无法理解。

"那么昨晚你们也在吊屋里……"梁良观察着叶舞的表情。

叶舞点点头："是的。"

"说说经过吧。"

叶舞就像早就做好准备似的，讲起了前一晚的情况："因为之前陆寒冰对小晴动手动脚的事被我知道了，他便要我惩罚他。当然，这事是他主动告诉我的，所谓惩罚也是他自己提出的，这都是他自己设计好的剧本，为的就是沉浸在这种'被惩罚'的戏码中。

"于是，昨天夜里，我命令他脱掉衣服，用手铐和脚镣禁锢住他的手脚，再给他戴上眼罩和口塞，把他一个人关在吊屋里。他很喜欢这种被囚禁的感觉，以前我们也在吊屋里玩过几次。为了让房间更有封闭感，他还把原来的窗户也封了。"

"你把他关进去的时候，是几点？"

"大概晚上八点。"

"这之后呢？"

"之后我就不管他咯。"叶舞跷起二郎腿，"我用挂锁把吊屋的门锁上后就离开了。以前也都是这样，让他独自在里面过夜，身体动弹不得，充分享受被囚禁和被放置不管的快感。一般我会在第二天中午再过去给他送饭。"

"房间里的空调是你开的？"

"嗯，天太冷了，赤裸着身子，真的着凉生病就不好了。"叶舞叹了口气，"毕竟，这只是一场游戏，很多受虐者更注重精神上的'被支配感'，而非对身体造成真正的伤害。"

"那今天中午你去送饭了？说下经过吧。"

"我过去的时候是下午一点半，那时我看到吊屋掉了下来，感到有点意外。接着，我就走过去打开了门锁，发现屋里都是水，陆寒冰已经身首异处死在里面了。"

"等等。"梁良的表情变得严肃起来，"你去开门的时候，锁是完好的吗？没有被震坏之类的？"

"完好的，那种挂锁很牢固，是在网上特别订制的情趣锁。"叶舞点点头。

"钥匙呢？除了你还有谁有？"

"只有一把，一直在我身上。"

这一瞬间，梁良感到有些喘不过气来。

# 4

梁良再次回到木屋里，仔细检查了角角落落。除了屋门，房间里没有任何一个能让成年人出入的缺口。地板上的钢化玻璃完好无损，即使受到了下落时的冲击，也没有产生一丝裂缝。

屋子侧壁有两个用来引入电线和水管的小孔，此外在靠近地面的位置还有一个小缺口，或许是屋子坠落时震开的。但无论两个小孔还是那个缺口，大小连一只手都无法通过。

梁良抬头瞧了一眼天花板，在靠近墙角的地方有一个十厘米见方的通风天窗，上面安了一块玻璃，可以用遥控器开启和闭合。此刻，通风窗是打开的状态。但无论如何，凶手也难以通过通风天窗杀人，它的大小连一颗头颅都无法通过。

梁良又查看了木门，门板几乎没有破损。在门的边缘和旁边的门框上各固定着一个金属扣环。只要关上门，从外面用挂锁穿过两个扣环，就能把门锁住。

梁良举起一个证物袋，里面装着从叶舞那里拿过来的挂锁和钥匙。挂锁是爱心形状，看上去十分精致。钥匙的形状也很特殊，匙柄是弯月形，匙杆呈波浪状。这种锁和钥匙看上去都很难复制。梁良试验了一下锁和钥匙的功能，都没有异常。

按照叶舞的证词，从陆寒冰进入吊屋一直到发现他的尸体，这期间门锁始终没被打开过。那么，这个扯断陆寒冰头颅的凶手，又是如何进入密闭的吊屋行凶的呢?这之后,他又如何逃离?

又是一起难以用物理定律解释的密室杀人……

正当梁良苦苦思索之际,一位鉴定人员提着两个证物袋跑了过来:"梁队,你看。"

其中一个证物袋里装着一截黑乎乎的东西,仿佛还能闻到一股难闻的气味。

"又是一截烧焦的脐带。"

"哪里发现的?!"梁良十分激动。

"挂在天花板的通风窗上。"

通风窗……那个十厘米见方的通风窗,那个只有婴儿能够通过的通风窗。

梁良回想起刚才踏入小屋时,的确闻到一股淡淡的焦臭味,但被水里的血腥味盖过了。

鉴定人员又举起另一个袋子:"这是我们在陆寒冰房间里发现的钉子,和前两次命案中出现的一样,是婴棺钉。"

婴儿爬进通风窗,撕扯掉陆寒冰的头……

此时此刻,勘查陆哲南死亡现场时的那种崩塌感又回到了梁良身上。望着眼前结起薄冰的胎湖,梁良拨通了安缜的电话。

## 5

翌日,迫于上级的压力,警方暂时扣押了叶舞。按照她的说法,有条件杀死陆寒冰的,似乎只有拥有挂锁钥匙的她。但关于这一点,梁良持保留意见。同时,因嫌疑被排除,警方释放了陆礼。然而,痛失儿子的陆礼找了律师起诉警方办事不力。

第三起命案再次给了陆家沉痛的一击，身为一家之长的吴苗因接连失去两个孙子而崩溃，在家中晕倒后被送进了医院。

这天中午，梁良又去了趟安缜的医院。来到病房时，杨森和钟可正坐在床边跟安缜聊天，三人似乎正在讨论《暗街》动画化的事。

"没打扰你们吧？"

见梁良走进来，杨森和钟可同时站起身。

"梁警官，案子怎么样了？"杨森关切地问道。

"我就是想找安老师聊下案子。"

安缜仍然趴在床上，但偶尔可以站起来走两步了，看来医生的膏药还是有点作用。在杨森的搀扶下，安缜从床上坐了起来。

"钟可，你先回去吧。"他说道。

"好吧，那你保重。"钟可向安缜挥挥手，便离开了。

"又是一起密室杀人案吗？"安缜迫不及待地问。

"是啊，还是密室斩首。"

"锁和钥匙的来源调查过了吗？"

"嗯。"梁良翻开记事本，"这种情趣锁是从国外一家网站上专门订制的，锁和钥匙都只有一只。我们也让锁具专家查看过，这种锁无法轻易撬开，锁眼里也没有撬动的痕迹。"

"能让我看看现场照片吗？"

梁良把一沓资料递给安缜，安缜认真地看了起来。

二十分钟后，安缜自言自语道："原来如此。"

"咦？你知道了？"

"只是有点思路，还需要再确证一下。"安缜卖起关子，"能让我去现场看看吗？"

"不行！"杨森连忙制止，"你伤没好，还不能走路，还是再多躺些日子吧。"

"啊呀没事的，给我去弄根拐杖。"

"你受伤的是腰，不是腿！拐杖没有用。"杨森断然拒绝，"你啊，还是当安乐椅神探吧，让梁警官把调查情报告诉你，你来推理就好。你是脑力型侦探，不是体力型，别瞎折腾了！"

"我怎么不是体力型？"安缜立即表现出不悦，"上次是谁去你家帮你大扫除的？你那些沙发家具是谁帮你搬的？我体力不行吗？我现在生龙活虎着呢！不信我把这张床扛起来让你看看。"说罢安缜站起身，试图把床抬起来。

杨森和梁良连忙制止。

"行了行了，你消停点吧……我知道你力气大，我家的沙发你一个人就能扛起来，可你现在受伤了呀。"

面对两人如同小夫妻般的拌嘴，梁良也很无奈。

"对了，对陆仁的调查，今天上午有了一个重大突破。"梁良刻意强调了"重大突破"四个字。

"什么突破？"

"之前，我们发现有个陌生手机号频繁和陆仁联系。最近，在缉毒组同事的帮助下，我们查出了那个号码的来源，那是一个贩毒集团和外界联络时常用的号码。"

"难道陆仁和贩毒集团有关系？"

"嗯，不光是'有关系'这么简单。"梁良郑重其事地说，"近几年市面上出现了一种代号为'干果'的新型毒品，是一种高纯度致幻剂，只需吸食一次就能上瘾。由于纯度高、致幻力和成瘾性强的特点，价格特别昂贵。但这种毒品不易保存，长时间浸泡在水里就会失去其原有的化学性质。

"根据缉毒组的调查,'干果'就是由这批贩毒集团研制并投放到毒品市场的。经过长时间的搜证,今天上午,缉毒组终于捣毁了该集团的老巢。并且,他们从集团成员口中得知一个惊人的消息——陆仁也是团伙成员之一,本市及周边地区所有的毒品买卖,都由他掌管。"

"堂堂慈善家,居然贩毒?"安缜感叹。

"慈善家的身份只是一个掩饰,他所有的金钱收入,都是靠贩毒获得的。"梁良补充道。

边上的杨森表示不解:"真没想到啊,道貌岸然的外表下,陆仁居然做着这种见不得人的勾当。你说这个陆家到底还有多少秘密啊?"

"我们也没想到。"梁良摊手道,"据悉,陆仁在本市还有一个中间人,这个人一直在帮助陆仁寻找买家,为其散货。目前警方正在调查这个中间人的身份。"

"买家都是瘾君子吗?"

"除了本身就有吸毒史的人,还有一些是因为精神压力过大而首次沾染'干果'的,甚至包括一些上流社会人士。"梁良露出无奈的表情,"记得在陆家案件之前,我办过一起自杀案,死者是一个推理作家。因为犯了毒瘾,他踩着一沓稿纸上吊自杀了。这位作家当时吸食的,就是'干果'。"

"连作家都开始吸毒了吗?"杨森苦着脸,"那我们编辑估计也快了。"

安缜问道:"毒品的事跟陆家案件有关系吗?"

杨森接过安缜的话:"难道是贩毒集团干的?但贩毒集团会用这么麻烦的方法杀人吗?一般不都是一枪爆头嘛。"

"现在还不知道有没有关联。"梁良摇摇头,"但至少让我们看清了陆仁的真面目。我总觉得再深挖下去,会发掘出更多陆家的秘密。"

## 6

下午,天气开始转暖。陆家宅后方的树林里,阳光穿过树木的间隙洒在土地上。树荫下,一把轮椅赫然出现。坐在轮椅上的人,正是安缜。

"你现在是名副其实的安乐椅神探了。"杨森推着轮椅苦笑道。

"闭嘴,当好你的华生吧。"

梁良带着两人前往那间坠落的小屋,现场还有两名警员驻守。

"话说,你那位女警官助手呢?"安缜突然问道。

"你说冷璇?"梁良回过头,"她去调查脐带的事情了。"

"这次的案件也出现了脐带和婴棺钉。"安缜陷入沉思,"悬吊的屋子代表'天空',所以,凶手这次算是完成了'天咒'。"

"那陆家不会再死人了吧?"杨森问道。

安缜没有说话。

因为轮椅不方便推进屋子,安缜执意要站起来走到屋子里看一看。无奈之下,作为"华生"的杨森只好一路搀扶着安缜。

安缜在积着水的屋子里徘徊,同时和之前一样,用炭笔在素描本上画了现场的三维透视图。尸体位置、侧壁的缺口、引入水管和电线的小孔、天花板上的通风窗等细节都在图上一一体现。

"去外面看看吧。"安缜忍受着腰部的疼痛,步履蹒跚地走出小屋,在外围转悠了一圈。

"这后边就是胎湖啊。"他喃喃着，随即绕到屋子的支柱旁，检查了上面的水阀开关和电闸。然后，他又查看了从屋子里延伸出来的水管和电线。水管已经从支柱的连接点上被卸下，而电线因为长度足够，即使屋子落下来，也没有将它扯断。"这截水管颜色有些新啊。"安缜注视着水管和电线。

"小王，你去把季管家叫过来。"梁良看出了安缜的疑虑。

苍老的季忠李依然穿着一身黑色西服，见到梁警官，他有些紧张。

梁良将季忠李带到小屋的侧面，指着那里的水管问道："季管家，最近更换过这里的水管吗？"

季忠李弯下腰，摸了摸那截水管，皱起眉头道："奇怪了，这根水管好像挺新的，但最近应该没有换过啊。"

安缜连忙又问："季先生，您再看看这根电线，原来就有这么长吗？"

季忠李摇摇头："这根也不是原来的电线，没这么长的。"

"所以电线和水管都被换过了？"

"我想是的，但肯定不是我换的。"季管家坚定地说。

"谢谢，你先回去吧，有需要我们再找你。"梁良示意警员将他带离。

腰部有些吃不消的安缜坐回轮椅，对杨森指示道："杨叔，推我去木梯那边看看。"

"你当我是用人啊。"嘴上虽然不乐意，但杨森还是照做了。

安缜抬起头，眯起眼睛观察着木梯的上端："那里的螺丝是不是被拧掉了？"

梁良答道："是的，原本木梯是和木屋的底部相连的，但有人弄掉了螺丝，这样小屋坠落的时候也就没有波及木梯，它还是这样伫立着。"

安缜突然嘴角上扬:"原来如此。"

"安老师,你是不是又想到什么了?"梁良再次看穿了安缜的心思。

安缜却模棱两可地说道:"只是离我的结论又近了一步。你们仔细想想,把水管卸掉也好,把电线换掉也好,把木梯的螺丝弄掉也好,如果这些都是凶手干的,他为什么要这么做呢?"

杨森和梁良都屏息静待着安缜接下来的话,他们知道安缜这是在自问自答。

果然,还没等两人开口,安缜就点了点左耳上的耳机,继续说道:"事先把水管换掉,是因为能更方便地拆下,这样屋子坠落时就不会受到金属水管的阻碍;把木梯的螺丝拧掉,是为了让木梯和小屋分离,这样屋子坠落时就不会受到木梯的阻碍;把电线换成更长的理由也差不多,这样屋子坠落时就不会扯断电线。凶手做这些事情都只为了一个理由——让这间屋子顺利坠落,而且必须是不受任何阻碍地垂直降落。

"但有一点值得注意,就是更换电线。如果单单不想让电线成为屋子坠落时的阻碍,只需像拆掉水管那样,把电线剪断就好了。但凶手偏偏换了更长的电线,这是为什么?凶手一定是出于某个理由,不想让小屋断电。这个理由就是破解这起密室斩首事件的关键。"

## 7

"所以凶手到底是怎么做到的?"杨森很急切。

"我大概明白安老师的意思了。"一点就通的梁良逐渐看清了真相。

"你们俩真默契啊。"

"别吃醋,你虽然是个特别优秀的编辑,但在破案方面,道行还不够。"安缜半开玩笑地对杨森说,"再推我去胎湖边看看吧。"

杨森表现出不情愿的样子推着轮椅来到湖边。此刻,经过上午阳光的照射,湖面上的冰已融化。

"这湖真大,为什么会是胎儿形状的呢?"安缜望着湖面,做了个深呼吸。

"据说是自然形成的。"梁良感慨地说,"大自然真是鬼斧神工。"

杨森走到安缜身旁,静静地欣赏着泛着涟漪的湖水:"总觉得这湖里藏着什么东西呢。"

"嗯?藏着什么?"

"哦……我随便说说的。"杨森摆摆手,"因为小屋里渗进了湖水,我就想,会不会也有什么屋子里的东西被冲到了湖里……"

梁良却仿佛受到了这句话的启迪:"杨森,你说得有道理,我一会儿派人潜到湖下面看看。"

"我们去附近转转吧。"安缜提议道。然后他望了望四周,指着离吊屋不远的一棵树道:"去看看那棵槐树吧。"

三人移步到这座湖心公园里唯一的一棵百年老槐树前。这棵树的树干非常粗壮,树根深深扎入土里。因为冬天的关系,树叶已经全部凋零,只剩下光秃秃的树枝。周围一片荒凉,扭曲的古树显得尤为诡异。梁良望着这棵树,脑中回想起几年前发生在本市的"天蛾人事件",但跟如今的陆家案件相比,那起案件或许只是小儿科。

安缜注意到,在离地一米高的位置,树干上有一圈像是被绳子勒过的印记。

"这是什么？"安缜指着印记问道。

梁良答道："应该是近期被什么东西勒的，当时也让鉴定科的同事检查过，但不确定是否跟案子有关。"

"如果我的推理正确的话，这个痕迹应该是……"话说到一半，安缜又陷入沉思。

"安老师，你看那里。"在安缜思忖的同时，杨森突然注视着树旁一块不自然的地面，叫道，"那里的土好像被铲子铲过啊。"

"的确。"在杨森的提醒下，安缜也注意到了。

梁良走过去看了看被铲开的土，揉了揉下巴道："如果凶手来过这棵树的周围，那么……他是不是想铲掉自己的脚印？这里的土非常松软，确实很容易留下脚印。说起来，吊屋顶上也有扫帚扫过的痕迹，应该也是为了消除脚印吧？凶手为了切断钢缆，以及把脐带放到通风天窗上，曾经爬上去过。"

"有这种可能性。"安缜摸了摸鼻梁，"但是，他为什么要消除脚印呢？如果只是怕暴露脚的大小或鞋底的纹路，那一开始换上一双自己平时不穿的大码鞋不就好了吗？"

"也许……凶手并不是为了掩盖脚印本身。"梁良若有所思地说。

"而是……为了掩盖独特的步伐！"顺着梁良的话，安缜说出自己的推断，"只有步伐，即使换了鞋子也无法掩盖。留在现场的足迹会暴露凶手的身份，所以只能将泥土全部铲掉、将灰尘扫除干净。"

## 8

梁良的手机突然响起，铃声是某部日剧的主题曲。

"喂，小冷啊。好的，我马上过来。"

"是冷璇？"安缜期盼地望着梁良，"脐带的调查有进展了吗？"

"对。"梁良把手机放回口袋，掏出车钥匙，"我得去一趟医学院。"

"我跟你一起吧。"安缜决定跟过去。同时，他不想再麻烦杨森，便转身说："杨叔，你先回去吧，我自己能行。"

"你能行？"杨森瞥了眼安缜的腰，"谁给你推轮椅啊？"

"我来就好，杨先生，麻烦你了。"梁良接过轮椅道。

"走吧走吧，你还有一堆工作呢。"

"那好吧……"杨森拗不过安缜，只得放弃陪同，"对了，陆礼被释放了是吧？我一会儿去找他聊聊吧，也安慰一下他。毕竟漫领跟他有过合作，我和他也算有些交情。"

"好的。"梁良点点头，"他情绪很不稳定，你自己小心点。"

"明白。"

跟杨森告别后，梁良驾驶着一辆ＳＵＶ来到离陆家宅不远的青安医学院。途中，坐在后排的安缜一直缄默不语，像是在思考重要的事情。安缜有一个习惯，就是每次搭车都喜欢坐在后座。他在搭乘梁良和杨森的车时都会保持这个习惯，即使副驾驶空着也不例外。这种在常人看来略显不礼貌的行为，他的两个朋友却不介意。

校门口，穿着高跟鞋的冷璇等在那里。见到梁良从车上搬下一把轮椅，她很是意外。

在梁良的搀扶下，安缜走下车，小心翼翼地坐在轮椅上。

"梁队，你怎么把安老师也带来了？"冷璇一脸好奇地走上前。

"医生允许我出门兜兜风。"安缜开了个玩笑。

在冷璇的带领下，梁良推着轮椅走向医学院内的一栋教学楼。夹杂着白发的安缜坐在轮椅上，庄严肃穆的医学院瞬间有了养老院的感觉。

"梁队,青安医学院的负责人前几日向警方反映,原本保存在标本室的三瓶脐带标本不见了。"冷璇翻开记事本报告着,"但由于标本是不定期清点的,脐带具体是什么时候被盗的,他们也不知晓。"

"管理得也够松的。"

"接到报案的警方立刻联想到了陆家命案,于是联系了我们。"冷璇神色兴奋地说,"梁队,你猜猜,这所医学院的附属医院是哪家?"

"不会是陆文龙工作的医院吧?"梁良马上猜中了答案。

"对!身为在职医生的陆文龙,也会来这里当老师讲课。今天正好有他的课,我想我们可以找他聊聊。"

三人来到一间阶梯教室的门口,现在离下课还有十分钟。梁良朝教室内窥视,看到陆文龙正绘声绘色地讲解着关于消化道疾病的知识,底下的学生都聚精会神地听着。

"硫酸钡是一种口服造影剂,特点是在胃酸中不会溶解,能黏附在胃壁上。如果你们的病人肠胃有损伤或溃疡,硫酸钡就无法黏上。那么,在进行X光检查时,因为X光无法透过硫酸钡固体,便能显现出病灶部位。这就是钡餐检查的原理。"正专心讲课的陆文龙并没有注意到门口有人。

下课铃声响起后,学生们纷纷走出教室,梁良叫住了最后走出教室的陆文龙。

"梁警官?你们怎么找到这里来了?"见警察找到学校里来,陆文龙有些诧异。

"有些情况想找你了解下。"

"去我办公室谈吧。"

三人被陆文龙带到办公室。虽然并非正式教师,但这里仍有一张陆文龙的专属办公桌。

"怎么了?找到杀害我父亲还有两个弟弟的凶手了吗?"在梁良开口前,陆文龙抢先一步问道。

"还没有,我们会尽力的。"梁良顿了顿,"我这次来,是想问脐带的事。"

"脐带?"

"听说这所医学院的标本室被盗了,少了三根脐带标本。"

"是吗?"

"你不知道这件事吗?"

"不知道,我只是偶尔来这边上课。"

"我们怀疑,被盗的三根脐带,就是出现在陆家宅命案现场的那三根。"

"哦?"陆文龙的眼镜片上反射出一丝寒光,"所以你们怀疑跟我有关?"

"不是怀疑,只是觉得有些巧。"

"我跟这件事没关系,我甚至都不知道这个学校的标本室在哪儿。"陆文龙一口否认。

"你觉得陆家有谁知道这里有标本的事?"

"不太清楚。"

"好吧……"眼看这样下去也问不出什么,梁良换了个话题,"小羽最近还好吧?还声称见过宇宙人吗?"

"劳您关心,小羽嘛,还是很调皮,现在看到不认识的人,都说是宇宙人。"一提到陆小羽,陆文龙马上苦恼地捂着头。

"你太太怎么样?"

"快到预产期了,一想到马上要多一个小祖宗,我就头痛。"

"祝顺利。"

随便聊了几句后,三人就告辞了。之后冷璇带着梁良查看了标本室,然后一行人便离开了青安医学院。

此时已临近傍晚,梁良决定带安缜和冷璇先祭一下五脏庙。他开车来到九亭附近,那里有一家特别好吃的烤羊腿店。

"我觉得这个陆文龙有点可疑。"冷璇边说边豪放地啃着羊肉,"之前我去他的医院调查过,有个护士说陆医生的行径很古怪,经常偷偷摸摸往产科跑。"

"产科?"梁良苦思冥想着这会和案子有什么关系,旋即把目光转向正吃得津津有味的安缜,"安老师,你从去医学院开始就没怎么说话啊,怎么啦?"

安缜点了点耳机,淡然地说:"没事,我只想好好享受这顿羊肉。"

正在此时,梁良的电话响了,他接起后神色突变。

"你说什么?!"

电话那头的警员忐忑地说道:"梁队,湖里面……发现了不得了的东西。"

# 第十章 沉寂的尸骸

## 1

遗憾地留下餐桌上的半只羊腿,梁良驱车以最快的速度赶往陆家宅。

胎湖边架着两个聚光灯,警员们忙碌的身影穿梭在明暗之间。一艘警用船漂浮在湖中央,船上的警员正在湖内打捞着什么。两名潜水员刚爬上岸,正脱下潜水衣,检查着氧气瓶,准备休息片刻后继续下水。

就在离陆寒冰的死亡现场不远的地方,一块蓝色的帆布铺盖在地上。宽大的帆布上,平时只能在刑侦剧中看到的一幕近在跟前——五颗人类头骨并排在地,每个头骨下方还摆放着一些零零碎碎的细骨。这些骨头上还附有水底的淤泥,散发出酸腐的气味。然而,这还不是普通的人类头骨,因为它们仅有两个拳头的大小——这是五颗婴儿的头骨。

梁良望着这些尸骨,全身战栗,心中不禁产生一阵悸动。冷璇和安缉也被这番景象震慑住,一脸惊愕的表情。

"梁队,这是下午搜寻胎湖湖底的时候发现的,一开始只挖出一颗,后来我们往湖中央扩大搜索范围,一共找到五颗,都沉在水底。"警员如实报告道。

连一向冷静的张法医此时也蹲在尸骨边，对着五具婴儿尸骨唏嘘不已。

"老张，怎么样？"

法医站起身，面色凝重地说道："这是五具新生儿的尸骨，根据头围大小，应该是刚出生不久后就死亡了。这些骨头都已经白骨化，骨骼上的脂肪全部消失，并且开始风化。其中有四具骨组织毁坏严重，骨质疏松脆落，应该死亡有五十年以上。剩下这具应该也死亡超过三十年了。如果要知道更精确的死亡时间，需要做一个血清蛋白沉淀反应和甘油三酯含量测定。"

"能鉴定出死亡原因吗？"

"比较困难。"张法医摇摇头，"五具头骨上都找不出外伤，其他也只发现一些零散的碎骨，在水底泡的时间又很长，很难鉴定死亡原因。"

梁良沉默不语。

"不过，有一件事。"法医绷着脸，"这五颗颅骨的颅壁都比较薄。另外我们还找到了其中三具的部分骨盆，骨盆上口都呈椭圆形，坐骨大切迹呈弓状。一般来说，新生儿骨头的性别差异并不明显。如果只看颅骨，很难百分百判断出性别。但是，骨盆的男女差异在胎儿时期就已经能呈现出来了……"

"您、您是说……"梁良的嘴唇微微发颤。

"这五具尸骨里，至少有三具是女婴，另两具是女婴的可能性也很高。"法医说出了这个惊人的结论。

## 2

这五位女婴究竟经历了什么？为什么会陈尸于湖底？她们又是谁？这些尸骨跟陆家的案子又有何关系？

梁良带着一系列的疑问盘问了陆家的主要成员，但无论是陆义、陆礼还是陆文龙，都坐在客厅的沙发上缄默不语。

"各位是不是有什么难言之隐？为什么都不说话呢？还是说……你们有什么非瞒着警方不可的事情？"梁良的语气很犀利。

"我们也不知道湖里面会有婴儿尸体啊，梁警官。"满脸横肉的陆义表现得十分无辜，随即与陆礼对视了一眼，似乎在向他暗示什么。

陆礼马上怒视着梁良，嘴上的胡子微微翘起，道："警官，你们先是把我当成杀人凶手，让真正的凶手害死了我儿子，现在又是搞哪出啊？"

"您冷静点陆先生，一码归一码。毕竟这几十年来，胎湖一直属于陆家，现在在您家的湖里发现了婴儿尸体，您说这事跟陆家一点关系都没有……"梁良观察着众人的反应，暗忖着每个人的心思。

"这宅子是爸爸八十年代的时候购入的，那之后我们全家才搬进来。"陆义抹了抹油腻腻的鼻子，一副振振有词的样子，"这尸骨也许是更早之前就有了呢？"

"是啊，这事我们真的不知道。"平时总爱抬杠的陆义和陆礼此时却出奇的合拍。

这时，陆文龙的母亲王芬突然从楼梯走下，她的脸色十分苍白。看到梁良之后，她表现出欲言又止的样子，但最终只是去餐厅倒了杯水，就走回楼上。

"今天也比较晚了，各位也早点休息吧。"梁良起身准备离开。

待众人全部回房后,梁良向轮椅上的安缜使了个眼色,安缜也心领神会地点了点头。

梁良将安缜的轮椅推到楼梯边,道:"怎么样,安老师,楼梯能走吗?"

"没事,挺直腰板就好了。"安缜从轮椅上站起来,大脑的兴奋让他体内的肾上腺素急剧增加,暂时麻痹了疼痛感。

扶着楼梯旁的护栏,安缜慢慢爬上三楼。梁良怕他跌倒,一直走在他后头护着。

三楼东侧的走廊尽头是陆仁夫妇的房间,陆仁被害后,妻子王芬就一个人住。事件发生后,王芬的情绪一直很不稳定。

梁良来到房间门口,轻轻敲了敲门。

"王夫人,您在吗?"

敲了三声之后,门打开了,王芬站在门后,双目不带任何光彩。

"请进吧,我知道你们一定会来。"她邀请梁良和安缜进屋,让两人坐在沙发上。

"王夫人,刚才我看您好像有话想对我们说。"梁良单刀直入地说。

王芬沉默了半响,下巴开始颤动起来:"警察同志,这件事已经憋在我心里三十多年了,我今天一定要说出来。您知道陆家为什么历来只有男孩出生吗?这里……这里根本就是地狱啊!"

# 3

一九七九年,我嫁入陆家,那个时候感觉自己特别幸运,能嫁到这种大户人家,我的父母也很开心。陆仁对我很好,他很爱我,很照顾我。结婚第二年后,我怀上了他的孩子。那个年代,无论法律上还是技术上,要在孩子出生前知晓性别,都很困难。十个月后,孩子来到这个世上,是个女孩。我这辈子就只见过她一眼……从此之后就是噩梦的开始。

回到陆家,我坐了五十天月子,这期间从没见过我的孩子。每当我问起孩子的事,无论是陆仁还是公公婆婆,都闭口不谈,总是刻意回避话题。直到一个月后,陆仁告诉了我真相,我整个人都懵了。他们……他们竟然杀死了我的孩子!

那时,我们还没搬到这里来,但当时住的房子离胎湖也很近。就在孩子出生的当天夜里,婆婆就把……把我的孩子抱到胎湖,扔了进去。这简直就是谋杀!是犯罪!为什么要杀死我的孩子?为什么要这样对待一个刚出生的婴儿?她做错了什么?

我彻底崩溃了,吵着闹着要报警,要严惩这帮杀人凶手!但是,公公婆婆,甚至当时还未成年的陆义陆礼两兄弟合力把我绑了起来,关到地下室里,不给我饭吃。我试图自杀,但每次都被救了回来。也不知道这种炼狱般的日子过了多久,我放弃了挣扎,我意识到自己是何等柔弱和渺小,我连自己的孩子都保护不了。从此之后,我向生活妥协了,像一具行尸走肉般苟活于世。生也好,死也罢,对我来说都已经没什么意义了。

陆仁跪在我面前向我忏悔,但孩子也回不来了。四年之后,我又怀上了文龙,这次是一个男孩,日子这才恢复了平静。后来,陆仁告诉我,陆家有一条不成文的家规,就是禁止女婴出生……我从来没想过,一个大户人家,居然会有这种荒唐的规矩。不知道是陆家的哪个先祖听信了奸人的谏言,这规矩就一直流传至今——陆家世代不得有女婴出生,否则会给家族带来灭顶之灾。

八十年代,我们搬到了这里。据我所知,包括我的孩子在内,胎湖里溺死了五个婴儿了。其中有两个是陆仁的姐姐，也就是陆宇国前妻的女儿，还有两个是吴苗的女儿……没错，他们亲手杀死了自己的女儿，只因为这些孩子的性别是"女"。

就像这样，只要有女婴出生，他们就会把孩子杀死，就当她们从没在世上出现过……这就是陆家历代只有男婴出生的秘密。

警官，您能想象这种感觉吗？我每天就睡在胎湖旁边。每一晚，真的是每一晚都能听到孩子的啼哭声。她像在责问我，为什么要抛弃她，为什么……有时候，我真想跳到湖里一死了之。这个胎湖，简直就是名副其实的"婴塔"啊！

就是为了不让秘密曝光，陆宇国才买下了湖心公园的地皮，把胎湖变成了私人领地。开发高档公园也好，宣布退休也好，这些全部都是幌子。买下这里，为的就是让这种泯灭人性的家规得以延续下去……

## 4

不久之后，陆义和他的第一任妻子也有了孩子。但不幸的是，这个孩子是女孩。

那时候，我意识到自己必须做些什么，不能再让悲剧重蹈，就在婆婆偷偷抱走女婴时，紧紧跟在她身后。见她离开湖边，我便用最快的速度捞起湖里的婴儿，幸好她还有呼吸。因为学过医，我懂得一些基本的急救知识，我连忙对孩子实施抢救，最终挽回了那条小生命。

之后，我悄悄把孩子送进外地的一家孤儿院。然而两年后，陆礼也有了孩子，也是个女孩。我便故伎重演，再次救下这个孩子。

据说，两个孩子最后都被好心人家收养，现在可能好好地生活在世界的某个角落吧。一想到这里，我总算能稍稍感到欣慰。

但陆家这恶魔般的行径已经在我心里留下了永远的烙印。陆义的前妻，以及陆礼的两任妻子都不知所踪。他们都谎称已经跟妻子离婚，但真相又有谁知道呢？凭借陆家的势力，要让一个人永久消失，并不是一件难事。我担心下一个消失的就是我啊。看到张萌怀孕，我更担心她的孩子会成为下一个牺牲品……陆家的魔爪已经开始伸向下一代了。

梁警官，您知道为什么陆家有那么多客房对外出租吗？因为那些客房都是租给女宾的！那是为了给陆哲南和陆寒冰物色婚恋对象啊！否则的话，租金怎么会那么便宜？还每天开车接送？真的会有这么好的事？陆哲南看上了钟可，陆寒冰看上了叶舞。让他们共住在同一幢宅子里，制造机会，培养情感。一切都被算计好了！

老陆死掉后，我就知道，这一切都是报应。陆哲南和陆寒冰的接连离世，更让我坚信报应的存在。究竟有几条人命断送在陆家的手里？又有多少女婴的亡魂会前来索命？让他们等着吧！让这帮不得好死的人等着吧！还没有结束，这一切还没有结束！

## 5

听完王芬的话，梁良感到头皮一阵发麻。王芬嘴里的每个字都像针尖般扎进他的耳朵，刺入他的心脏。梁良感到脚下的地面正在崩塌，他不相信——他不愿相信天底下居然还有如此泯灭人性之事。性别，这种神赋予我们的天性，什么时候成了"必须被杀死"的理由？为什么这些人能心安理得地杀死婴儿？到底是无知还是疯狂？或许王芬说得没错，这些人全都是恶魔，全都是疯子！

在倾听王芬述说的同时，安缜原本照例在素描纸上以图画记录着。但到中途，安缜用力扔下了画笔，他不愿意再画下去。因为他发现，纸上描绘的分明是地狱。这比他的任何作品都还要黑暗百倍。

望着声泪俱下的王芬，梁良也不知该如何安慰，只能递给她一块手帕。

"王夫人，我们……我们一定会严惩凶手。无论是在陆家犯下三起杀人案的凶手，还是残忍地将婴儿扔进河里的凶手，我们都会严惩！"梁良深吸了一口气，"另外，再冒昧地问您一下，您的儿子陆文龙知道这些事吗？"

王芬激动地抬起头："他什么都不知道……幸好，张萌的第一个孩子是小羽，不然的话……你们千万别告诉他！"

"请放心王夫人，我们不会说。"梁良保证道。

始终没开口的安缜突然问道："王夫人，按照您刚才说的，陆哲南和陆寒冰都各有一个姐姐，是吧？她们被您救起后，安然无恙地生活在这个世界上。那么，您跟她们联络过吗？您知不知道她们现在的下落？"

王芬摇摇头："她们被人收养后，我就不知道她们的下落了。"

察觉到王芬的声音越加微弱，梁良决定今天先到这里。鼓足勇气将噩梦般的往事和盘托出后，此刻的王芬一定异常痛苦。

梁良和安缜走下楼梯，这一刻，陆家宅在两人心目中已然是恶魔的栖息地。

此时，《跳跃大搜查线》轻快的主题曲不合时宜地响起。梁良接起手机。

"湖里有新发现，去看看。"梁良挂掉电话后对安缜说。

"难道……又找到了新尸体？"

安缜坐回轮椅，梁良推着他径直走到湖边。

瞧见梁良，一位鉴定科的警员指着地上的某样东西道："梁队，这是刚刚从湖里捞上来的，不知道和案子有没有关系。"

摊在地上的，是一块面积巨大的透明塑料布。布的边缘粘着几根皱巴巴的银色胶带。因为沾染了不少淤泥，塑料布显得脏兮兮的。但在斑斑污迹之中，有五枚亮红色的印记，异常突兀。

安缜飞快地掀起塑料布，视线集中在那五枚印记上。

"这是指甲油印吧？"

"看着像，但还是要回去化验下成分。"鉴定人员回答。

安缜凝视着这块塑料布良久，灵活的手指不停地点着左耳内的耳机。

这一刻，在安缜飞速运转的大脑中，一块块碎片正逐步拼合在某个逻辑框架内。

望着全神贯注的安缜，现场的警员都没有打搅他。

过了半晌，安缜抬起头对梁良说："梁兄，让我见两个人。然后明天一早，让陆家所有人都到客厅集合。"

"集合？"

"是的。"黑夜中，安缜的目光极为清澈，"我要揭晓陆家连续杀人事件的真相，包括陆仁死亡现场的水密室之谜、陆寒冰在密室中被斩首的谜团，以及犯下这些罪行的，杀人魔的真面目。"

# 第十一章 静止的水流

1

浓密的云层徐徐散开,升腾的朝阳驱走黑夜留下的深寒,晨曦将胎湖染成耀眼的橘色。笼罩着陆家宅的薄雾逐渐消去,让这幢百年老宅展露出最真实的面貌。

在这个大多数人还未睁眼的早晨,陆家宅的客厅已经座无虚席。陆义夫妻困顿地半躺在沙发上,身旁的陆礼捧着一杯浓茶连连叹气。另一边的沙发上坐着陆文龙夫妻和憔悴的王芬,边上则站着管家季忠李。租客钟可和叶舞坐在壁炉前的两张椅子上,两人的脸色都不太好。剩下没到场的就是还在睡觉的陆小羽和仍未出院的吴苗,以及两名不见踪影的女佣。

紫檀木茶几的正前方,安缜依旧坐在一张轮椅上,他的责任编辑兼助手杨森坐在旁边,两人的身后站着刑警梁良和冷璇。

"我说警官啊,昨天搞得那么晚,今天一大早又把人都叫起来,你们到底在搞什么西洋镜啊?"陆义揉了揉有些睁不开的眼睛,语气极度不满。

"陆家发生凶案以来,警方一直处于很被动的状态。即使我们拼尽全力,仍然抵不过凶手的狡诈,每次都被这个拥有恶魔般智慧的凶手抢先一步。因为我们的疏忽，没能阻止第二和第三起命案的发生，也在调查上走了很多弯路，为此我感到十分抱歉。"梁良向陆家所有人深鞠一躬，旋即指着安缜，"这位是警方的外聘画像师安老师，他同时也是我们的调查顾问。在安老师的协助下，如今，这一系列杀人事件终于有望拨云见日。安老师将在这里揭露事件的真相，请大家仔细听他的推理。"

"推理？开什么玩笑？"陆义嗤之以鼻，"你们警方居然让一个外人来玩侦探游戏？可真有能耐啊，是不是福尔摩斯看多了？"

"陆先生，请你收回刚才的话！什么叫让一个外人……"冲动的冷璇向前跨出一步，驳斥道。

梁良用手臂拦住冷璇，漫不经心地说："陆先生，是不是在玩侦探游戏，请先听完安老师的推理再下结论，可以吗？"

见梁良护着安缜，陆义也就没有再发声。

"好了，我们开始吧。"安缜推了推眼镜，"希望在我讲述的过程中，你们尽量别打断我。如果有什么问题，可以等我说完再问。那么，就先从陆仁案件说起吧……"

坐在对面的钟可咽了咽口水，作为见识过安缜推理能力的人，她内心对安缜接下来的发言无比期待。始终困扰着自己的陆家杀人案的真相，接下来就要大白于天下了吗？凶手到底是如何制造水密室的？陆寒冰又是怎么被斩首的？最最重要的是，杀人凶手到底是谁？难道就是在座的人之一？带着这些疑问，钟可不想错过安缜口中的任何一个字。

"陆仁案件中最大的难题，恐怕就是案发现场所呈现的密室状态。地下小屋的入口被积水堵着，而在没有弄湿小屋地板的情况下，陆仁的尸体奇迹般地出现在了小屋里。"安缜顿了顿，"其实，要破解密室,有一种被称作'困难分割'的常见思路——只要把看似困难的事情分成几步来完成,难题或许就能迎刃而解了。这个密室也不例外,我们不妨把'水密室'难题分成'陆仁进入密室'和'陆仁被杀'这两部分来讨论。

"首先,我认为陆仁在积水形成前,也就是他失踪的第一天,就已经跑到地下小屋里去了。他应该有独自躲在小屋里喝闷酒的习惯吧?那天,他也和往常一样,因为某些心事在小屋里喝得烂醉如泥,地板上那些空酒瓶就是最好的证明。第二天醒来后,他也没有从小屋出来,而是继续用酒精麻痹自己。当晚,持续不断的暴雨使得小屋门口积满了水,让小屋变成了密室。这时,陆仁已经醉晕在地上不省人事。到这里为止,'困难分割'的第一步就完成了。而后,直到第二天半夜,凶手才下手杀了他。"

"你说的这种情况我们也讨论过。"冷璇还是忍不住打断安缜,"但此时密室已经形成,凶手要怎么进入小屋杀人呢?"

安缜却自信地一笑:"要解开这一点,切入点是现场的某样物证,那就是死者的手机。"

钟可回想起安缜当时对手机提出的几点疑问。

"死者的手机被砸坏了,但凶手并没有使用放在屋子北侧的锤子,也没有直接把手机带走,这是为什么呢?"安缜的嘴角现出一丝弧度,"光凭这两点,这个'水密室'的答案就已经呼之欲出了。"

"到底怎么回事?"提问的还是冷璇。

"答案很简单——因为凶手根本进不去。"

## 2

"因为凶手进不了地下小屋，所以无法拿到屋里的锤子，也没法带走手机。"

"我有点听不懂了……"冷璇更加不解，"你说凶手进不去，那他是怎么杀人的，又是怎么把手机砸到地板上的？"

"这可完全不矛盾。"安缜点了点耳机，"凶手就是在不进入屋子的状态下杀死了陆仁，并砸坏了手机。这就是'困难分割'的第二步。"

现场所有人都眉头紧锁。

"只要利用某样道具，就可以做到。"安缜给身旁的杨森使了个眼色。

杨森配合地拿出一台平板电脑，打开其中一张照片。照片里正是昨晚从湖里捞出来的那张透明塑料布。

"大家看这个。"安缜指着电脑屏幕道，"这就是制造'水密室'的道具，一种以高压聚乙烯制成的PE复合塑料膜。这种材料的特点是可塑性和柔韧性强，坚固耐用，还有防水的功能，常被当作防雨布或防尘罩使用。只要有了这个，就能够把入口的积水阻隔在小屋外。

"你们可以把它想象成一个巨大的塑料袋。首先，凶手潜入水下，把塑料膜沿着门框四周紧紧贴好，使用的是一种在水里仍然能保持黏性的防水胶带。需要强调的是，塑料膜是贴在门框外围的，因此不会影响门的正常开关。这之后，凶手隔着塑料膜，握住门把手，向内推开地下小屋的房门。此时，因为水压的关系，塑料袋的内壁则会被推向屋内，形成一个向内扩展的空间。而因为有塑料膜挡着，屋外的积水并不会流进去。但是，因为塑料膜已经浸湿了，所以打开门时，还是会有少量的水沾湿地板。不过，这些水有一部分蒸发到了空气中，还有一部分和酒渍混在了一起，所以事后并没有使人起疑。

"凶手进入塑料袋的内壁空间后，视线穿过透明塑料膜，看到了躺在地上不省人事的陆仁。当时陆仁的位置，恰巧靠近小屋门口。你们还记得陆仁的死亡原因吗？是捂死造成的窒息……那么，现在你们知道凶器是什么了吗？"

包括陆义和陆礼在内的陆家所有人，脸色全都煞白。

"没错，原本用来制造密室的道具，在这一刻，瞬间转变成了杀人凶器。凶手直接使用向内延伸的塑料膜按压住陆仁的口鼻，造成他的窒息。旋即，他又隔着塑料膜抓起地上的手机，将它狠狠砸在地板上。但因为怕手机划破塑料膜，凶手也没敢太用力，以至于手机坏得并不彻底。做完这些事后，凶手退回门外，把塑料内壁从屋子里拽出来，同时隔着塑料膜将房门关上。最后将塑料布和胶带回收，一起看似不可解的密室杀人就完成了。一言以蔽之，凶手所有的行凶过程，都是隔着一张塑料膜实现的。"

"竟然还能这样……这真是……闻所未闻的犯罪手法。"冷璇惊叹得语无伦次。一旁的钟可更是听得彻底入了神，不知该如何表达自己的震惊。包括梁良在内的其他人，也都舌挢不下。

安缜看了眼陆文龙，继续说道："现在，你们明白小羽口中的宇宙人是怎么回事了吗？"

"是潜水衣！"钟可抢先说出了答案，"小羽说宇宙人'全身都是黑的'，其实是看到了穿着黑色潜水衣的凶手从积水里爬出来的一幕！"

"没错，要实现这个诡计，凶手必须潜入两米深的水坑。另外，你们还记不记得小羽说过，宇宙人是坐火箭来的。那应该是把凶手背在身后的氧气瓶当成火箭了吧。"安缜补充说明道。

"原来是这么回事……小羽并没有撒谎,他那晚真的看到了凶手。我错怪他了。"陆文龙略显懊悔地摇了摇头。

"好了,关于水密室的谜团已经解开了,到这里为止没什么疑问了吧?"安缜看了看众人。

也许大家还沉浸在安缜刚才的推理中,都没有作声。

安缜便继续说道:"关于陆哲南被害案,相信各位都已经知道'多米诺空间'诡计的真相了吧?那么,我们迅速来破解陆寒冰被斩首的密室之谜吧。"

## 3

众人努力跟上安缜快节奏的思路,屏息静待着他接下来的发言。

安缜清了清嗓子说道:"其实,解开斩首密室的关键点和水密室一样,只要弄清杀害陆寒冰的凶器,密室的真相也就昭然若揭了。你们觉得是什么凶器弄断了死者的头呢?"

这种露骨的解说方式显然让陆礼有些不适,但他仍然选择听下去。

见没有人回答,安缜继续说:"验尸结果表明,头部是被硬生生扯下的,脚腕还有骨折的迹象。通过这两点,我们很容易想象出这样一个画面——死者的头和脚被同时向两边拽,最终头颅被扯下,脚腕也受了伤。"

"难道是怪物干的?"陆义故意插了一句。

"不,这不是奇幻故事,不存在怪物。"安缜推了推眼镜,"我们还是分两个部分来讨论吧。首先,拽住脚腕的东西很容易想到,那就是束缚在死者脚上的镣铐。那么,另一端拽住死者头部的又是什么呢?"他再次向众人投以询问的目光。

"难道是口塞?"冷璇提出自己的看法。

"不对,口塞并没有戴在脖子的位置。"安缜摇摇头,"你们再回想一下死者的死因是什么?死者是溺死的,这就说明……他的头曾经浸在了水里。所以,拽住死者头部的东西就是……"

"难道……是水结成的冰?!"又是钟可抢先说出答案。

"正确!就是冰。凶手这次同样是在不进入密室的状态下杀害了陆寒冰,他正是利用了冰和那座吊屋的特性完成了他的杀人计划。可以说,杀人凶器就是整间木屋!"

"安老师,能再解释得详细一点吗?凶手是利用小屋布置了一个机关?"杨森一脸不解地问。

"那我按顺序来说明。首先,我想陆家的各位应该也都知道,陆寒冰有特殊的癖好,经常跟租客小姐玩一些刺激游戏。这一点凶手肯定也知道。"说这句话的时候,安缜斜睨着叶舞。

对面的叶舞却满不在乎地跷起了二郎腿。

"当天夜里八点左右,叶舞将陆寒冰的手脚束缚起来,把他关在那间吊屋里。陆寒冰靠坐在屋角的床铺上,或许之前吃的晚餐里被凶手放入了安眠药,他便在小屋中睡着了。一小时后,凶手开始行动了。

"凶手爬到了吊屋顶上,天花板上的通风窗正好在陆寒冰床铺的正上方。这时候,凶手从通风窗放下一根铁链组成的吊钩,小心翼翼地钩住陆寒冰脚镣之间的那根锁链,随即猛地向上拉起,将陆寒冰整个人倒吊起来。此时,陆寒冰或许会从睡梦中惊醒。凶手便立即放下吊钩,让陆寒冰重重地摔在小屋的地上。因为砸到了头,陆寒冰再度失去意识，这就是尸体头部有钝器击伤的原因。

"接下来，凶手重复刚才的动作，再度将陆寒冰倒吊起来。事前，凶手已经在吊屋旁的老槐树上绑了一圈铁链。拉起陆寒冰后，凶手就将吊钩的另一端固定在槐树的铁链上，稳固住陆寒冰的身体。就这样，陆寒冰被铁链吊着，一直维持着头朝下抵着地板的姿势。因为他的双手也被手铐反绑在身后，所以这时手臂并不会垂到地上。

"随后，凶手拆下延伸在吊屋外的一截水管，重新接了一根长的软管，并将软管的另一头绕过屋顶，插进通风窗里。接着，凶手打开支柱上的水阀，水流便会通过软管，从屋顶的通风天窗灌输进屋子。

"是的，凶手开始向整间屋子灌水。由于地板是钢化玻璃，屋子的密封性强，房门底部和地板也有高度差，于是灌进去的水会在地面形成一定深度的积水。吊屋的面积在十平方米左右，若要刚好淹没一个人的头，则需要三十厘米左右的深度。也就是说，凶手必须往屋里灌三吨左右的水，才能刚好让积水没过倒吊着的陆寒冰的头。

"家用水龙头的流速一般在每小时零点五六立方米左右，但直接连接在支柱上的水管要比水龙头管子粗一些，如果将水阀开到最大，流速能达到二倍左右。这样估算下来，要在屋子里灌满三吨水，大概需要三小时。在这期间，陆寒冰因为口鼻被积水淹没，早已溺水而亡。

"当水面与陆寒冰的脖子持平时，凶手关掉了水阀，抽走软管。那时或许是凌晨十二点左右。这之后，一切就交给夜晚骤降的气温了。最近上海的冬季昼夜温差特别大。我记得那天夜里很冷，当时我在住院，晚上还问护工要了一条毛毯。凶手肯定也是特意选择天气最冷的这一晚实行他的计划。因为过于寒冷，小屋里的积水结成了冰，就这么冻住了陆寒冰的头。

"当然在这之前,凶手已经用相同型号的遥控器伸进通风窗关掉了屋内的空调,不然室内温度过高,水就无法结冰了。那一晚,胎湖的湖面应该也像小屋里一样,变成了冰。总之数小时过后,已经冻得很结实的冰牢牢卡住了死者的头。接下来,就是整个诡计最高潮的部分……

"一切准备就绪后,凶手便爬上钢架,用氧炔焰割断了三根钢缆,应该是先切断边上两根,再切断最中间那根。当然,凶手已经在很早前更换了水管、木梯螺丝和电线。在割断钢缆前,他拆下了水管,卸掉了木梯,好让吊屋落下时不受任何阻碍。

"那时候,陆寒冰的脚腕自始至终都被吊钩和铁链固定在槐树上。就在凶手切断最后一根钢缆的瞬间,在重力的作用下,木屋坠落而下。骤然间,整间小屋、包括冰块的重量完全施加在陆寒冰的头部。由于冰块卡着头,在小屋下坠的同时,便硬生生地把他的头拽了下来,脚腕在镣铐的拽拉下也造成了骨折。整个过程一气呵成。

"凶手就是这样,把那间吊屋硬生生地变成了一个斩首刑具。"

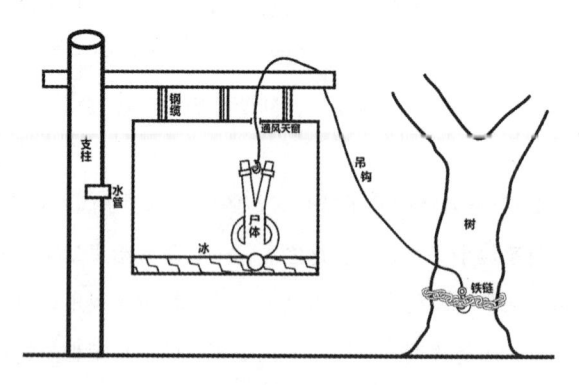

图四 吊屋斩首诡计解说图

## 4

说完以上这些，安缜翻开自己的素描本，将其中的某一页展示在众人面前，那上面是一幅诡计演示图。

望着这张一目了然的解说图，现场所有人都瞠目结舌，他们惊叹着这空前绝后的杀人手段，因此没有任何人提出任何问题。甚至在这一刻，连呼吸声都无法听到。

安缜整了整领口，继续说道："弄断陆寒冰的头后，凶手放下死者的身体，将铁钩和铁链回收。这之后，凶手又爬上屋顶，用遥控器打开屋子里的热空调，为的是加速冰块的融化。这就是凶手不能让小屋断电的原因。同时，凶手又用斧子之类的工具在小屋侧壁砸开一个洞，这样融化后的水就能从屋子里排出。当然，因为早晨气温转暖，原本结着冰的胎湖湖面也逐渐融化，小屋里的积水便和湖水混在了一起。这也是个很好的障眼法。即便我们看到屋子里有水，也只会顺理成章地以为那是胎湖的水从侧壁的裂缝渗进去的，根本不会想到小屋里原本就有积水。

"在往小屋灌水的时候，从通风窗流入的水会打湿陆寒冰的身体，但因为最后尸体本身就浸泡在积水里，所以也不会显得不自然。

"湖面融化后，因为河滩是倾斜的，小屋便会朝胎湖的那侧倾。尸体和头颅也因此滚到小屋里端。这样的话，尸体就不会出现在通风天窗的正下方，诡计也就难以被识破。

"那三间吊屋平时除了陆寒冰和叶舞之外，不会有什么人去，最后能发现尸体的，只会是手持吊屋钥匙的叶舞。叶舞每次囚禁陆寒冰后，都是翌日中午过去给他送饭的。那时，冰块也早已融化。就这样，凶手再一次上演了密室杀人的魔术秀。

"另外,我相信那一晚,陆家宅里应该有人听到了小屋坠落时的巨响。但当晚你们的饭菜里或许都被下了安眠药,所以即使听到声音,也会以为是自己意识不清醒时产生的错觉,自然也就不会大半夜跑到吊屋那边去查看。"

"我确实听到了……"钟可这才从安缜惊涛骇浪般的推理中缓过神来。

"安先生,你说往屋子里灌三吨水……这太夸张了吧?小屋能承受得住?"此时的陆义提出了质疑。

安缜又字正腔圆地解释道:"小屋骨架采用的是钢结构,底部也是钢化玻璃,实际上非常牢固。而连接小屋顶部的是三根直径二十四毫米的粗钢缆。即使剪断另外两根,这种钢缆单根的承重也可达七千二百一十五千克,也就是七吨左右的重量。除了三吨水以外,就算加上小屋本身的重量,也是绰绰有余。"

"真的吗?"陆义依然半信半疑。

"这些数据是新华大学一位物理学专家测量得出的,不会有错。"安缜补充了一句。

## 5

听到自己儿子惨死的全过程,陆礼的情绪几近崩溃,他捂着涨红的脸,身体微微颤抖着。

作为一个叙述者,安缜只是把自己的推理用最理性的方式说了出来,因此这中间,他也实在无暇用委婉的说辞来修饰残酷的真相。但看到陆礼的样子,他又十分自责。

"说了这么多,那个变态杀手到底是谁?"陆义追问道。

"嗯,我接下来就要公布凶手的身份。"安缜环视在座的人,"首先,在陆哲南案件中,我根据案发现场的巧克力豆,推断出凶手是一个红绿色盲。当时,警方根据这个特征把陆礼先生当成了嫌疑人。而其实……在陆家,除了陆礼之外,还有一个红绿色盲。"

说完这句话,陆家成员互相投去猜疑的目光。

这时,安缜把目光转向钟可:"钟可,你来说明一下吧。"

所有人都注视着钟可,这让她有些紧张。

"哦……呃,是这样的……"钟可吞吞吐吐地说道,"那天在寿宴上,陆礼伯伯因为分不清红绿蜡烛,我就认为他是色盲。但其实,当时还有一个人暴露出了色盲的特征……那就是站在陆礼伯伯身后的小虹。"

"小虹也是色盲?"陆义问道。

"是的。"钟可点点头,"在陆礼伯伯搞错蜡烛之后,明明站在身后的小虹却没有第一时间提醒他。这就说明,小虹也无法分辨红色和绿色。而且在这之前,当吴苗阿姨询问小虹黄水晶手链和绿翡翠镯子哪个颜色好看时,她也是面露难色。因为红绿色盲同样区分不出绿色和黄色,在她眼里,手链和镯子的颜色都是一样的。"

"居然还有这么一出……"陆义不敢相信地摇了摇头,"这么说,我们家女佣小虹是杀人凶手?!"

"不止。"安缜调整了下坐姿继续说,"在陆寒冰案件中,吊屋顶上和老槐树附近都有清除脚印的痕迹。凶手这么做,显然是为了掩盖自己走路时独特的步伐……在陆家,谁有着与众不同的步伐呢?"

"难道……是范小晴?"陆文龙想了想回答,"她走路一直外八字,寿宴当天还被奶奶说了,一直没纠正过来。"

"没错。"安缜赞同地点点头,"那天,陆寒冰在二楼娱乐室调戏范小晴时,脱下了她的鞋袜,那时,我注意到范小晴的一个特征——她有扁平足。"

"扁平足?"

"人类的脚掌其实并不是平整的,脚底有一块凹进去的部分,称之为足弓。有了足弓,走路时就能吸收掉地面对脚的冲击力。"陆文龙医生向大家科普道,"但扁平足的足弓是塌陷的,走路时整个脚掌都会接触到地面。一般来说,扁平足不需要治疗,但也有一些情况比较严重的,在长期站立或行走后,足底内侧会产生疼痛感,甚至引起关节肿胀。另有一些会步态异常,比如走路外八字等。"

安缜坐直身子,吐字清晰地说道:"所以,陆家连续杀人事件的凶手,就是女佣刘彦虹和范小晴!"

正式听到凶手的名字时,陆家人脸上都现出深深的疑惑。

"第一起案件中,范小晴捂死陆仁时,不小心在塑料膜上留下了自己的指甲油印,相信鉴定报告出来后,能成为一项重要证据。而作为犯罪必备道具的潜水衣和氧气瓶,在陆家也有现成的——陆寒冰有一项爱好是潜水。昨天我已经跟陆礼先生确认过,陆寒冰有一套潜水装备,全都存放在三楼西侧的储藏室里。然而,警方搜索后并未找到这些设备,应该是被凶手拿去使用了,行凶后大概已经处理掉了。

"第二起案件,钟可曾经说过,在陆哲南吃晚餐时,明明只吃了钟可夹过的菜。那么,他又是怎么服下安眠药的呢?那是因为安眠药直接被下在了陆哲南的饭碗里。能做到这件事的,恐怕只有当时为陆哲南盛饭的小晴了。而那时候,刘彦虹并未出现在客厅里,因为她当时已经躲进了陆哲南的房间,准备实施杀人计划。第三起案件,两人同样在所有人的饭菜里放了安眠药,接着在深夜合力杀害了陆寒冰。事后,小晴怕暴露外八字的步态,便消除了所有足迹。

"顺便说一下,在每个死者房间里放婴棺钉,并在案发现场放脐带的,也是她们。密室杀人是为了制造诡谲气氛,迎合诅咒的同时扰乱警方的视线。"

"她们跟陆家人到底有什么仇啊?为什么要这样下杀手?!而且就凭这两个手无缚鸡之力的女的……"陆义实在不敢相信摆在面前的这个结论。

"她们跟陆家的仇可大着呢!"安缜的视线转向王芬,"陆家的女佣和陆礼先生都是红绿色盲,你们觉得会有这么巧的事吗?"

"难道……"梁良终于也发现了真相。

"之前在讨论色盲基因遗传问题的时候我说过,如果女儿是色盲,那么父亲也一定是色盲。"

听到这里,陆礼终于坐不住,他突然站起身,激动地大叫:"不可能!这不可能!"

安缜却仍然自顾自地说道:"还有,陆医生刚才也说了,扁平足有时会伴有脚底疼痛的症状。"旋即,他打量着一脸惊骇的陆义,"陆义先生,记得那天我来陆家宅调查的时候,你说你脚痛要回房休息……如果我没猜错的话,您是不是也是扁平足呢?"

"我……"陆义的额头直冒冷汗。

"扁平足属于常染色体上的不完全显性遗传。也就是说,除了遗传因素之外,扁平足还可能由其他后天因素造成。但是,在陆家同时出现两个扁平足……这是不是也有点太过巧合了呢?"安缜的双目始终审视着陆义。

王芬突然抬起惊愕的脸。

"面对现实吧各位,刘彦虹和范小晴,正是陆礼和陆义的亲生女儿,是二十多年前被你们丢弃在胎湖里的那两个女婴!"

## 6

"不会的……我不知道你在说什么……够了。"陆礼脸上的表情凝固了,五官极度扭曲。

"是她们……真的是她们。"王芬的情绪也逐渐失控。边上的陆文龙不停地安抚着她。

安缜深吸了一口气继续说:"也许,小虹和小晴已经认不出当年救下她们的王阿姨了,当然王阿姨也认不出她们。"

听到事实后,陆义和陆礼同时恶狠狠地瞪向王芬。

"总之,两位当年差点被杀死的女孩,通过某些途径混入了陆家,在二十多年后成了陆家宅的女佣。我想,来到陆家后,她们一直在伺机报仇。她们要用自己的方式,向当年遗弃并试图加害自己的陆家报仇。她们是被诅咒的孩子,现在,要反过来诅咒陆家的所有人。这就是杀人动机。"

众人一阵沉默,所有人的表情都异常凝重。一时之间,人们心中用来衡量是非对错的那根标杆倾倒了,世间仿佛被混沌的灰色填满。

就在这时,一名警员急匆匆地奔进客厅:"梁队,发现两名女佣了……她们……"

"慢慢说,怎么了?"梁良转过身问道。

警员喘了几口气,压低声音说道:"她们死了。"

在警员的带领下，梁良和冷璇走在前头，杨森推着安缜的轮椅走在后面，陆家的其他人也紧随其后。一行人来到陆家宅后方的树林里。就在靠近胎湖的一棵树下，范小晴和刘彦虹躺在地上。两人的脖子上都缠着绳圈，绳圈连接着同一根断裂的枝干。

树的周围拦着警戒线，梁良穿过警戒线向一名警员询问情况。

"梁队，是十分钟前发现的尸体。"警员指着地上报告着，"树上有攀爬的痕迹，应该是两人爬到树上之后，用绳子上吊自杀，但树枝承受不了两人的体重断裂了，致使两人摔了下来。但在此之前，她们都已经窒息而死。"

梁良蹲下来稍微查看了面部已丧失血色的刘彦虹和范小晴，随后命人把两人抬走。

之后，警方在女佣的房间里搜到一张从日记本上撕下来的纸，上面有一段潦草的文字。经鉴定，笔迹属于刘彦虹。

2月3日 晴

现在回想起来，在孤儿院第一次遇见小晴时，我就有一种熟稔感，我们的命运似乎早就交织在了一起。我的整个童年都在孤儿院度过，不知道自己的身世，不知道父母为何将我遗弃。小晴也和我一样，我们活得很彷徨。

12岁那年，我被一户好心人家收养，比我大两岁的小晴也同时去了另一户人家。这之后，我和小晴偶有联系。但毕竟相隔两地，我们的联络越来越少，渐渐疏远了。直到有一天，我和小晴同时收到一封陌生人的来信，信的内容让我们极为震惊。

信里竟然记录了我和小晴的悲惨身世。在上海的郊区，有一户姓陆的人家。长久以来，但凡有女婴出生，这家人就会把婴儿扔到宅子旁的湖里淹死。而我和小晴,居然就是当年被扔进湖里的弃婴。我们是堂姐妹?信里还说,我们是被好心人救起,才被送进了孤儿院……

只因我们是女孩,就要接受被抛弃甚至被杀死的命运?

信里的每一个字我都不敢相信,世界上怎么会有这样惨无人道的事情?寄信的人又是谁?带着一连串疑问,我联络了小晴,她也很困惑。一番商量后,我和她来到这座城市,来到陆家宅,决定追寻真相。

在想方设法成为陆家的女佣之后,我们渐渐感受到这户人家的不寻常。家里从来没有诞生过一个女婴,以及那个叫吴苗的老太太对女性的态度,都让我们不敢细想……而当我见到一个叫陆礼的人时,内心深处又涌起一股道不明的感觉……

经过长期的潜伏,我们渐渐相信,信里所说的内容恐怕都是真的。

我和小晴的心里都很难受,但更多的是愤恨和不甘。为什么命运要这样捉弄我们?为什么上天允许这样的事情发生?我们要报仇,我们要以牙还牙。绝对绝对不能让陆家人好过!

在设想了不下100种复仇方法之后,我们最终选择了"婴咒"这种最适合陆家的死咒。陆仁、陆义和陆礼三家人里,都必须各死一个人,再让余下的人活在恐惧与痛苦中,我们才甘心。就在今天,我们开始实行计划。在打扫时,我已经把第一枚婴棺钉放进陆仁的房间……看来从这一刻起,我们的生命中也只剩下复仇了。

刚才和小晴说好了,等陆家的三个人全都付出生命的代价后,我就和她一起自杀了断。希望上天宽恕我们,不要让我们下地狱。

"二月三日写的,这算是提早把遗书写好吗?"梁良审查着皱巴巴的纸张。

"至少可以当作凶手的自白,这样案子终于水落石出了。"安缜在轮椅上长舒一口气,"为了复仇,两名凶手杀害陆家三人后又畏罪自杀。"

"真是个悲哀的故事。"身后的杨森叹息道,"闹了这么久,现在总算破案了,真不愧是安老师。"

这时,正在搜索女佣房间垃圾桶的冷璇有了发现,她从垃圾桶里拣出一张收据说道:"梁队,你看,这是一张文具店的收据。"

"文具店?"梁良接过收据,定睛望着。

"我觉得挺奇怪的。"这一刻,冷璇果断提出了自己的看法,"这封自白书是在所有案子发生前写的,并没有详细记述整个杀人计划的实施细节……我觉得除了这封以日记形式写的自白书之外,她们可能还写了别的日记。

"这张收据解开了我的疑惑,就在昨天,她们从文具店里买了一本带锁的日记本。我想,她们是想在自杀前把所有的犯罪过程记载在这本新日记本上。但日记本目前没有找到,也没有出现在自杀现场。所以,我怀疑刘彦虹和范小晴还有别的住所,日记本或许就在那里。"

"有长进啊小冷。"梁良竖起大拇指,"虽然这种可能性不大,但你说的也不是没有道理,有必要查一下两人在陆家宅之外的住所,或许能找到新日记本。"

冷璇点点头。一旁的安缜和杨森都没有发表意见。毕竟,凭借过人的洞察力,漫画家安缜已经用缜密而大胆的推理接连破解了三起密室杀人,并成功揪出了隐藏在重重迷雾下的两名凶手。接下来,只要找到那名冒充换锁工和刺杀安缜的男性共犯,陆家连续杀人案似乎就能彻底了结。

# 第十二章 面具下的罪孽

## 1

这是一间老式居民楼的地下室，面积不足二十平方米，每月的租金只要八百元。地下室的墙壁上布满霉点，里面摆着两张折叠式小床，还有一张破旧的方桌。方桌上堆积着各种奇奇怪怪的物件，包括胸口插着银针的毛线布偶，印着六芒星图案的羊皮纸，锈迹斑斑的方钉，蝙蝠标本，装着不明粉末的缸，被蛇皮缠绕的十字架……进入这里就仿佛置身于一个低成本恐怖片的片场。

黑暗中，地下室的木门发出嘎吱声。一束手电筒的光柱穿进屋子，光晕在墙壁上不断晃动，时不时照到几张破败的蜘蛛网。一个人影蹑手蹑脚地走进来，用手电筒照了照屋子里的每个角落。

此时，人影注意到折叠床的床头放着一样黑色的东西。走近一看，正是他要找的东西。那是一本常见的中学生日记本，侧面有个小锁，但此刻并没有锁上。

人影抓起本子，迅速将其翻开。然而，日记本第一页上赫然出现的文字，让人影傻了眼。

凶手就是你！

这短短五个字就像五把锋利的匕首，每一把都直直地刺入人影的皮肉里。

刹那间，地下室的门被猛地推开。站在门外的，是安缜、梁良、冷璇和钟可。

"你们……"人影错愕的表情犹如白日见鬼。

安缜缓缓走上前，说："我最不希望在这里看到的人，却恰恰出现在了这里。"

人影语塞。

"真凶真的是他？"冷璇向人影投去疑惑的目光。此时此刻站在她面前的，是一张很熟悉的脸。

"我来说明一下吧。"安缜挺直身子，忍受着腰部的疼痛，准备再一次展现其精湛的推理，"首先让我觉得奇怪的，是陆寒冰事件中被消除的足迹。若按我之前推理的那样，凶手是走路外八字的范小晴，就会出现一个矛盾的地方。范小晴扁平足的情况比较严重，站久了脚底就会痛。这样的她，真的能灵活地在吊屋上爬上爬下吗？

"类似的矛盾也出现在了陆哲南的被害现场。先前我根据桌上的巧克力豆得出凶手是红绿色盲的结论。但是，陆寒冰的一句证词给了我当头一棒。他说在陆哲南被害那一晚，他从窗口看到了绿色的鬼火。这鬼火到底是什么呢？听到'火'这个字眼，我们是不是能联想到什么？没错，就是现场那根烧焦的脐带。所谓的鬼火，可能就是凶手在烧脐带时点燃的火焰。当时在门外的钟可也是突然闻到了焦味，这就证明凶手是在房间里当场点着脐带的。

"那么，火为什么会是绿色的？这是个值得深究的问题。是不是脐带上有什么成分让火焰变成绿色了呢？回忆一下高中化学，在焰色反应实验当中，哪些物质在点燃后会产生绿色火焰？

"不要乱猜。我们回过头来看看陆哲南命案现场的另一项线索。烧焦的脐带被凶手放置在柜子里，边上有一瓶翻倒了的模型漆，白色的模型漆沾到了脐带上。你们不觉得有点刻意吗？陆哲南是个小心谨慎的人，一般来说不太可能没有拧紧瓶盖。即使凶手放脐带时不小心弄倒了瓶子，模型漆又怎么会洒出来？那么，如果这一切都是凶手布置的呢？

"凶手为什么要故意洒一点模型漆在脐带上？只要联系绿色火焰，再把焦点放在模型漆的成分上，谜题就能解开了。白色模型漆里有一种叫硫酸钡的物质，因为其耐磨耐热的特性，经常被用作稳定剂加入涂料中。而在焰色反应中，钡盐在燃烧时会产生黄绿色的火焰，这也正是鬼火的真相。

"那么，凶手是在脐带上倒好颜料后，再将脐带点燃的吗？如果是这样，凶手又何必在这之后再把颜料倒到烧焦的脐带上？这显然不合逻辑。仔细推敲的话，只有一种逻辑最为合理。那就是脐带在被凶手点燃前，上面就已经沾染了硫酸钡，但凶手并没有察觉。当他点燃脐带后，看到绿色的火焰，才意识到脐带上有硫酸钡这种物质。于是，为了掩盖这件事，他不得不在烧焦的脐带上倒了一点模型漆，试图用模型漆里的硫酸钡来掩饰脐带上本来就有的硫酸钡，这就是所谓的藏叶于林。

"再进一步推理，脐带上本来就有的硫酸钡又是哪里来的？只可能是凶手身上的，凶手是一个跟'硫酸钡'有关的人。正是不想暴露这个特征，他才要千方百计掩盖脐带上的硫酸钡。到这里为止，你们都听得懂吗？

"好的，回到绿色火焰的问题。从刚才的推理中，我们已经知道，凶手正是通过绿色火焰察觉到脐带上有硫酸钡的。那么，这就说明，凶手是一个能分清绿色和黄色的人……他并不是一个红绿色盲。

"怎么会这样呢？无论是陆哲南的被杀现场还是陆寒冰的被杀现场，都出现了两组完全矛盾的状况证据。凶手是扁平足，但却能爬到高处；凶手是红绿色盲，但却能分辨绿色火焰——到底哪一组是真，哪一组是假？

"还是说……其中的某一组线索，是真凶为了嫁祸给其他人而故布疑阵呢？这样一想，在第一起水密室案件中，都已经穿上潜水衣的凶手，真的会在塑料布上留下指甲油印吗？

"好了，我们调转一下思考方向，再从另一个切入点来看问题——如果说，凶手在现场留下脐带是为了营造诅咒气氛，那么在第二、第三起事件中，凶手又为什么要特意把脐带烧焦？在陆哲南一案中，我曾经推测，凶手烧焦脐带是为了制造能起到遮蔽视线的作用的烟雾，但原因仅仅如此吗？'烧焦脐带'这个行为是否还隐藏着凶手的其他用意？

"对比第一个案发现场和之后的两个，就很容易猜到这个'用意'是什么。你们想一想，把一样东西烧焦，除了烟雾之外，还能直接产生什么呢？答案就是——焦味。是的，凶手正是想用焦味来掩盖残留在现场的其他气味。这个气味，或许正是来自凶手自身。

"这下，你们知道第一起案件中的脐带为什么没有被烧焦了吗？因为用不着——塑料膜将凶手和现场完全隔开了，自然也不用担心身上的气味会跑到屋子里。而凶手穿潜水衣的目的还有一个，那就是尽可能防止气味或毛发之类的细微物证残留在积水里。

"好了，到这里为止，我们已经推理出凶手的两个特征。第一，凶手和硫酸钡有过接触；第二，凶手身上有某种特殊气味。哦，当然还有第三，那就是凶手并非红绿色盲，脚也没有任何问题。"

## 2

梁良、冷璇和钟可都直视着人影，脑中正把真凶的特征和眼前的人影一一对应起来。

安缜拨了拨左耳内的耳机，继续说道："光凭以上两点，我基本已经可以锁定真凶。但除此之外，还有一件事让我无法释怀——那就是凶手为什么非杀我不可？我到底发现了什么关键性的东西，导致凶手两次想置我于死地？

"是因为我从陆寒冰口中得知鬼火的事？还是我察觉了烧焦脐带的用意？我认为两者都不是。凶手这么想要我的命，一定是我找到了能直接证明他身份的东西。可到底是什么呢？我绞尽脑汁，却一直找不到答案。之后，我转换了一下思路。或许，并不是我发现了什么，而是凶手误以为我发现了什么。

"当我开始怀疑某人后，又回忆起之前勘查二楼厕所的一幕，才意识到一个小细节。当晚陆小羽在厕所里目击到从积水里爬上来的真凶，随即关上了窗子。那么，如果当时关窗子的动静被凶手注意到了呢？凶手知道自己被二楼厕所里的某人看见了。而因为某个原因，他误以为当时在厕所里的人是我呢？凶手以为我看到了他，所以才要'义无反顾'地杀我灭口。"

"等一下安老师……"钟可有些跟不上思路，"为什么凶手会认为厕所里的人是你，你又不是陆家的人？"

"我试着站在凶手的角度揣摩了一下他的心思。"安缜指着人影，"凶手认为当晚厕所里的人是我，主要基于两个原因。第一，他以为我当晚住在陆家；第二，他从二楼厕所的某个特征推断出厕所里的人是我。"

"特征？什么特征？"

"没有镜子。"安缜直截了当地说。

"镜子？什么意思啊？"

"二楼厕所的镜子在很早前就被小羽砸坏了，因此那里没有镜子。而那间厕所，是整幢宅子里唯一没有镜子的厕所。"

"我还是没听懂……那跟你有什么关系？"钟可仍然处在云里雾里。

"因为，我有镜子恐惧症。"

安缜的话让在场的人都无比惊讶。

"你……恐惧镜子？"就连认识安缜这么多年的梁良也不知道这件事。

"嗯，从很小的时候，我就开始害怕镜子，不敢看镜子，甚至不敢面对反光的物体。但这件事，除了我的父母之外，谁也不知道。"安缜说道。

"天哪……那你这么多年从没照过镜子？你要怎么看自己的穿着打扮啊？"钟可感到难以置信。

"用拍立得自拍一张就行啦，现在有了手机就更方便了，闭上眼睛对着自己自拍一张，就能看到自己的样子了。再说，我不是女生，不需要太考究梳妆打扮。"安缜若无其事地说。

"这也行啊……"

"好了，言归正传。"安缜继续望着人影，"凶手知道自己被二楼厕所里的人目击，但却不知道这个人是谁。于是，他开始思考——二楼每个房间都有独立厕所，什么人会特意跑去这间公用厕所呢？当然，凶手不知道陆小羽把那里当成了秘密基地，由此也可以看出，真凶并非陆家宅里的人。

"当凶手知道二楼厕所没有镜子时，立马把这个细节和患有镜子恐惧症的我联系到一起——只有害怕镜子的安缜，才会特意来这间没有镜子的厕所。得出这个结论的凶手便坚信，目击者就是我。"

冷璇在梁良耳边嘀咕道："安老师的脑回路真是……"

"好了，逻辑行进到这一步，我们便可以根据'真凶的推理'，来逆向推理出真凶的又一个特征，那就是——他是个知道我恐惧镜子的人。

"什么人会发现我惧怕镜子呢？"安缜转过头，冷不防地指着梁良，"梁良有可能会知道，毕竟认识我这么多年。每次我搭梁良的车，都会坐在后座，那是因为我怕看见前座的反光镜。从这一点，梁良很可能会发现我惧怕镜子。"

被安缜这么一说，梁良紧张了起来："喂喂，我真的不知道啊安老师，我一直以为你坐后座是因为宽敞……"

"但在陆哲南被杀害的时候，梁良在外地，有着牢不可破的不在场证明。"

"你不是认真的吧安老师？原来我之前也被你列为嫌疑人了？"梁良哭笑不得。

"除了梁良外，钟可也有机会发现我的秘密。"安缜转而望着不知所措的钟可，"第一次和钟可在咖啡厅见面的时候，我坐在远离窗户的地方，还背对着玻璃门。那也是因为我想尽量避开能照出人影的玻璃。"

"原来是这样啊……我当时还以为你这人比较孤僻。"钟可恍然大悟。

"但是钟可也不会是凶手，因为当木板从高空落下的时候，她跟我在一起，自己还险些被砸到。况且在陆家住了一年，她应该不太会不知道小羽喜欢去二楼厕所玩。"

"真是谢谢你哦,因为我也是嫌疑人之一,你才把我叫过来的吗?"被排除嫌疑的钟可嘟起嘴,好像并不是很开心。

"好了,除了梁良和钟可之外,最有可能发现我害怕镜子的,恐怕只有漫领编辑部里的人了。"安缜直勾勾地望着人影,"编辑部的所有人都清楚我的习惯——不用电脑作画。即便使用电脑,也只用防反光的雾面屏。还总是拉上窗帘遮蔽住玻璃窗。从这些现象,都能够判断出我害怕镜子的特征。"

人影的呼吸突然变得急促起来。

"因此,凶手的范围又被缩小了——他是一个在漫领编辑部里、接触过硫酸钡、身上又有特殊气味的人。"安缜直指着人影,凌厉的目光中没有一丝犹疑,"综合以上这些,符合所有特征的人只有一个。陆家连续杀人事件的真正凶手,就是你,杨森。"

## 3

杨森挠了挠贴着膏药的脖子,眼镜后方透出阴郁的目光。这与平时的他判若两人。

安缜直视着杨森道:"第一起案件里,凶手用了一张巨大的塑料布来制造密室,当看见从湖里捞上来的塑料布时,我就觉得最近在哪里见过这东西。搜索了一番脑中的记忆后,我终于回想起,我正是在你家见过那种塑料布。

"我之前也说过,这种塑料布有防尘作用。就在最近,你家房子重新装修过,后来我还到你家和你一起大扫除。那个时候,罩在一堆家具上的,正是这种塑料布。所以,对你来说,这个道具是现成的。"

杨森像雕像一样立在原地，一动不动。

"回想起来，我在休息室里吃小笼包那天，你问过我，最近有没有去过陆家。我回答说去过，是在陆家杀人案发生前去的。那个时候，你便误以为，在你行凶的那天，我住在陆家。但实际上，我是在更早之前去的。

"那时，我说我在陆家看到了一些有趣的东西，后来当你帮我擦拭脸上的小笼包残渣时，我对你说快点找女朋友，不要让刚装修好的房子空着。听到这些话，多疑的你便以为，我那晚在二楼厕所看到了你。而故意提到'房子装修'，也是在向你暗示塑料布的事。那个时候，你以为我已经看穿了一切，想要暗示你去自首。但当时我真的什么都不知道……直到后来两次袭击我失败后，我仍然没有揭穿你，你才渐渐察觉，可能是自己疑心太重了。

"顺便一提，那时我吃完小笼包去厕所洗手，出来时脸上竟还沾着纸巾屑。这个细节也能暴露出我不敢看镜子。平时我跟你私交较深，也坐过你的车，你应该注意到不少类似的细节。所以杨叔，你比任何人更容易看出我恐惧镜子。"

这时，钟可发问道："安老师，那他……他和硫酸钡又有什么关系？漫画编辑会接触到这种物质吗？"

安缜微微扬起嘴角道："那天，杨叔和方慕影来医院看我，小影带来了一只叫花鸡。在提到叫花鸡的做法时，杨叔说不卫生，说他之前还因为吃叫花鸡得了肠胃炎。"说到这里，安缜把目光转向梁良，"梁兄，那件事已经调查过了吧？"

梁良点点头："嗯，就在陆哲南被害的当天早晨，杨森确实去医院的消化内科检查过。当时医生给他服用了钡餐做了胃镜，诊断结果是急性肠胃炎。"

"这就对了。"安缜满意地说,"得了肠胃炎的杨叔服下了钡餐——这就是硫酸钡的真面目。之前陆文龙在医学院上课时也提过,钡餐就是硫酸钡,是一种检查肠胃疾病时常用的造影剂,服下后能透过 X 光诊察出病灶部位。

"而因为钡餐无法被肠胃吸收,所以直到通过正常排便排出体外前,它会一直附着在肠壁和胃壁上。那天晚上,杨叔杀死了陆哲南。就在取出脐带时,或许是因为被腐烂的气味恶心到,本来肠胃就不适的他不小心呕吐了。也许呕吐的量并不多,但还是有少量呕吐物沾到了脐带上。呕吐物中恰巧含有还未排出体外的钡餐。正是由于沾上了钡餐,脐带被点燃后才发出了绿色火焰。"

这一刻,安缜将所有的逻辑点都串在了一起。

"那特殊气味呢?"钟可又追问道。

"如果你们凑近杨叔,就能闻到一种特殊的味道,这种味道我身上也有。"安缜神秘兮兮地撩起上衣,露出腰部,"那就是膏药的味道。"

"啊!原来是膏药!"

安缜注视着杨森的颈部:"杨叔因为颈椎不好,脖子上一直贴着缓解酸痛的膏药贴。这种药贴贴久了,身上就会出现一股味道。而且,这种味道是渗入皮肤的,就算洗澡也很难洗掉。如果突然不贴,又会显得很奇怪。

"第二起案件,凶手曾在陆哲南的房间里躲了很长时间,很难保证身上的膏药味不会残留在现场;第三起案件,凶手爬上吊屋,通风天窗附近也有留下膏药味的可能。所以,用脐带的焦味来遮盖轻微的膏药味,还是很绝妙的计策。

"那天，杀手来到我病房时，我也隐约从他身上闻到了膏药味。但因为我自己身上也贴了治疗腰伤的膏药，所以并没有太在意。现在转念一想，两种气味还是有细微差别的。从这一点，也证实了想杀我的人正是杨叔。我想，那个冒充换锁工的男人应该也是他。

"对了，在陆寒冰被杀的第二天下午，杨叔来医院看我时黑眼圈很重。我想，那是因为前一晚一直在吊屋那里实施斩首计划——又要灌水，又要等冰冻结起来，几乎整夜没睡吧？现在想来，指向真凶的线索还是挺多的。"

虽然杨森站在原地纹丝不动，但为了防止他突然逃跑，梁良还是上前给他戴上了冰凉的手铐。

## 4

这时，梁良的手机发出收到新信息的提示音，他点开屏幕，看了一眼后说道："缉毒组那边有消息了。"

安缜接过梁良的手机，端详着屏幕，转而望向杨森："杨叔，你果然就是陆仁买卖毒品的中间人。这就是你的杀人动机吧？"

杨森别过头，被铐住的双手握紧拳头。

"这样一来，制造密室杀人的理由也说得通了。"

"密室杀人的理由？"钟可疑惑不解，"不是为了迎合诅咒吗？"

安缜摇摇头："你真的以为，凶手这么大费周章地制造三个密室，真的只是为了配合诅咒、制造恐怖氛围这种幼稚的目的吗？"

钟可哑口无言。

"和之前凶手所有的行为一样，陆家杀人案中的每个密室，都有其用意。我来试着还原整个案件的全貌吧。"安缜可能站得有些累了,径直往折叠床上一坐,"我想,整起事件的开端,应该要从杨叔成为毒品中间人说起。

"因为陆礼和漫领文化一直有合作,身为责任编辑的杨叔也经常与陆家走动,跟陆礼有些私交。通过这层关系,陆仁也结识了杨叔。近几年,出版行业不景气,导致作家的压力越来越大,不少作家成了瘾君子,开始购买毒品。作为一个资深编辑,杨叔自然认识不少作家。陆仁正是看中了这条渠道,开始笼络杨叔成为他的中间人,为其扩大买家资源。我不知道陆仁具体是怎么说服杨叔的,总之,杨叔这几年一直在帮陆仁贩毒。相信他的收入一定很可观,最近还买了新房和奥迪轿车。

"但同时,杨叔自然也一直提防着陆仁和整个陆家。这几年,他通过各种各样的调查,将陆家每个成员的底细都摸得一清二楚,包括他们的作息、生活习惯、癖好等,甚至连女佣是色盲和扁平足的信息也全都掌握了。而在最近,杨叔去陆家做客时,无意中看到女佣房间的一本日记本。通过日记内容,他得知陆家的一个惊天秘密,知道两名女佣就是当年被丢弃的婴儿,而她们正在谋划杀死陆家成员。

"但是,你们看看桌上的这些东西,再看看刘彦虹的那篇日记……她们真的杀人了吗?或者说,她们真的懂得怎么把人杀死吗?在日记里,刘彦虹也说,她们要用'婴咒'把人咒死……也许,这就是字面的意思。刘彦虹和范小晴所指的杀人,就是把人咒死。在她们的认知里,是相信'咒死'这种杀人方法的。

"某一天,陆仁和杨叔因为毒品的事产生了纠纷。陆仁躲到地下小屋里喝闷酒。杨叔用手机联系陆仁,得知他躲在小屋里。当天夜里,杨叔驱车来到陆家宅附近,悄悄潜入湖心公园,来到陆家宅后方的地下小屋，想找陆仁谈判。但这时，小屋的入口已经被雨水淹没。无奈之下，他只得暂时离去。但第二天，陆仁还是没有从小屋出来。

"这时，杨叔对陆仁萌生了杀意。他要想个办法杀死陆仁，并独占他身上的毒品。这下，你们知道制造水密室的动机是什么了吗？

"陆仁贩卖的是一种叫'干果'的毒品，这种毒品的特性你们还记得吗？那就是不能浸泡在水里，否则就会变质。杨叔觉得，陆仁的身上以及地下小屋里可能藏有'干果'。他想确认这件事，但从南侧的小窗口无法看见小屋的全貌。而如果直接打开地下室的房门，积水和雨水则会一下子涌进去，若是把毒品泡坏，将会造成巨大的损失。

"这时候，杨叔灵机一动，翻出了之前打扫房间时用到的塑料膜，同时潜进陆家宅，从三楼储藏室偷走陆寒冰的潜水装备。深夜，他穿上潜水衣，拿着塑料布，再次来到地下小屋，将塑料膜作为阻隔工具贴在门的四周，然后潜入水下，打开了房门。这一切都是为了防止积水漫入小屋毁坏毒品。一开始，他想先通过塑料膜观察一下屋内，看看是否真的藏有毒品。若是有，他便会另想他法把毒品弄出来。可结果却让他大失所望，空荡荡的小屋里并没有'干果'。这时，杨叔发现陆仁恰恰就躺在门口附近，他便又隔着塑料布摸索了一遍陆仁身上，同样没找到'干果'。

"于是，杨叔决定直接杀死陆仁，便用塑料膜捂住他的口鼻，使其窒息。如果到这里为止，杨叔撕下塑料膜立即离开现场。那么这之后，陆家也就不会发生那么多事了。但某个瞬间，杨叔的脑子里浮现出一个恶魔般的计划……

"他想到了女佣的那篇日记，想到了婴咒，想到了复仇……为何不把这件事变成一起因复仇引起的连续杀人事件呢?眼前有现成的杀人动机,有现成的替罪羔羊,为什么不拿来利用呢?为了脱罪,杨叔决定把一切都嫁祸给刘彦虹和范小晴。

"第一步,先要让陆仁之死变成一起无法用常理解释的密室杀人。于是,杨叔先砸坏陆仁的手机,里面可能有对他不利的照片或录音。接着关上门,回收塑料膜,悄悄地离开。随后,他连夜驾车赶到陆文龙任教的医学院,偷走那里的三根脐带标本,并把其中一根脐带挂在小屋的窗外。让一切都看起来像诅咒显灵的样子。

"事后,杨叔把塑料膜丢进胎湖,还特意在上面留下了范小晴的指甲油印。后来,也是杨叔指引我们搜索胎湖,警方才发现婴儿尸骨和塑料膜的。顺带一提,行凶时穿在杨叔身上的潜水装备则被他另外处理了,毕竟潜水衣内侧容易留下自己的DNA,不能像塑料膜那样扔在湖里让警察找到。

"然而,刘彦虹的日记里写到,陆家必须死三个人,她们才肯罢休。完成心愿后,刘彦虹就会和范小晴一起自杀。为了把女佣嫁祸成凶手,再让她们畏罪自杀,杨叔必须再杀两个人。他选择了陆哲南和陆寒冰。

"这之后,杨叔开始制订整套杀人计划。他要设一个'双重局'。一方面,针对女佣,把每个案发现场都布置成违背常理的状态。案件越玄乎,女佣也就越相信诅咒的成功。这就是现场非得是密室的原因。而另一方面,杨叔又针对警察,安排了各种诸如指甲油、巧克力豆、扫除脚印这样的假线索,试图把警方的视线引向女佣。

"当陆哲南和陆寒冰都死了之后,女佣便会心甘情愿地自我了断,警方同时也会把她们列为重大嫌疑人。这时,杨叔再找个机会把日记里的那封'自白书'撕下来,偷偷放在她们房间里,一切就大功告成了。比如昨天下午,他声称去安慰陆礼的时候,就可以趁机溜进女佣房间。

"第一起案件曝光后,刘彦虹得知陆仁在呈密室状态的小屋里惨死,现场还留有一根脐带,便自然相信诅咒实现了。我想,就在杀死陆仁后没多久,杨叔一定马上和女佣进行了接触。某一天,他寄给女佣一封信件,信里面,他以'巫师的使者'或类似的身份自称。他告诉女佣,身为'使者',他已经帮她们实施了'婴咒'中的'地咒',成功咒死了陆仁。信中应该详细描述了陆仁死亡现场的细节,还预言了女佣接下来的计划。这使得女佣迅速深信了自己的'法力',之后便对他言听计从。而这以后,杨叔便一直通过信件的方式指示女佣们协助自己犯罪,并从她们那里取得陆家的即时情报。当然,在女佣的认知里,这些工作都是施咒的必备条件。

"譬如,以'钉子最好接触到身体'的理由命令她们在陆哲南背上贴婴棺钉;以'施咒时不能被任何人打扰'的理由让她们在饭菜里下安眠药,让刘彦虹在晚饭后一直待在房间里不要出来;以诸如'关闭结界'之类的理由让她们在自己离开陆家宅后锁上所有门窗等。同时,杨叔还以这重身份向刘彦虹讨来日记本,命令她之后不能再写日记。只要随便编个诸如'需要从日记中吸取你们的怨念'这样的理由就可以了。对于女佣这样相信诅咒和鬼神力量的人来说,只要适当地运用心理学技巧,就能操控她们做很多事情。这同时也加重了她们的嫌疑。当然,所有的信件最终都在杨叔的指示下被女佣烧掉了。"

在安缜说完这番长篇大论后,梁良、冷璇以及钟可的脑海中,整桩陆家杀人案的全局终于明晰起来。

"为了让你自投罗网,我设了一个局。"安缜站起身,走到杨森旁边,"今天早上,我在陆家发表了一番推理演说,如你所愿指出女佣就是凶手。但其实,在昨天夜里,警方已经把她们保护起来了。在我和梁兄的劝导下,她们也说出了真相。今天在树林里,我让她们演了一场戏。她们装成尸体躺在树下,为的就是让你目睹这一幕,坚信她们真的畏罪自杀了。

"之后,我又让冷璇故意提出收据和日记本的疑惑,让你也怀疑,女佣真的有另一本日记。你担心她们会在日记里提到有所谓的'巫师的使者'跟她们接触的事,同时也怕她们没有烧掉你跟她们联络的信件,这样你的计划就会泡汤。于是,你跑到这里来,想赶在警方找到这里之前,把日记和相关证据处理掉。

"这间地下室是刘彦虹和范小晴曾为了研究各种超自然的杀人方法专门租的地方。你也看到了,这里全是这种奇奇怪怪的道具。你之前调查陆家的时候,跟踪女佣来过这里吧,所以也知道这里的位置。

"最后我想说,杨叔,其实我的内心一直不希望真凶是你。但是,现实真的很残酷,这就是相比起现实,我更喜欢漫画故事的原因。"

# 尾 声

## 1

长长的走廊就像一条深邃的甬道，安缜走在这条甬道上，内心五味杂陈。右侧窗户上的铁条在灰色的地板上形成一排整齐的影子，仿若通往某处的天梯。

安缜的腰已经痊愈了，现在他可以正常走路。感觉走了很久之后，他终于看到"审讯室"的门牌。门口，梁良抽着烟，正在等他。

"你不是戒烟了吗？"

"这玩意儿，难戒，但总比吸毒好。"梁良吞云吐雾地说道，"他在里面等你。"

安缜打开审讯室的门，身穿囚服的杨森坐在里面，他的身后站着一名警察。

"杨叔。"安缜坐在杨森对面的一张椅子上。

"还叫我杨叔吗？我现在只是个杀人犯。"杨森微微一笑，恢复了平时的说话语气。这是杨森凶手的身份被揭穿后，第一次跟安缜讲话。

"我习惯这么叫了。"

"好想回到以前。"

"从你走上贩毒这条路开始,你的人生已经毁了。"

"哼,我不想听你讲大道理。"

"这不是大道理,这就是道理。"

沉默良久后,杨森再度开口:"安老师,你过过穷苦的日子吗?你能明白在垃圾桶里捡剩饭吃的窘境吗?就算成为一名优秀的编辑,就算每天勤勤恳恳兢兢业业上班,就算把命都扑在事业上,我的收入还是低得可怜。相比起那些名人、富豪、大老板,我根本什么都不是。

"我需要钱,我需要很多很多钱,陆仁给了我这个机会,是他让我尝到了挥金如土的滋味,是他让我要什么就能买什么,是他让我感受到从未想象过的奢华!钱这个东西,真的能解决一切烦恼和忧伤。有时候,它就跟毒品差不多。

"但某一天,正当我准备迎接更多的财富时,陆仁突然告诉我,他想金盆洗手……这算什么?当初是他把我拉下坑的,现在自己捞到了就不干了?我质问他,他却躲到小屋里喝起了闷酒。借着酒劲,他告诉我以前做了很多错事,现在孙子就快出生了,他想积点德,好好偿还过去的罪孽。他还说,要去向警方自首,说出一切。

"我绝对不能让他这么做,他已经毁了我一次,我不能让他再毁我第二次!所以,我一定要想办法杀了他。

"安老师,你的才能真的超出我的想象。我指的不是漫画才能,而是侦探才能。我怎么也没想到,揭穿我罪行的人会是你。我不得不折服在你丝丝入扣的推理下。你的推理大部分都没有问题,但有一点,我必须纠正一下。"

安缜凝视着杨森的脸:"哪一点?"

"你真的以为我只是为了嫁祸女佣才杀死陆哲南和陆寒冰的

吗？"杨森突然抬起头疯狂地大笑，"你别忘了，安老师，我可是你的头号粉丝啊。我早就想当一回你笔下的人物，像他们一样肆意地杀一回人了！杀掉陆仁之后，我心中的野兽苏醒了，杀戮的天性被释放了。我渴望犯罪，渴望让世人记住我。反正陆家的人也该死，所有人都该死！怎么样安老师，我有没有资格被你画进下一部作品？"

安缜淡然地摇摇头："很遗憾，没有。"

## 2

几天后，新闻报刊和网络媒体大肆报道了陆家杀人案。除了案件本身以外，女婴被扔进湖里溺死的黑幕也被彻底曝光，在全国引起一片哗然。警方介入调查后，已将事件相关人员陆义和陆礼拘捕，并将王芬的口述纳入定罪证据。同时，吴苗被定性为杀婴案的主犯。在警方来到医院准备将其批捕时，她一边嚷嚷着一边站到窗台上以自杀威胁。结果脚下一个不留神，真的从二十楼摔了下去，摔成了一摊肉酱。

"我是个快八十岁的老人了，我不能坐牢！"

"你只是个杀人犯。"

匆匆赶到火车站时，梁良脑中仍然回荡着自己和吴苗最后的对话。

检票口前，刘彦虹和范小晴提着行李箱，准备回到各自养父母的城市。

看到来送行的梁良，刘彦虹挂着彩虹般的灿烂笑容道："梁警官，谢谢你。"

"请帮我们照顾王阿姨。"边上的小晴也向梁良点了点头。她又把头发染回了自己喜欢的黄色,双马尾发型充满活力。

"我会的,你们往后要好好生活,再见。"简短的告别后,梁良向两人挥挥手,目送她们进入站台。

冷璇捧着一杯热咖啡,出现在梁良身后。

"梁队,不起诉她们吗?"

"命运已经对她们够不公了,在我们有限的能力范围内,只能尽可能地去纠正错误的命运啊。"梁良说了一句不像他说的话。

这时,冷璇和梁良的手机同时响起。接听完电话后,两名刑警赶赴新的案件现场。

举国震惊的陆家杀人案,终于落下了帷幕。

## 3

一个晴朗的下午,安缜再次来陆家宅拜访,接待他的是陆文龙。

"安老师。"陆文龙跟安缜握了握手,"这次真的多亏了你,案子才能破。爸爸和两个弟弟终于可以沉冤得雪。"

"哪里。"

"但我真的没有想到,父亲会去贩毒。"

"我想,你父亲也以自己的方式,承担了这一切的后果。"

现在的陆家宅,只有陆文龙一家与管家,以及钟可住在里面。陆寒冰离世后,叶舞也从这里搬走。大白天,屋子显得冷清又空荡。不过这冷清马上被陆小羽发出的吵闹声打破了。

"听说孩子出生了?"

"嗯,是个女孩。"陆文龙露出高兴的笑容。

"女孩?"

"是呀,我对家里没有女婴出生的事,早就抱有怀疑了……"陆文龙深沉地说道,"所以之前拜托产科的医生,让他给我弄了份假的B超报告,来瞒过奶奶她们。我想等孩子出生后,就从这里搬出去。"

"原来如此,那要祝贺你喜得千金。"安缜作揖道,"孩子叫什么名字?"

"陆橙。"

"好听的名字,以后一定是个漂亮的女孩子。"

"谢谢您。"

"安老师。"这时,钟可从楼梯上走下来,跟安缜打招呼。

"那你们聊吧,我得去医院看张萌了。"陆文龙匆匆走出大宅。

"肚子饿吗?一起吃点下午茶?"安缜提议。

"好!就上次那家日料吧。"面对美食,钟可当然是欣然答应。

## 4

"我真没想到,你的责编会是凶手。"钟可把一只天妇罗炸虾送入嘴里,脑中回忆起陆家杀人案。

"我一开始也没想到。"每当提起这事,安缜的心里总是有些难受,"不过,虽然案子破了……还有一些谜题没有解开。"

"哦?什么谜题?"钟可瞪大眼睛,投来好奇的目光。

"刘彦虹和范小晴说,她们当时都收到一封陌生人的来信才知道自己的身世。"安缜饮了口柠檬汽水,皱起双眉,"这个陌生人是谁呢?他又是怎么知道陆家的这个秘密的?我已经问过王芬,她说信不是她寄的。"

"嗯……"钟可一边嚼着虾肉,一边仰望天花板思考着,"会不会是神的指引?"

"我是无神论者。"

"不过,说到没有解开的谜团,我也想起一件事……"钟可突然战战兢兢地说,"那一晚,我守在陆哲南房间门口的时候,曾瞥见一个黑影窜进北侧走廊……如果当时凶手已经躲进房间的话,那个黑影又是什么东西呢?该不会……真的是婴儿的亡灵吧?"

"应该是你太劳累造成的错觉吧?加上你是近视,容易引起眼睛内的玻璃体混浊,有时能看见漂浮的黑影。"安缜马上做出解释。

"真的吗……"钟可仍然有些无法释怀。她总觉得那个黑影并非视网膜上的幻影,而是真真切切存在的。

安缜叹了口气:"算了,别去想这些了,现在一切都风平浪静,你的烦恼也解决了,我们是不是该正式弄《暗街》了?"

"好呀,我已经练过台词了,明天去悦音试下音?"钟可终于重新投入到她热爱的配音事业中。

"这次挺积极的嘛。其实我第一次邀请你接下角色的时候,你心里就很高兴吧?真是傲娇体质。"

"我才不是傲娇!"不一会儿工夫,装着天妇罗的盘子已经空了。"第一次见你,看你鬼鬼祟祟坐在角落,就觉得你是个奇怪的人。我倒真没想到,你会害怕镜子。"

安缜无奈地摇摇头。

说到这个话题,钟可饶有兴致地追问道:"安老师,你为什么会怕镜子啊?从什么时候开始的?"

"很小的时候吧,可能是从十二岁之后……完全不敢看镜子。"

钟可突然停下手里的动作:"十二岁?是不是你目击邻居被死

亡速写师杀害的那一年？"

"对。"

"会不会跟这件事有关……比如说，邻居的房间里正好有一面镜子。"钟可提出这个假设。

安缜努力回忆着："你这么一说，好像是有一面梳妆镜。但是……就算现场有梳妆镜，又怎么会引起我对镜子产生恐惧感呢？"

钟可的脑中瞬间迸发出一个大胆的推论："安老师，会不会你当时从镜子里看到了死亡速写师的脸？你看到了他的样子！"

"这……"

"从此之后，你便将这段记忆封存了起来。你不敢面对镜子，是因为你怕再次看到那张脸……很有可能，那是一张你熟悉的脸。"钟可吞了吞口水，"死亡速写师，是你身边认识的人！"

安缜顿时像触电般感到全身发麻。

图书在版编目（CIP）数据

凛冬之棺／孙沁文著．——北京：新星出版社，2018.8（2024.1重印）
ISBN 978-7-5133-3158-6

Ⅰ.①凛… Ⅱ.①孙… Ⅲ.①长篇小说-中国-当代 Ⅳ.①I247.5

中国版本图书馆CIP数据核字（2018）第146420号

午夜文库
谢刚 主持

## 凛冬之棺

孙沁文 著

责任编辑：王 萌
责任校对：刘 义
责任印制：李珊珊
装帧设计：Caramel

出版发行：新星出版社
出 版 人：马汝军
社　　址：北京市西城区车公庄大街丙3号楼　　100044
网　　址：www.newstarpress.com
电　　话：010-88310888
传　　真：010-65270449
法律顾问：北京市岳成律师事务所

读者服务：010-88310811　service@newstarpress.com
邮购地址：北京市西城区车公庄大街丙3号楼　　100044

印　　刷：北京天恒嘉业印刷有限公司
开　　本：910mm×1230mm　　1/32
印　　张：7.875
字　　数：128千字
版　　次：2018年8月第一版　2024年1月第三次印刷
书　　号：ISBN 978-7-5133-3158-6
定　　价：39.00元

版权专有，侵权必究；如有质量问题，请与印刷厂联系调换。